Ruth Morgan Raffaeli

**Wenn die Liebe zur Hölle wird**

Ruth Morgan Raffaeli

# Wenn die Liebe zur Hölle wird

## Eine zerstörerische Beziehung erkennen und ihr entkommen

*Aus dem Amerikanischen*
*von Vera Pagin*

Wolfgang Krüger Verlag

Die amerikanische Originalausgabe erschien 1997
unter dem Titel ›The Spider and the Fly‹
im Verlag Dell Publishing, New York

Published by arrangement with Dell Publishing a division of
Bantam Doubleday Dell Publishing Group Inc., New York, USA
Deutsche Ausgabe:

Gesamtherstellung: Clausen & Bosse, Leck
Printed in Germany 1999
ISBN 3-8105-1261-3

**Für meine Kinder und ihre Welt**

**Sind Sie in einer Mißbrauchs-Beziehung gefangen?**

- ♦ Kritisiert Ihr Partner alles, was Sie tun, so daß Sie das Gefühl haben, nichts richtig machen zu können?
- ♦ Haben Sie das Gefühl, als müßten Sie in der Nähe Ihres Partners wie »auf Eiern gehen«?
- ♦ Unterstellt er Ihnen, einen Geliebten zu haben, wenn Sie fünf Minuten zu spät nach Hause kommen?
- ♦ Versucht Ihr Partner, Ihre Kontakte zu Familie und zu Freunden zu unterbinden?
- ♦ Entmutigt er Sie, einen Job zu finden, sich weiterzubilden, eine Beratungsstelle aufzusuchen?
- ♦ Hat Ihr Partner je etwas, das Ihnen viel bedeutete, vor Ihnen versteckt oder zerstört?
- ♦ Hat Ihr Partner Sie jemals beleidigt und beschimpft?
- ♦ Hat er Sie gestoßen, geohrfeigt, mit der Faust geschlagen, bedrängt oder getreten?

Wenn Ihnen auch nur *eine* dieser Situationen bekannt vorkommt, dann ist es wahrscheinlich, daß sie bereits in einer Mißbrauchs-Beziehung gefangen sind.

Ihnen zu helfen, Ihre Situation begreifen zu lernen, Ihnen Verständnis und Hilfe zu bieten – das ist das Ziel von »Wenn die Liebe zur Hölle wird«.

# Inhalt

## An die Leserinnen

Die Namen aller Personen in diesem Buch sowie bestimmte kennzeichnende Charakteristiken wurden geändert, um die Intimsphäre zu schützen. Manche der hier dargestellten Personen setzen sich aus zwei oder mehr Einzelpersonen zusammen.

# Vorwort

Ich habe dieses Buch für Sie geschrieben, für den Fall, daß Sie jemals den Verdacht hatten, daß der Mann, den Sie lieben, nicht wirklich auf Ihrer Seite steht – wenn Sie

♦ allmählich das Gefühl haben, daß Sie nichts richtig machen können, weil Ihr Partner alles kritisiert, was Sie tun, oder
♦ wenn Sie sich unterdrückt fühlen, statt geschätzt und gemocht, oder
♦ wenn man Sie daran hindert, das Haus zu verlassen, um sich weiterzubilden oder einen Job zu finden oder sich mit einer Freundin zu treffen, nur um zu reden, oder
♦ wenn Sie gerade herausgefunden haben, daß Ihr Partner etwas versteckt oder zerstört hat, das Ihnen zutiefst am Herzen lag, oder
♦ wenn Ihnen unterstellt wird, einen Geliebten zu haben, wenn Sie sich auch nur fünf Minuten bei der Heimkehr von der Arbeit oder vom Einkaufen verspäten, oder
♦ wenn Sie gestoßen, geohrfeigt, mit der Faust traktiert oder getreten worden sind, während man Sie dabei so heftig beschimpfte, wie man es sich nur dem schlimmsten Feind gegenüber vorstellen kann.

Und noch viel, viel mehr. Die Beispiele sind zahllos. Jene, die ich oben anführe, sind alltäglich und kommen irgendwann einmal in den meisten Mißbrauchs-Beziehungen vor, in denen Menschen verbal und/oder körperlich mißhandelt werden. Körperliche Mißhandlung reicht von Fausthieben und Tritten bis zu Vergewaltigung, bis zur Verstümmelung der Geschlechtsteile und dem Moment, in dem jemand Ihnen ein Messer an die Kehle setzt.

Habe ich vielleicht gerade gehört, daß Sie zu sich sagten, daß Ihnen nur eine oder zwei dieser Situationen je untergekommen sind und daß Sie niemals den schrecklicheren Fällen ausgesetzt waren, die ich angeführt habe? Wenn auch nur *ein einziges* der beschriebenen Verhältnisse auf Sie zutrifft, dann ist es wahrscheinlich, daß Sie mißbräuchlich kontrolliert, unmerklich isoliert werden und Ihnen ernsthafter Schaden zugefügt wird. Ich habe dieses Buch für Sie geschrieben, wenn Sie sich in einer Beziehung befinden, die gewalttätig ist, egal auf welcher Stufe.

Körperlicher und sexueller Mißbrauch sind die gefährlichsten Anzeichen dafür, daß Sie womöglich Ihr Leben aufs Spiel setzen, und Sie müssen mit äußerster Vorsicht vorgehen, um Ihre eigene Sicherheit und die Ihrer Kinder zu gewährleisten. Doch Beschimpfungen und andere Mißhandlungen sind ebenfalls von ungeheurer Zerstörungskraft gegenüber Einzelpersonen und ganzen Familien. Der Schmerz, den eine Mißbrauchs-Beziehung der mißhandelten Person zufügt, wirkt zutiefst körperlich, gefühlsmäßig, geistig und seelisch, *egal wer ihn zufügt oder wie er zugefügt wird*.

Was ich hier gesagt habe, trifft zu auf jeden Erwachsenen, ob er nun gequält wird von einem Mann, einer Frau, einem Elternteil, einem erwachsenen Kind, einer lesbischen Geliebten oder einem homosexuellen Geliebten; ob er nur einmal im Jahr mißhandelt wird oder einmal die Woche oder jeden Tag. Es betrifft jede Handlung, die von einer Person begangen wird, um eine andere Person zu unterdrücken, einzuschüch-

tern, zu kontrollieren oder in ihrer Bewegungsfreiheit einzuschränken.
Sie haben die Wahl: Sie können warten, bis Sie brutal aus der Beziehung gezwungen und schwer verletzt werden oder Ihnen noch Schlimmeres zustößt. Oder Sie können hier lesen, wie Sie:

- den »Liebes«-Partner und Ihre Beziehung verstehen lernen;
- allmählich wieder die geistige Energie und die Entschlossenheit und die körperliche Robustheit wiedergewinnen, die Sie für ein neues Leben brauchen;
- mehr darüber erfahren, welche Möglichkeiten Sie haben;
- Ihren eigenen Plan für ein besseres Leben entwerfen können, an all den Hindernissen vorbei, die Sie jetzt zurückhalten,
- lernen können, die frühen Anzeichen des Mißbrauchs zu erkennen, so daß Sie eine weitere gewalttätige Beziehung vermeiden können.

In diesem Buch werde ich die Person, die eine andere mißbraucht, als »er« titulieren, die mißbrauchte Partnerin als »sie«, obwohl auch mir die Tatsache bewußt ist, daß Mißbrauch in vielen Arten der Beziehung stattfindet. Zum Teil tue ich das, weil meine ursprüngliche Forschungsarbeit sich auf prügelnde Männer und verprügelte Frauen konzentrierte; zum anderen auch, um der Tatsache gerecht zu werden, daß in den meisten Fällen die schwersten Körperverletzungen von Männern an Frauen begangen werden; und zum dritten, um nicht das ganze Buch hindurch das mühselige »sie oder er« aufrechterhalten zu müssen. Das Verhalten der meisten Menschen, die sich in einer Mißbrauchs-Beziehung befinden, ist erstaunlich ähnlich, auch bezüglich ihrer Kommunikationsmuster. Leute, die andere Menschen mißbrauchen, weisen häufig dieselben Verhaltensmuster auf, und ihre mißbrauchten Partner reagieren jeweils auf eine Art und Weise, die fast allen Menschen in ihrer Situation gemein ist. Manche der Fälle, über die ich in diesem Buch berichte, sind aus zwei oder mehr ähnlichen Vorfällen zusammengesetzt worden. In jedem Fall sind die Namen der Frauen wie der Männer geändert worden.

Wenn Sie mißhandelt werden, können Sie es sich nicht leisten, darauf zu warten, daß Ihr Partner oder unsere Gesellschaft sich ändern. Letztendlich liegt es bei Ihnen, Ihre Sichtweise der Situation, in der Sie leben, zu verändern und auch das zu ändern, was Sie dagegen unternehmen. Es gibt niemanden, der das für Sie tun könnte. Nur Sie selbst haben die Macht, Entschlüsse zu fassen, eine Wahl zu treffen und zu handeln. Doch sobald Sie den ersten Telefonranruf getätigt haben, *müssen Sie die Sache nicht mehr allein durchstehen.*

Ich konzentriere mich in diesem Buch bewußt auf Sie und auf das, was Sie – mit allerlei Hilfe – tun können, statt auf Ihren Partner und das, was er Ihnen antut. Ich habe das getan, um es Ihnen leichter zu machen, genau dasselbe zu tun: sich nicht mehr auf den Partner zu konzentrieren.

Ein Jahr lang habe ich in einem Frauenhaus gearbeitet, um Informationen zur häuslichen Gewalt zu sammeln. Ich habe mißhandelte Frauen gesprochen, die das Frauenhaus als Zufluchtsort nutzten, aber auch jene, die nie in der Lage waren, das wertvolle Wissen, das ein Frauenhaus vermitteln kann, zu begreifen. Ich habe mich mit Frauen unterhalten, die verbaler, körperlicher und sexueller Gewalt ausgesetzt waren oder Opfer anderer Arten der Mißhandlung waren. Ich habe mit Frauen gesprochen, die sich nicht wieder auf Mißbrauchs-Beziehungen eingelassen haben, nachdem sie der ersten entflohen sind, und auch mit jenen, die es wieder getan haben; und mit denen, die nur knapp, aber sehr stolz ihrer nächsten brutalen Beziehung zu einem Mann entkommen sind. Ich sprach mit einer älteren Mutter, die von der Tochter mißhandelt wurde, die sie versorgte. Ich sprach mit einer jungen Frau, die wiederholt von ihrer Mutter und ihrem Bruder geschlagen worden war und vor kurzem auch von ihrer vierjährigen Tochter, die mit ihren kleinen Fäusten zu den Schlägen beitrug, die an ihre Mutter ausgeteilt wurden. Ich sprach mit mehreren Männern, die von ihren Eltern und ihren Partnerinnen mißhandelt wurden. Ich wollte eine Art Gegenprobe machen zu den Mustern des Mißbrauchs, die ich gefunden hatte, wollte wissen, ob sie sich ähnelten, unabhängig von der Beziehung, in der sie stattfanden. Sie taten es.

Ich habe meine Untersuchungen zur häuslichen Gewalt unternommen, um Kommunikationsmuster des Mißbrauchs herauszuarbeiten, um herauszufinden, wie menschliche Interaktionen ineinandergreifen und wie Verhaltensmuster des Mißbrauchs entstehen.

Eine Metapher für die Beziehung zwischen einem gewalttätigen Mann und seiner Partnerin wäre das Bild der Spinne und der Fliege. Die Spinne, die gewaltbereite Person, webt fast instinktiv ein Netz, um ihre Beute gefangenzunehmen und damit ein Bedürfnis zu stillen. Die Spinne, die nicht so frei ist, wie es scheint, muß auf ihrem Posten verharren und das Netz beobachten und immer wieder flicken, damit es attraktiv (oder unsichtbar) genug ist, um das Opfer einzufangen, und stark genug, um es festzuhalten. Sobald das Opfer mit dem Netz in Berührung gekommen und eingefangen ist, zieht jede Bewegung, die es macht, um zu entkommen, die Fäden des Netzes enger zusammen.

Keiner der beiden hat die Freiheit oder Eigenständigkeit mehr, die Beziehung zu verlassen.
Meine Hoffnung besteht darin, daß eines Tages alle Menschen soviel über die ersten Anzeichen einer Mißbrauchs-Beziehung wissen, daß jede Frau zum Telefon greift, um sich Rat und Hilfe zu holen, bevor sie isoliert wird, bedroht oder verletzt – bevor sie in diesem Netz gefangen ist. Wenn es uns nicht gelingt, alle nur möglichen präventiven Maßnahmen zu begreifen und zu ergreifen, um Gewalt in unserer Gesellschaft zu verhindern, dann wird es bald nicht genug Frauenhäuser und Zufluchtsstätten geben, um uns alle aufzunehmen.
Größtenteils habe ich mißbrauchte und mißhandelte Frauen weder als Opfer noch als Überlebende bezeichnet, weil ich hoffe, daß Sie sich von nun an in keiner Weise – auch nicht über diese Bezeichnungen – noch mit Mißbrauch in Beziehung setzen. Sie selbst sind als Mensch soviel mehr als nur Opfer. Sie sind ein Kunstwerk, das gerade entsteht, und in Ihren Händen liegen Form und Funktion des Ergebnisses.
Ein Hoch auf die Freude, wenn Sie herausfinden, was Sie alles tun können und wer Sie wirklich sein können!

Ich wünsche Ihnen Kraft und Liebe
Ruth Morgan Raffaeli

**Offener Brief an diejenigen unter Ihnen, die sich um einen Mitmenschen sorgen, der in einer Mißbrauchs-Beziehung gefangen ist, und die sich hilflos fühlen, weil sie nicht wissen, was sie zu ihm sagen oder was sie für ihn tun können:**

Liebe besorgte Freunde,
das Buch wurde geschrieben, um die isolierten Herzen und Seelen der Menschen zu erreichen, die in einer Mißbrauchs-Beziehung gefangen sind. Manchmal stoßen diese Menschen von selbst auf ein Buch wie dieses. Doch manchmal sind sie so isoliert, daß es höchst unwahrscheinlich ist, daß sie es beim Besuch einer Buchhandlung entdecken. Es kann schon gefährlich für sie sein, sich dort nur aufzuhalten.
Wenn Sie dieses Buch einer mißhandelten Frau weitergeben, können Sie damit vieles sagen, wozu Ihnen vielleicht jetzt noch die Worte fehlen. Doch hätte dies Geschenk nur geringen Wert, wenn Sie ihm nicht noch vier weitere Geschenke beifügen würden: 1) bieten Sie einen ruhigen, sicheren Ort, an dem das Buch gelesen werden kann, weit weg von den prüfenden und mißtrauischen Blicken eines gewaltbereiten Partners; 2) bieten Sie die Möglichkeit, mit Ihnen über das Buch zu sprechen und vielleicht sogar Aufgabenlösungen zu vergleichen; 3) geben Sie die Frauen-Notrufnummer Ihrer Gemeinde oder Ihres Gebietes mit und 4) bieten Sie Ihr Telefon und dessen ungestörte Nutzung an.
Seien Sie bitte nicht enttäuscht, wenn die mißhandelte Person zuerst kein großes Interesse zeigt. Machen Sie nicht zuviel Druck. Sie können es ein wenig später wieder versuchen. Es ist ohne weiteres möglich, daß die Person, um die Sie sich sorgen, Sie damit überrascht, daß sie Sie irgendwann einmal um das Buch bittet. Halten Sie die Regeln ein, die Ihre Sicherheit gewährleisten, und geben Sie nicht auf.
Eine mißhandelte Person kann sich schon allein durch den

Besitz dieses Buches in Gefahr bringen. Mit Ihrer Hilfe wird es möglich sein, sehr viel mehr der schweigenden, versteckten Menschen zu erreichen, die mißhandelt werden.

Hochachtungsvoll,
Ruth Morgan Raffaeli

# *Teil I* Signale und Symptome einer zerstörerischen Beziehung

# *Kapitel 1* Wie man den ersten Schlag vermeidet: Frühe Anzeichen einer Mißbrauchs-Beziehung erkennen

Es ist so einfach, sich in einen gewalttätigen Mann zu verlieben. Die mißhandelten Frauen, mit denen ich im Verlauf meiner Untersuchung sprach, haben genau das getan. Natürlich hatten sie sich bereits verliebt, als ihnen bewußt wurde, daß ihr Freund eine gewalttätige Person war. Francine war eine der Frauen, und sie erzählte mir, wie sie sozusagen in die Falle gegangen war und sich auf eine Beziehung eingelassen hatte, die mit zärtlichen Zwischenspielen begann und mit massiven verbalen und körperlichen Mißhandlungen endete. Francines Beziehung mit Derek endete mit einem potentiell tödlichen Spiel russischen Roulettes, zehn Jahre nachdem sie so romantisch angefangen hatte. Als sie mir von dem Beginn ihrer Liebesbeziehung zu Derek erzählte, lehrte sie mich dadurch, obwohl wir es beide damals nicht wußten, wie eine gewalttätige Person sich in den frühen Stadien einer Beziehung verhält. Wieder und wieder hörte ich dann die gleiche Geschichte, wenn ich mit anderen mißhandelten Frauen sprach.

Francine hatte gerade die Schule beendet, als sie Derek traf. Jeden Morgen holte er sie ab und fuhr sie zu ihrer Arbeit, holte sie mittags dort wieder ab und ging mit ihr essen, und dann kam er nach der Arbeit und fuhr sie nach Hause. Immer war er da. Er rief sie an, wenn er nicht bei ihr sein konnte, und schickte häufig Blumen, Briefe, Süßigkeiten. Er nahm sie sogar ins Einkaufszentrum mit und kaufte ihr Kleidung. Oft gingen sie im Park spazieren, Hand in Hand im Regen. Francine erzählte: »Ständig sind wir abends zum Essen ausgegangen. Oft sind wir in den Zoo gegangen und haben uns gemeinsam gefreut, haben gestaunt.«

Francine war begeistert von der Aufmerksamkeit, die Derek ihr schenkte. Nie mußte sie darauf warten, daß er sie anrief, oder daran zweifeln, daß er sie liebte. Und in der Tat, was hätte an dieser Beziehung nicht stimmen sollen?

Selbst in dieser frühen, verzauberten Phase einer Beziehung kann man bereits vorhersagen, ob der neue Freund sich in Zukunft als gewalttätig erweisen wird oder nicht. Sie können lernen, die ersten Anzeichen einer gewalttätigen Beziehung zu erkennen, und Sie können sie abbrechen, bevor Sie das erste Mal bedroht werden, bevor Sie Angst haben, was er Ihnen antun wird, wenn Sie ihn verlassen. Sie können aus dieser Beziehung fliehen, bevor er zum ersten Schlag ausholt, sei es verbal oder körperlich. Und Sie können vermeiden, durch seine Mißhandlungen und Ihre Reaktionen darauf geschwächt und auch verändert zu werden, Sie können vermeiden, daß Ihr Selbstbild, wer Sie sind und was Sie wollen, zerstört wird.

Sie werden vielleicht nicht genau vorhersagen können, ob er Sie mit Worten oder mit Fäusten oder mit beidem attackieren wird und wie bald er sie angreifen wird. Doch Sie können lernen, ein Kommunikationsmuster zu erkennen (Worte und Taten und Ihre Reaktion darauf), das bestimmte Personen als gewalttätig oder gewaltbereit identifiziert. Das Erkennen dieser frühen Anzeichen kann Ihnen Jahre des Zusammenlebens mit einem Partner ersparen, der nicht wirklich auf Ihrer Seite steht, auch wenn er hervorragend den Anschein erwecken kann, daß er es tut.

Ich werde zwei verschiedene Gruppen von Symptomen der Gewaltbereitschaft und des Mißbrauchs schildern. Die eine

Gruppe benennt die Signale, die ein gewalttätiger Mensch aussendet, wie er spricht und handelt. Die zweite Gruppe von Symptomen sind Ihre eigenen Reaktionen auf Gewalttätigkeiten. Wenn Sie verhindern wollen, durch eine gewalttätige Beziehung Schaden zu nehmen, ist es wichtig, daß Sie Ihre eigenen Reaktionen erkennen. Und vielleicht fällt Ihnen das auch leichter.

## Verhaltensweisen eines gewaltbereiten Mannes zu Beginn einer Beziehung

**1.** Übertriebene Aufmerksamkeit. Dereks Bedürfnis, Francine zu besitzen und zu kontrollieren, nahm die Form charmanter Rund-um-die-Uhr-Betreuung an. Dieses Symptom erkennt man leicht, doch es ist oft schwer zu glauben, daß es sich um das Anfangsstadium von Mißhandlung handelt. Selbst Jahre später ließ sich Francine mehr als einmal durch die Erinnerungen an diese idyllischen ersten Wochen und Monate mit Derek in diese Beziehung zurückziehen. Wieder und wieder redete sie sich ein, daß alles noch einmal wie früher sein könnte.

Andere Frauen berichteten von ganz ähnlichen Erfahrungen im ersten Stadium ihrer Beziehung, die später gewalttätig wurde. Charlotte erzählte mir: »Ach, es war herrlich! Denn wo immer er damals hinging, wollte er, daß ich ihn begleite.« Und Linda sagte: »Er war süß, liebevoll, zärtlich. Es war, als hätte ich meinen Ritter in der glänzenden Rüstung gefunden.« Beide Männer mißhandelten sie später schwer.

Ihr neuer Freund kann auch Ihre Eltern, Ihre Kinder, Ihre Freunde mit Aufmerksamkeiten überhäufen, seine Hilfe bei allem und jedem anbieten, das getan werden muß. Geprügelte Frauen sagen häufig über ihren Partner, daß er einfach alles für sie tue. Das scheint ein Teil seines Planes zu sein: zu beeindrucken und den »guten Kerl« vor Ihren Freunden und Verwandten zu spielen, zumindest am Anfang der Beziehung.

**2.** Besitzanspruch. Wie die Geschichte von Francine und Derek zeigt, wird aus übermäßiger Aufmerksamkeit sehr schnell besitzergreifende Kontrolle. Derek kümmerte sich so intensiv um Francine, daß ihr keine Zeit mehr blieb, etwas anderes zu tun, außer ihn zu sehen oder mit ihm zu telefonieren. Er monopolisierte all ihre freie Zeit, all ihre Interessen. Er wollte, daß Francine sich nur noch auf ihn konzentrierte. Und Francine verwechselte Besitzanspruch mit Liebe. Sie sagte: »Ich würde schon sagen, daß er mich damals liebte ... Es war, als wäre ich sein Eigentum geworden. Er besaß mich.«

Dieser »Kokon der Liebe« ist überwältigend. Er wirkt so oft wie die Verwirklichung des Traums einer jeden Frau vom perfekten Mann und der perfekten Beziehung. Nicht selten denkt man wie Francine: »Ich werde nie wieder einsam sein.«

**3.** Eifersucht. Das Verhalten Ihres neuen Freundes kann leicht von übermäßiger Aufmerksamkeit und Besitzanspruch zur Eifersucht übergehen und zur Gewohnheit, Sie wegen aus der Luft gegriffenen Verdächtigungen und Befürchtungen zu überwachen, damit Sie sich ja nicht für eine andere Person interessieren oder auch nur in Kontakt mit ihr kommen. Wenn Sie arbeiten oder studieren, dann kann es sein, daß er Ihnen Fragen stellt über Ihre männlichen Mitarbeiter oder Kommilitonen. Er wird wahrscheinlich wissen wollen, ob je einer dieser Männer Sie eingeladen hat, mit ihm auszugehen. Er wird Ihnen vorwerfen, daß Sie mit ihnen flirten oder versuchen, die Aufmerksamkeit zu erregen.

Es ist geradezu üblich, daß ein gewaltbereiter Mann Ihre

Kleidung kritisiert, wenn Sie ohne ihn irgendwo hingehen (und oft auch, wenn Sie mit ihm gehen), mit dem Argument, daß Sie aufreizende Kleidung tragen, um andere Männer zu provozieren. Seine Eifersucht erstreckt sich häufig auch auf Ihren Umgang mit Frauen.

Als Derek eines Tages Francine zum Sportclub fuhr, fiel ihr zum ersten Mal auf, wie eifersüchtig er war. Sie wollte mit ein paar Freundinnen Tennis spielen. Derek hatte einen Wutanfall, als er daran dachte, daß andere Männer Francine in ihren Tennisshorts sehen könnten. Kurz darauf beruhigte er sich wieder, erklärte, sie solle ruhig spielen gehen und wünschte ihr viel Spaß.

Diese drei Anzeichen einer gewaltbereiten Persönlichkeit, Aufmerksamkeit, Besitzanspruch und Eifersucht, treten oft gleichzeitig auf. Sie können zu einem Strick verflochten werden, der jede Ihrer Bewegungen, jedes Ihrer Worte einschnürt.

**4.** Verbale Ausfälle gegen Sie (Beschimpfungen). Dieselben Anzeichen, die Besitzanspruch und Eifersucht erkennen lassen – die Fragen und Beschuldigungen Ihres Freundes, wo Sie gewesen seien und mit wem, sowie all seine Kommentare darüber, wie Sie sich verhalten – sind verbale Mißhandlungen. Es wird immer schwer für Sie sein, diese erste verbale Attacke zu erkennen, denn Sie werden sich natürlich eher auf Ihre eigene Erklärung konzentrieren als auf seine Anschuldigungen.

Es gibt viele Arten der subtilen, schwer erkennbaren Mißhandlung durch Worte und Gespräche, die oft schon früh in einer Beziehung auftauchen. Dazu einige Beispiele: 1) Ihr Freund übergeht Ihre Meinung oder fragt einfach nicht, was Sie von einer Sache halten. 2) Er macht sich liebevoll lustig über Sie und kleine Angewohnheiten, die Sie haben, vor allem im Beisein anderer Leute. Manchmal ist er auch sarkastisch oder parodiert Sie. 3) Allmählich vergißt er, Ihnen ein Kompliment zu machen oder sich zu entschuldigen, wenn es nötig wäre (es ist leicht, eine Beleidigung als Mißhandlung zu erkennen, schwieriger ist es, das Fehlen eines Komplimentes oder einer Entschuldigung als solche zu erkennen). 4) Er wird einfach unberechenbarer, weil seine Stimmung immer öfter ohne Vorwarnung umschlägt. Manchmal wird er sicherlich noch aufmerksam sein, doch dann plötzlich still, kühl oder wütend werden.

Die meiste Zeit jedoch wird er sicherlich so charmant und aufmerksam sein wie immer. Solange Sie nicht einige der subtilen Merkmale dessen, was er tut und sagt, erkennen können, wird es Ihnen schwerfallen zu begreifen, ab wann er Sie immer stärker mißhandelt. Sie müssen unbedingt stärker auf Ihre eigenen Reaktionen achten. Feststellen, wann er Dinge sagt, die Sie überraschen oder verletzen. Nur weil Ihr Freund nicht schreit, flucht, Sie beleidigt, anklagt, beschuldigt und kritisiert, heißt das noch lange nicht, daß er Sie nicht längst mißhandelt.

**5.** Andere Menschen kritisieren. Die Neigung gewaltbereiter Männer, sich anderen überlegen zu fühlen, zeigt sich oft zuerst darin, daß sie andere kritisieren. Er kritisiert seine oder Ihre Freunde und Verwandten. Er lehnt irgend etwas an ihnen ab, meist etwas Unwichtiges oder Kleinliches, etwa ihre Frisur oder die Art, wie sie sich kleiden oder wie sie ihre Zigarette halten, oder die Wahl ihrer Lebensgefährten. Doch wenn er Ihre Freunde und Verwandten derart kritisch unter die Lupe nimmt, dann können Sie sicher sein, daß er diese Lupe schließlich auch auf Sie richtet, und wenn Sie noch so sehr davon überzeugt sind, daß Sie lernen können, für ihn »perfekt« zu sein.

**6.** Wettstreit um die Aufmerksamkeit anderer Leute. In den frühen Stadien einer Beziehung ist dieses Symptom schwer zu erkennen, denn es drückt sich auf sehr subtile Weise aus. Beispiele frühzeitiger Wettstreitlust sind unter anderem:

- Wenn jemand sagt, wie hübsch Ihre Frisur aussieht, fischt er nach einem Kompliment für sein eigenes Aussehen. Oder er reklamiert den Verdienst an Ihrer neuen Frisur für sich und sagt etwa: »Es war mein Vorschlag, daß sie sich das Haar so schneiden läßt.«
- Wenn jemand Sie für etwas lobt, das Sie vollbracht haben, bringt er seine eigenen »Trophäen« ins Spiel.
- Wenn Sie hart an etwas arbeiten, und jemand lobt Sie dafür, wird er davon sprechen, wie hart *er* arbeitet.
- Sie bemerken allmählich, wie selten er *Ihnen* ein Kompliment macht. Das würde nicht zu seiner kompetitiven Grundhaltung (Wettbewerbsgeist) passen.

Diese Art der subtilen Wettbewerbsstrategie ist eine weitere Warnung an Sie, *daß er nicht Ihre Interessen vertritt*. Es zeigt, daß er so auf seine eigenen Bedürfnisse fixiert ist, daß er Ihnen *keinerlei großzügige emotionale Unterstützung zukommen lassen kann*. Es stört und ärgert ihn, wenn Ihnen Aufmerksamkeit zuteil wird, die er für sich beansprucht. Das ist eine Form von Eifersucht oder Neid. Konkurrenzdenken ist ein wichtiges, frühes Anzeichen der dominierenden Charaktereigenschaft gewaltbereiter Personen, und es bedeutet: *Er ist nicht auf Ihrer Seite*. Viele der mißhandelten Frauen, mit denen ich gesprochen habe, haben viel Gewalt ertragen, bevor ihnen klar wurde, *daß ihr Partner nicht wirklich auf ihrer Seite stand, doch daß er hervorragend so tun konnte, als ob*. Das ist ein so wichtiger Punkt, daß ich in diesem Buch immer wieder auf ihn zurückkommen werde.

Später in Ihrer Beziehung kann diese Wettbewerbslust zum Problem werden, wenn Sie Kinder aufziehen. Statt mit Ihnen gemeinsame Sache zu machen, wenn es darum geht, Kindern beizubringen, wie man lebt, wird er zu Ihrem Rivalen um die Gunst der Kinder.

Wenn Sie diese frühen Anzeichen, die Taten, Fragen, Kritiken, eifersüchtigen Vorwürfe und Wettbewerbe nicht als Mißbrauch erkennen können, sind Sie darin nicht allein. All die Frauen, mit denen ich sprach, haben diese persönlichen Gewohnheiten ebenfalls nicht als Symptome des Mißbrauchs erkannt. Erst nachdem ich viele Geschichten vieler Frauen über ihre erste glückliche Zeit mit einem gewaltbereiten Mann gehört hatte, wurde das Muster deutlich. Es ist sehr schwer, objektiv über eine Beziehung zu urteilen, in der man selbst steckt.

Nun, da Ihnen einige der frühen Warnzeichen bekannt sind, die sich im Verhalten einer gewaltbereiten Person finden lassen, können Sie sich wahrscheinlich nicht vorstellen, daß Sie diese viel zu kurze Liste lesen und dann ausrufen: »Aha! Vielen Dank. Jetzt muß ich ganz schnell meine Beziehung beenden.« Es ist sehr viel wahrscheinlicher, daß Sie lesen, was ich über sein Handeln und seine verbale Kommunikation geschrieben habe, und sich dann selbst sagen, daß Sie sicher sind, daß Sie sowohl die Beziehung als auch Ihren neuen Freund im Griff haben und ändern können; daß Sie die Macht und die Kraft dazu haben, daß diesmal alles anders wird. Sie werden sogar diese Art von Selbstgespräch führen, wenn Sie den Verdacht hegen, daß er früher schon gewalttätige Beziehungen mit anderen Frauen gehabt hat. Vielleicht gab es sogar eine gewalttätige Beziehung zu seiner eigenen Mutter, wie es bei vielen gewaltbereiten Männern der Fall ist. Natürlich wollen Sie nicht wahrhaben, daß dies nicht der richtige Mann für Sie ist. Denn schließlich gibt er Ihnen ein so gutes, sicheres Gefühl, oder?

Linda fand heraus, wie stark ihr eigener Leugnungsmechanismus war, als die Anwältin eines Frauenhauses sie zum Gerichtsgebäude begleitete, um ihr die dort gespeicherten Daten über ihren gewalttätigen Partner Tom zu zeigen. Sie erzählte, daß sie nur dagestanden sei und auf Toms Vorstrafenregister gestarrt habe, in dem seine Brutalitäten gegen andere Frauen festgehalten waren, darunter gegen seine Mutter, die er mehrfach mißhandelte. »Und dann stand ich da und behauptete vor dem Richter und vor den anderen: ›Das hat er nie getan, nein, niemals hat er das getan.‹« Linda war ins Frauenhaus gekommen mit schweren Prellungen und blau angeschwollenen Augen, und immer noch leugnete sie die Möglichkeit, daß ihr Partner ein Vorstrafenregister hatte wegen Gewalttätigkeiten.

Linda sagte, wie es die meisten mißhandelten Frauen tun: »Trotz allem, glaube ich, habe ich ihn geliebt ... ich wollte ihn nicht aufgeben.«

Diese Art des massiven Leugnens, eine der ersten Reaktionen darauf, mißhandelt zu werden, ist typisch für sehr viele Frauen in gewalttätigen Beziehungen. Und deshalb ist es wichtig, sich auch einige Ihrer anderen Reaktionen anzusehen. Die Person, die Sie werden können, wenn Sie sich aus der Beziehung befreit haben, wird Ihnen dabei helfen, den Schleier der Verleugnung zu lüften, und Ihr Bewußtsein dafür schärfen, mit welcher Beziehung Sie zu tun hatten.

## Einige Ihrer frühen Reaktionen auf eine gewaltbereite Person

Häufig haben viele Frauen mehr Angst vor ihren eigenen Reaktionen auf die Tatsache, daß sie mit Mißhandlungen leben, als vor den Mißhandlungen selbst. Erst als Annette sich ihrer eigenen hysterischen Reaktionen auf Charlie bewußt wurde, und das war bereits spät in ihrer Beziehung, schokkierte sie das so, daß sie etwas tat, um ihr Leben zu ändern. Es fällt Ihnen sicherlich leichter, Ihre eigenen Reaktionen zu analysieren, als sein gewaltbereites Verhalten im frühen Stadium zu erkennen.

Selbst in der Anfangsphase mit diesem neuen Mann können Sie feststellen, daß Sie bereits allmählich damit beginnen, sich in eine Person zu verwandeln, die Sie eigentlich nie hatten sein wollen. Einige der Arten und Weisen, wie Sie auf ihn reagieren (oder sich vor seinem Mißbrauch der Beziehung zu schützen versuchen), sind:

**1. Zu viele Erklärungen.** Wenn Sie feststellen, daß Sie sehr viel Zeit damit verbringen, Ihrem neuen Freund Erklärungen abzugeben (etwa, wo Sie waren oder was Sie getan haben, während sie nicht zusammen waren), seien Sie vorsichtig. Denn damit zeigen Sie eines der wichtigsten Symptome, das Ihnen sagt: »Hier und jetzt zumindest und mit diesem Mann gehe ich Gefahr, mißhandelt zu werden, wahrscheinlich *werde* ich sogar schon mißhandelt.« Manchmal ertappen Sie sich vielleicht dabei, daß Sie die winzigsten und nebensächlichsten Details aufwendig erklären, etwa, warum Sie eine bestimmte Bemerkung gemacht haben, die Sie für völlig harmlos hielten, oder warum Sie ein bestimmtes Essen im Restaurant bestellt haben, oder warum Sie Nagellack tragen bzw. ihn nicht tragen. Und jedesmal, wenn Sie sich auf eine umfassende Erklärung einer harmlosen Handlung einlassen, verliert Ihr Selbst an Substanz, wird es geschwächt.

**2. Entschuldigungen** sind enge Verwandte der Erklärung. Linda sagte über ihre eigenen Reaktionen: »Ständig entschuldigte ich mich, ständig sagte ich ›Es tut mir leid‹. Man hätte denken können, daß *ich* es war, die *ihn* beschuldigte, sich mit anderen Personen einzulassen.«

**3. Der Versuch, zu gefallen.** Sehr oft verlieren Frauen sich selbst in ihren immer heftigeren Anstrengungen, jemandem zu gefallen, es ihm recht zu machen, obwohl ihm nichts recht zu machen ist. Francine gab ihren Wunsch auf, Krankenschwesternhelferin zu werden, als Derek darauf bestand, daß sie nicht mehr in die Kurse ging. Später fragte er sie dann, warum sie nie etwas aus sich selbst gemacht hatte. Sie hatte versucht, Derek zu gefallen, doch auf eine ganz typische Weise fand er dann doch etwas zu kritisieren. Niemals sollten Sie Ihr Selbst oder Ihre Zukunftspläne aufgeben müssen, um eine erfüllte Beziehung mit einem Mann zu haben. Die besten Beziehungen sind jene, in denen zwei Menschen aufrichtig die Interessen und die Aktivitäten ihres Partners unterstützen, während sie zugleich freudig ihre gemeinsamen Interessen teilen und ihnen nachgehen.

**4. Ihr Gefühl der Selbstzufriedenheit.** Wenn Sie hören, daß Ihr Freund Ihre Freunde und Verwandten kritisiert, dann ertönt vielleicht eine kleine Stimme in Ihrem Hinterkopf, die sagt: »Ich bin froh, daß ich nicht wie die bin.« Diese selbstzufriedene Reaktion ist oft der Anfang Ihres allumfassenden Versuches, ihm zu gefallen, des Versuches, perfekt für ihn zu sein. Es ist der Versuch zu beweisen, daß Sie nicht wie die anderen Leute sind, die er ständig kritisiert. Es ist, als würden Sie zu sich selbst sagen: »Sei vorsichtig mit dem, was du tust, du möchtest doch nicht, daß er solche Sachen über dich sagt.« Dies Gefühl der Selbstzufriedenheit signalisiert die Anfangsphase, Ihres zu heftigen Versuches, jemand anderem zu gefallen, was bedeutet, daß Sie aus den Augen verlieren, welche Art von Mensch *Sie selbst* sein wollten.

Wir alle mühen uns, bessere Menschen zu werden. Doch so etwas wie den perfekten Menschen gibt es nicht. Dazu sind die Vorgaben viel zu vage. Es gibt zu viele Meßlatten für das Perfekt-Sein: Ihre eigenen, die Ihres Freundes, die Ihrer Freunde und die Ihrer Verwandten, die Anforderungen in Ihrem Beruf oder die der Gesellschaft insgesamt. Selbst Ihre eigenen Vorstellungen von Perfektion werden sich ändern, wenn Sie sich in verschiedenen Umgebungen aufhalten, wenn Sie älter werden, wenn Sie neue Beziehungen eingehen. Es ist schwierig genug für Sie, eine eigene Vorstellung darüber zu entwickeln, wer und was Sie sein wollen, ohne daß jemand anderes Ihnen vorschreibt, wer Sie sein sollten. Bitte denken Sie stets daran, daß es so etwas wie einen perfekten Menschen nicht gibt. Gewaltbereite Männer allerdings führen sich häufig so auf, als ob sie selbst »nichts falsch machen« könnten.

Helens Mann John erklärte ihr in der ersten Woche, die sie verheiratet waren: »Wenn du jetzt noch meine Pyjamas und meine Unterwäsche bügeln würdest, dann wärst du die perfekte Ehefrau.« Wenig später teilte er ihr mit, daß es eine Liste von etwa fünf Dingen gebe, die sie ändern müsse, um perfekt zu sein. Die Liste wuchs schnell auf zehn Punkte an. Helen arbeitete als studierte Fachkraft in einem Vollzeitjob. Und weil sie seine Pyjamas bügelte, hatte sie kaum Zeit, sein Abendessen aus frischen Zutaten zu kochen, wie er es wünschte, oder all die anderen Punkte auf seiner immer länger werdenden Liste zu erfüllen. Sie war so von dem Wunsch besessen, all seinen Erwartungen gerecht zu werden, daß sie völlig vergaß, wer sie eigentlich selbst war. Sie konnte nicht mehr unterscheiden, was vernünftig war und was nicht. Nie kam es ihr in den Sinn, ihrem Mann eine Liste der Dinge zu überreichen, die er ändern solle, damit er perfekt für sie wäre, oder ihm das Bügeleisen zu überreichen, damit er seine Unterwäsche selbst bügelte.

Sie wußte, daß es, soweit es sie selbst und alle anderen betraf, keine Vollkommenheit, keine Perfektion gab. Doch je isolierter sie mit und durch John wurde, je mehr sie den Kontakt zu Freunden verlor, desto stärker versuchte sie, Johns immer länger werdende Liste der Dinge zu erfüllen, die sie perfekter machen würden. Helens Selbst wurde so geschwächt, so reduziert, daß sie sogar, als sie Kinder bekam, versuchte, deren Windeln zu bügeln, wie John es von ihr verlangte.

**5. Seine Besitzansprüche als Liebe, seine Eifersucht als Sorge falsch verstehen.** Sie werden sich durch seine Besitzansprüche und seine Eifersucht zu Beginn der Beziehung geschmeichelt fühlen, weil sie glauben, daß es Zeichen dafür sind, wie sehr er an Ihnen hängt. Doch es sind vielmehr Anzeichen dafür, daß er denkt, daß er das Recht hat, Sie zu überwachen, Sie zu besitzen und zu kontrollieren.

## Wie kann man den Unterschied zwischen mißbräuchlichem und »normalem« Verhalten erkennen?

Die übermäßige Aufmerksamkeit am Anfang einer Mißbrauchs-Beziehung sowie der »Kokon der Liebe« sind sehr attraktive Seiten dieser Beziehung. Nicht alle Beziehungen, die mit übermäßiger Aufmerksamkeit beginnen, müssen später in Mißbrauch enden. Es hängt vom Grad und von der Art der Aufmerksamkeit, des Besitzanspruchs und der Eifersucht ab, ob es zu verbalen Gewalttätigkeiten oder zu übersteigertem Wettstreit kommt. Man muß das Gesamtbild im Auge behalten. Sowohl Frauen wie Männer zeigen einen gewissen Grad von Besitzanspruch und von Eifersucht in fast all ihren Beziehungen. Hier sind einige der Kriterien, an denen Sie erkennen können, ob die neue Beziehung auf seelische oder körperliche Gewalt hinauslaufen wird:

**1.** Wenn verbale Entgleisungen und Beschimpfungen Teil Ihrer Beziehung sind, dann brauchen Sie sich keine weiteren

Fragen zu stellen. Wenn Sie Beschuldigungen und Kritik, Schlechtmacherei und Schuldzuweisungen hören, die gegen Sie selbst oder gegen andere gerichtet sind, können Sie nicht davon ausgehen, daß sich das je ändert. Und es ist vollkommen gleichgültig, wie sanft oder wie subtil diese Art der Kritik Ihnen vorkommt. Verbaler Mißbrauch maskiert sich häufig als Witz, als Sarkasmus oder als übertriebene, kontrollierende Aufmerksamkeit. Die subtile Art des Mißbrauchs ist oft dadurch gekennzeichnet, daß er Sie und das, was Sie denken, oder das, was Sie möchten, mißachtet, daß er Sie manipuliert, um Sie unter seiner Kontrolle zu halten, daß er Sie dazu bringt, zu tun, was er will, und nicht, was Sie wollen könnten. Selbst die eher harmlosen Arten des Mißbrauchs werden mit der Zeit schlimmer. Alle mißbrauchten und mißhandelten Frauen, mit denen ich gesprochen habe, sagten im Rückblick auf ihre Beziehungen, daß die Häufigkeit der Mißhandlungen sich im Verlauf ihrer Beziehungen gesteigert hatte.

Versuchen Sie bitte, einen gewaltbereiten Menschen als solchen zu erkennen, bevor Ihre Beziehung zu ihm sich weiterentwickelt.

**2.** Angenommen, daß man Sie verbal noch nicht mißhandelt hat, Sie noch nicht beschimpft hat, wie können Sie den Unterschied feststellen zwischen einer gewaltbereiten Beziehung und derjenigen, die Sie sich immer erträumt haben?

Als erstes beantworten Sie bitte die Ja/Nein-Fragen weiter unten, und dann bedenken Sie bitte sorgfältig, was Ihre Antworten für Sie bedeuten und wie sie zu dem Leben passen, das Sie sich immer erträumt haben. Jedesmal, wenn Sie mit Ja auf eine der Fragen antworten, steigt die Wahrscheinlichkeit, daß Sie sich bereits in der Falle einer zerstörerischen Beziehung befinden.

| | Ja | Nein |
|---|---|---|
| Ist Ihnen aufgefallen, daß Sie Ihre Freundinnen nicht mehr so oft sehen, wie Sie es gewöhnt waren? | ☐ | ☐ |
| Haben Sie gerne gelesen, geschrieben oder gezeichnet, bevor Sie Ihren neuen Freund kennengelernt haben, doch seitdem haben Sie nicht einmal mehr Zeit, sich das neue Buch, von dem Sie gehört haben, anzusehen? | ☐ | ☐ |
| Ist es Ihnen manchmal leicht unangenehm, wenn Ihr Partner Ihnen »auf die Pelle rückt«, sobald Sie etwas Zeit für sich haben und einfach nachdenken wollen? | ☐ | ☐ |
| Hat er begonnen, über so viele Kleinigkeiten in Ihrem Leben zu wachen, daß Sie das Gefühl haben, Ihnen entgleite Ihr Leben? | ☐ | ☐ |
| Wenn Sie Zeit mit Ihren Hobbys, mit Ihrer Familie, mit Ihren Freunden verbringen, weist er dann Anzeichen von Eifersucht auf, versucht er gar, Sie davon abzuhalten oder Sie zu überreden, die Zeit lieber mit ihm zu verbringen? | ☐ | ☐ |

**3.** Wenn auch nur eine der Antworten Ja lautet und Sie vermuten, daß Sie sich auf eine Mißbrauchs-Beziehung eingelassen haben könnten, dann ist es Zeit, ein paar einfache Tests zu versuchen.

Die Tests, die ich Ihnen vorschlage, sind nicht manipulativ. Sie sind nur ein Weg, Züge der Gewaltbereitschaft bei Ihrem neuen Freund herauszustreichen, damit diese Ihnen stärker bewußt werden. Die Ergebnisse können Ihnen sagen, ob es nicht vielleicht eine gute Idee wäre, die Verbindung zu lokkern und auch noch mit anderen Männern auszugehen. Die ersten Tests, die ich vorschlage, drehen sich alle darum, daß

Sie Pläne machen, irgendwohin zu gehen oder etwas zu unternehmen, ohne daß Ihr neuer Freund dabei ist.

♦ Planen Sie eine Unternehmung mit einer Ihrer besten Freundinnen. (Verzichten Sie bei diesem Test auf männliche Begleiter. Jeder Mann könnte irritiert sein, daß Sie mit anderen Männern ausgehen.) Wenn er daraufhin aufrichtig sagt: »Fein, ich hoffe, daß ihr Spaß habt«, dann bewegen Sie sich wahrscheinlich, aber nicht unbedingt, auf sicherem Boden. Oder stellt er Ihnen viele Fragen darüber, wohin Sie gehen und was Sie dort tun werden? Wenn Sie beispielsweise in ein Restaurant gehen, dann sieht er vielleicht die drohende Gefahr, Sie an jemand anderen zu verlieren, und dann wird er vermutlich eifersüchtig reagieren.
Eine seiner Reaktionen, die Ihnen signalisieren sollte, auf der Hut zu sein und ihn sich näher anzusehen, ist etwa: »Warum sage ich nicht einem meiner Freunde Bescheid, und dann können wir zu viert ausgehen?« Ein besitzergreifender, gewaltbereiter Mann läßt sich lieber auf eine Viererrunde ein, als daß er Sie allein losziehen ließe.
Oder er fragt: »Wohin geht ihr?« Und wenn Sie dort ankommen, überrascht er Sie damit, daß er Ihnen gefolgt ist oder schon vor Ihnen dort war.
Und während Sie sich noch von Ihrer Überraschung erholen, ihn dort zu sehen, sagt er vielleicht: »Was du erzählt hast, klang so gut, da dachte ich, daß mir das auch gefallen würde.« Es kann sogar sein, daß er mit einer anderen Frau dort auftaucht.
Er hat ein großes Talent, solche Verhaltensweisen als vernünftig darzustellen. Wer könnte schon an seinen Motiven zweifeln? Er erzählt Ihnen: »Ich habe mich einsam gefühlt, ich wollte nur bei dir sein.« Es ist so einfach, bei solchen Worten dahinzuschmelzen und jegliche Zweifel sofort zu er-

sticken – sehr viele Frauen tun das. Und doch ist diese noch sehr milde Stufe der Mißhandlung bereits ein starkes Instrument der Kontrolle.

So viel Kontrolle über Sie zu haben wie nur möglich ist das stärkste Motiv aller gewaltbereiten Männer. Am Anfang einer Beziehung jedoch können seine Versuche, Ihr Leben zu kontrollieren, kaum spürbar daherkommen. Und jedesmal, wenn Sie sich seiner Kontrolle oder seinen Grenzen widersetzen oder wenn Sie sich selbst mit kleinen Gesten dagegen wehren, dann wird ihn seine Angst dazu zwingen, seine Regeln und Kontrollmechanismen noch enger um Sie zu zurren. Und jedesmal, wenn er den Zugriff auf Ihre Person verstärkt, haben Sie mehr Grund, dagegen aufzubegehren, und dann muß er die Grenzen natürlich noch enger ziehen. Seine größte Furcht scheint zu sein, Sie zu verlieren. Diese Art der Aktion und der Reaktion, des Zusammenspiels, setzt sich im Laufe der Beziehung fort und greift immer tiefer in Ihr Leben ein. Der Kreislauf von Kontrollbedürfnis seinerseits und Aufbegehren Ihrerseits ist einer der ganz starken Faktoren, die zur Steigerung von Mißhandlungen in einer Beziehung beitragen. Und doch ist es die natürlichste Sache der Welt, daß man sich dagegen wehrt, von einem anderen kontrolliert zu werden. Können Sie erkennen, daß es immer schwerer wird, sich aus diesem Kreislauf zu befreien, wenn er erst einmal eingesetzt hat?

Hören Sie bitte genau zu, wie er mit Ihnen spricht und was er Ihnen sagt. Am Anfang einer Beziehung sind die Anzeichen, die ihn entlarven können, wenig offensichtlich, eher subtil. Sie selbst müssen sich aus den vielen kleinen Zeichen und Signalen ein Bild machen.

♦ Ein zweiter Test, den Sie einsetzen können, besteht darin, daß Sie Ihrem Freund sagen, daß Sie gern allein spazierengehen würden, um dabei nachzudenken und zu entspannen.

Dann sagt er etwa: »Wieso, wenn du doch einen so netten Freund hast, der mit dir gehen würde?« oder »Ich begleite dich, wo immer du hinwillst.« Hier zeigt er wieder, daß er Ihre Entscheidungen nicht respektieren kann, daß sein Bedürfnis, Sie zu überwachen, stärker ist als der Respekt vor dem, was Sie tun wollen.
Wenn das der Fall ist und Sie sich dabei ertappen, daß Sie ihm erklären, warum Sie allein spazierengehen wollen, sollten Sie innehalten und sehr ernsthaft darüber nachdenken, ob Sie diese Beziehung fortsetzen wollen. Sowohl sein Verhalten (übermäßige Aufmerksamkeit und Besitzdenken) als auch Ihre Reaktion (Erklärungen) sind Alarmzeichen, die sagen: Dieser Mann ist gewaltbereit!

♦ Ein weiterer simpler Test, um herauszufinden, inwieweit von Ihnen Besitz ergriffen wird, besteht darin, daß Sie feststellen, wie Ihr neuer Freund die Zeit verbringt, die er nicht mit Ihnen zusammen ist. Wenn Ihnen auffällt, daß er 1) fast alle seine anderen Aktivitäten eingestellt hat (Hobbys, Sport) und daß er 2) keine engen männlichen Freunde hat, mit denen er zumindest einen kleinen Teil seiner Zeit verbringt (Kneipenfreunde, die er nur dort sieht, oder Trinkgenossen zählen nicht als Freunde), und daß 3) die Zeit mit Ihnen seine Freizeit vollkommen ausfüllt, dann sollten Sie sich unbedingt darüber bewußt sein, daß er unverhältnismäßig besitzergreifend ist. Es kann sogar soweit kommen, daß er Arbeitszeiten und Karriere vernachlässigt. Das ist sicherlich ein Symptom dafür, daß er sich sagt: »Ich brauche mehr Zeit, um sie zu überwachen, sie zu kontrollieren, sie ganz zu besitzen.«
Irene erzählte mir, daß ihr Partner Larry, nachdem sie bereits einige Zeit zusammengelebt hatten, plötzlich nicht mehr zur Arbeit ging. Zuerst dachte sie, daß er daheim blieb, weil er an diesem Tag nicht arbeiten wollte. Doch nun sagt sie:

»Wenn ich jetzt zurückblicke, dann sehe ich, was los war.« Irene hat erkannt, daß Larry zu Hause blieb und »mich bewachte ... mich beobachtete ... was immer ich tat ... mit wem ich telefonierte«.
Diese Art der Aufmerksamkeit und des Besitzergreifens sind an sich schon Mißhandlungen, denn sie verweigern Ihnen das Recht, Ihre eigene, freie Wahl zu treffen, wohin Sie gehen und was Sie tun wollen, wann und mit wem. Niemand, auch nicht Ihr Mann, hat ein Recht, so in Ihr Leben einzugreifen. Dabei ist es völlig gleichgültig, ob Sie ihn gerade erst kennengelernt haben, bereits mit ihm verlobt sind, oder ob Sie mit ihm seit Jahren zusammenleben, Sie haben immer noch das Recht, Pläne für Ihr eigenes Leben zu machen, manches zu erledigen oder zu unternehmen, das ihn nicht betrifft, genau wie er das Recht hat, ohne Sie Pläne zu machen und Orte aufzusuchen und Dinge zu erledigen. Die meisten gewaltbereiten Männer verstehen dies Prinzip nicht. Sie sind zwar überzeugt davon, daß sie selbst das Recht haben, freie Entscheidungen zu treffen, kommen und gehen können, wie es ihnen paßt und niemandem eine Erklärung schuldig sind. Doch allem Anschein nach sind sie genauso davon überzeugt, daß ihren Partnerinnen dieselben Rechte nicht zustehen.
Um seinen Konkurrenztrieb zu testen, bitten Sie doch eine Ihrer Freundinnen, Ihnen ein Kompliment über Ihre Kleidung oder Ihre Frisur in seiner Gegenwart zu machen. Wenn er dann sagt: »Und wie finden Sie *mein* neues Hemd (Schuhe oder Haarschnitt)?« oder ähnliches, dann sind Sie gut beraten, sich nach einem anderen Partner umzusehen.
All diese Verhaltensweisen sind die Bausteine für eine gewalttätige Beziehung, egal, ob die Gewalt bei Wörtern aufhört oder bis zu körperlichen Mißhandlungen reicht.
Die Fragen, die ich vorschlage, sind sehr einfach, und Ihnen

selbst werden wohl noch andere einfallen, die Ihren persönlichen Umständen direkt entsprechen. Zögern Sie bitte nicht, diese Fragen zu stellen, doch seien Sie vorsichtig dabei. Ihr Leben ist sehr viel sicherer, wenn Sie den Test ganz beiläufig durchführen und Ihren Freund keinesfalls herausfordern, gleichgültig, wie er auf Ihre Versuche reagiert, ein bißchen Freiheit zu bewahren. Wenn Sie den Verdacht haben, daß er eine gewaltbereite Person ist, dann ist es sicherlich unangebracht, ihm das zu sagen. Niemals können Sie von ihm erwarten, daß er erkennt, daß sein Verhalten mißbräuchlich ist. Gewaltbereite Männer leugnen meist, daß sie etwas tun, was in irgendeiner Weise falsch sein könnte, selbst wenn sie vor Gericht per Beweis gezwungen werden, sich anzusehen, was sie getan haben.

Bereits in der ersten Phase Ihres Verliebtseins, Ihrer neuen Beziehung, engen die Aufmerksamkeit, der Besitzanspruch und die Eifersucht Ihres Freundes Ihre Kontakte zu vielen anderen Menschen, mit denen Sie lange umgegangen sind, ein. Und Ihre eigene Angst, was er wohl sagen oder tun wird, wenn Sie mit anderen Menschen Kontakt haben, engt Sie ebenfalls ein. Das heißt vor allem, daß es immer weniger Menschen geben wird, denen gegenüber Sie offen und angstfrei Ihre Zweifel an der neuen Beziehung äußern können.

Auch wenn es ihr nicht bewußt war, so war Francine bereits zu dem Zeitpunkt von ihren Freunden isoliert, als sie sich erstmals Gedanken darüber machte, ob sie die Beziehung zu Derek fortsetzen sollte. Hätte sie mit jemandem über Dereks Verhalten und über ihre eigenen Zweifel sprechen können, dann wäre es ihr nicht so leichtgefallen, ihre eigenen Gefühle zu ignorieren. Und es wäre ihr sicherlich klargeworden, daß dieser Mann und diese Beziehung nicht das einzige Rezept gegen ihre Einsamkeit waren. Einmal hatte sie versucht, sich aus der Beziehung zu lösen, als Dereks Besitzanspruch immer schmerzhafter für sie wurde. Doch allein war sie nicht stark genug. Sie hätte Hilfe und Unterstützung von anderen gebraucht, und die hatte sie nicht. Derek hatte gründliche Arbeit geleistet, als er ihre Kontakte zu Freunden und Familie abbrach.

Wenn Sie sich Sorgen darüber machen, daß Sie vielleicht gerade dabei sind, sich auf eine gewalttätige Beziehung einzulassen, und Sie gerne darüber sprechen würden, dann ist das ein guter Zeitpunkt, über das Frauenreferat Ihrer Gemeinde telefonisch Kontakt mit den ausgebildeten Helfern für Frauen in Not aufzunehmen. Ihr Anruf ist immer erwünscht und wird immer ernst genommen, egal, ob Sie bereits körperlich mißhandelt wurden oder nicht. Scheuen Sie sich nicht, dort anzurufen. Dies ist der ideale Zeitpunkt, um mit jemandem zu sprechen, der weiß, wie gewalttätige Beziehungen in der Anfangsphase aussehen. Der Anruf kann Sie davor bewahren, in die Isolation abzugleiten, und er kann Sie von dort zurückholen, wenn Sie bereits isoliert sind. Ihre eigenen Zweifel sind immer ernst zu nehmen. Vertrauen Sie sich selbst und nutzen Sie sie, um sich in Sicherheit zu bringen. Es gibt über 3000 kommunale Frauenreferate und Frauenbeauftragte in Deutschland. Sie sind für Sie da und werden Sie kompetent an sachkundige Beraterinnen weitervermitteln.

Sollten Sie sich mit Hilfe der Fachfrauen dazu entschließen, diese Beziehung abzubrechen, dann erwähnen Sie Ihrem Freund gegenüber nichts davon, bis Sie sich ganz sicher und bereit sind, Ihre Entscheidung entschlossen und klar darzustellen und sie wirklich umzusetzen. Es kann sehr schwer sein, ohne sachkundige Unterstützung solch eine Entscheidung zu treffen und zu ihr zu stehen. Und Ihr Freund wird alles daransetzen, um Sie zu überreden, bei ihm zu bleiben.

Bevor Sie mit ihm sprechen und ihn über Ihre Entscheidung informieren, sollten Sie wissen, wo Sie hingehen, wenn Sie ihn verlassen, und dann sollten Sie sich sofort dorthin begeben, sobald Sie ihm Ihre Sicht der Dinge mitgeteilt haben. Es ist zu empfehlen, daß Sie ihn an einem öffentlichen Ort treffen und daß eine Vertraute in der Nähe in einem Wagen wartet, um Sie nach dem Gespräch mitzunehmen.
Selbst wenn Sie bisher die grausame und gefährliche Seite Ihres Freundes noch nicht gesehen haben, dann ist spätestens dies der Moment, an dem sie sich zeigt. Sobald er damit konfrontiert wird, daß er die Kontrolle über Sie verliert, wird seine Angst ihn noch verzweifelter dazu treiben, Sie behalten zu wollen. Ohne jegliche Vorwarnung kann er dann sehr viel bedrohlicher werden und versuchen, Sie einzuschüchtern. Selbst wenn das nicht jedesmal der Fall ist, seien Sie darauf vorbereitet.

In dem Bild von der Spinne und der Fliege stellt diese frühe Phase in einer Beziehung den Zeitpunkt dar, an dem eine Frau zuerst das Netz berührt, völlig arglos, um sich dann in seinen Fäden zu verfangen. Manchmal wird ihr erst bewußt, daß sie gefangen ist, wenn sie versucht, sich zu befreien.
Immer mehr Frauen lernen, wie sie sich aus einer gewalttätigen Beziehung befreien können, bevor sie sich selbst verloren haben und bevor sie verfolgt oder verletzt werden. Mögen Sie die nächste sein.

## *Kapitel 2* Die unsichtbare Falle: Gesellschaftliche Isolierung

Wenn Sie aus einer sozialen Isolation nicht *mit* Ihrem Partner ausbrechen können, dann können Sie sich selbst auch nicht allein aus einer Mißbrauchs-Beziehung befreien, selbst dann nicht, wenn die Beziehung noch in ihrem Anfangsstadium ist. Gesellschaftliche Isolation wirkt ungeheuer lähmend, aber nur wenige Menschen, die isoliert leben, sind sich dessen bewußt, was mit ihnen geschieht. Soziale Isolation ist unsichtbar und entwickelt sich erst allmählich in einer Beziehung, es sei denn, daß Sie bereits so aufgewachsen sind. Am schwersten ist sie zu erkennen, wenn man selbst isoliert ist. Und doch hängt sie am engsten mit allen anderen Arten der Mißhandlungen und des Mißbrauchs zusammen, ausgenommen vielleicht bei Drogen und Alkoholmißbrauch über Generationen hinweg in einer Familie. Es ist kaum vorstellbar, daß eine Frau in einer gewalttätigen Beziehung nicht auf der einen oder anderen Ebene isoliert wurde, bevor die Mißhandlungen beginnen.

### Was ist Isolation?

Eine dramatische Beschreibung schwerster Isolation erschien vor einigen Jahren in einer Tageszeitung. Ein Mann tötete seine Frau und seine Kinder. Die langjährigen Nachbarn waren zutiefst schockiert, denn bis zu diesem Zeit-

punkt wußte niemand, daß die Frau und die Kinder überhaupt existierten. Niemals hatte man ein Kind im Garten spielen sehen. Es gab kein Kinderspielzeug im Vorgarten, keine Kinderstimmen wurden vernommen. Nie wurde eine Frau beim Einkaufen oder beim Wäscheaufhängen oder im Gespräch mit Nachbarn gesehen. Man sah immer nur den Ehemann und Vater, wenn er täglich zur Arbeit fuhr und zurückkam. Die Familie war von einem gewalttätigen Mann im Haus vollkommen isoliert worden. Daß er seine Familie tötete, kann als letzter Versuch gelten, sie vollends zu kontrollieren, zu beherrschen.
Wie kann so etwas geschehen? Warum hat die Frau dieses Mannes nicht versucht zu fliehen – zumindest die Kinder aus dem Haus zu schaffen? Die Antworten auf diese Frage sind spekulativ und gründen darauf, was wir über Isolation wissen. Wir werden niemals wirklich wissen, was sie dachte. Und doch scheint es, als ob die Frau keinen Ort kannte, an den sie fliehen konnte, und keine Freunde oder Verwandten hatte, die ihr bei der Flucht geholfen hätten. Und selbst wenn es jemanden gegeben hätte, der sich Sorgen um sie machte, dann war sie wahrscheinlich so eingeschüchtert und so isoliert, daß sie es niemals gewagt hätte, Ihrem Mann nicht zu gehorchen und außerhalb des Hauses zu erscheinen oder jemanden anzusprechen, der ihr hätte helfen können. Ihr Mann hatte wahrscheinlich ihre Kontakte zur Außenwelt allmählich so beschnitten, daß letztendlich ihre eigenen vier Wände die einzige Welt bildeten, die sie kannte.
Die Isolation kann fast vollständig sein, wie in obiger Geschichte, doch meist bewegt sie sich auf einer Skala zwischen leichter und schwerer Isolation. Francine beschrieb eine leichte Art der Isolation, als sie von Dereks übertriebener Aufmerksamkeit sprach und dem Isolierungseffekt, den diese auf sie hatte, indem sie ihren Umgang mit anderen

Menschen einschränkte. Später in ihrer Beziehung wurde diese Isolation dann immer größer.

Die meisten Menschen kapseln sich von Zeit zu Zeit von anderen Menschen ab – selbst von denen, die sie lieben. Das gilt für alle Menschen, ob sie allein leben, mit einem Partner oder in einer Familie. Diese Form der Isolation, wenn sie dem freien Willen entspringt, kann heilend sein, Kraft geben. Dann nennen wir sie Alleinsein. Es ist gar nicht so einfach, den Punkt genau zu definieren, an welchem Isolation beginnt, die Entwicklung von Individuen und Familien zu hemmen, ab wann sie zerstörerisch und mißbräuchlich in eine Beziehung eingreift.

Sehr wahrscheinlich werden Sie sich Ihrer eigenen Isolation gar nicht bewußt werden. Sie entsteht schrittweise. Doch schließlich ist dann diese Isolation zu einem Teil Ihres Lebens geworden, und sie beherrscht fast alles, was Sie sagen und was Sie tun. Isolation und ihren Effekt zu erklären ist dann am leichtesten, wenn man beschreibt, wie und warum jemand einen anderen Menschen isoliert.

## Warum muß er Sie isolieren?

Für einen gewaltbereiten Mann ist es so natürlich wie das Atmen, daß er Sie in die Isolation hineinzieht. Er tut es scheinbar, ohne es bewußt zu planen, sondern auf einer unbewußten, fast instinktiven Ebene, weil er damit auf sein eigenes Bedürfnis reagiert, Sie ganz allein zu besitzen. Sie ganz in seiner Kontrolle zu haben ist sein wichtigstes Ziel. Er ist eifersüchtig und wütend auf alles (und hat Angst vor allem), was Sie tun, das Ihre Aufmerksamkeit von ihm ablenkt – selbst wenn Sie Kontakt mit Mitgliedern Ihrer eigenen Familie aufnehmen, selbst wenn Sie mit einer Freundin telefonieren oder einfach nur einem Hobby nachgehen. Die Existenz eines jeden, der irgendeine Beziehung zu seiner Frau hat oder herstellen möchte, scheint seine innere Sicherheit zutiefst zu bedrohen. Frauen haben mir erzählt, daß ihre gewaltbereiten Männer sie jeweils beschuldigt haben, ein Verhältnis mit ihrem Bruder, Onkel, Vater, einem entfernten Bekannten, dem Mann an der Straßenecke, dem Jungen, der die Lebensmittel ausliefert, einem Mädchen mit einem Strohhut, das er für einen Mann hielt, oder einem Mitglied einer Hilfsorganisation, egal ob Mann oder Frau, gehabt zu haben.

Diese Angst eines gewaltbereiten Mannes davor, Sie weder in seiner Nähe noch Ihre volle Aufmerksamkeit zu haben, läßt vermuten, daß Sie seine Seele selbst sind, daß er ohne Sie verloren wäre, ja, fast aufhören würde zu sein. Diese Angst ist der Grund, weshalb er von dem Moment an, an dem er Sie kennenlernt, Ihre Zeit und Ihre Aufmerksamkeit in Beschlag nimmt. Wir müssen noch viel über die Gründe für diese extreme Angst und die Eifersucht und den Besitzanspruch lernen. Doch bis wir das getan haben, liegt es bei Ihnen, deren Symptome so früh wie möglich zu erkennen. Das wird Sie davor bewahren, isoliert zu werden und in einer zerstörerischen Beziehung gefangen zu sein.

Die Taktiken Ihres Partners, Sie zu isolieren und damit zu mißbrauchen, sind natürlich am effektivsten, wenn sich niemand in Ihrer Nähe befindet, der Ihnen eine andere Sichtweise vermitteln könnte. Und dann kann Ihr Partner seine Gewaltbereitschaft innerhalb des Kokons, den er geschaffen hat, ausspielen, ohne daß ihn äußere Einflüsse daran hindern. Aus dem »Liebes-Kokon« ist dann ein Kokon der Kontrolle und der vollständigen Isolation geworden. Und nun sind Sie viel eher bereit, seine Kritik als richtige und wahre Beschreibung Ihrer Person anzunehmen, wobei Ihr eigenes Urteil darüber, wer und was Sie sind, immer blasser wird und seine Kontrolle über Sie immer umfassender. Wenn Sie sich über die Art und Weise, wie er Sie behandelt, beschweren oder dagegen rebellieren, dann fühlt sich Ihr Partner herausgefordert, auf jede ihm zur Verfügung stehende Art diese Kontrolle zu verstärken. Und das bedeutet noch größere Isolation und stärkere Mißhandlung innerhalb der Beziehung. Dieser Kreislauf der Isolation verläuft ganz ähnlich wie der der Kontrolle. Isolation und Kontrolle treten gemeinsam auf, denn er isoliert Sie, damit er Sie kontrollieren kann. Wenn er damit beginnt, Sie von Ihrer Umwelt zu isolieren, werden Sie sich zunächst wehren. Vor lauter Angst davor, daß Sie Widerstand leisten, isoliert er Sie noch stärker, und wieder wehren Sie sich. So treibt die Beziehung Sie im Laufe der Zeit immer stärker in die Isolation.

### Wie wird man isoliert?

Es gibt nichts, was ein gewaltbereiter Mann nicht tun würde, um die Beziehungen zwischen seiner Partnerin und jedem Menschen zu zerstören, der versucht, sie zu schützen, zu unterstützen, ihr zu raten oder mit »seiner« Frau auf irgendeine Weise, aus welchem Grund auch immer, Kontakt aufzunehmen. In der Anfangsphase der Beziehung wird die Isolation durch übermäßige Aufmerksamkeit und durch Besitzanspruch bewerkstelligt, später dann durch Angst und Einschüchterung und durch verbale und körperliche Angriffe. Ein gewaltbereiter Mann isoliert seine Partnerin, indem er ihr den persönlichen wie auch telefonischen Kontakt zu anderen Menschen untersagt. Er isoliert sie, indem er ihr verbietet, das Haus zu verlassen, und andere daran hindert, es zu betreten. Außerdem hält er sie davon ab, sich die kompetente Hilfe zu besorgen, die sie braucht.

## Das Verbot von telefonischen Kontakten

Das Telefon ist ein wichtiges Instrument für eine Frau, um mit Freunden und Familie in Verbindung zu bleiben. Doch gewaltbereite Männer haben immer viele Wege gefunden, um die Nutzung des Telefons durch ihre Partnerin einzuschränken, selbst dann, wenn sie selbst nicht zu Hause sind.

Einige Männer bringen elektronische Geräte am Telefon an, damit sie alle Gespräche abhören können. Larry brachte eine solche Wanze am Telefon neben Irenes Bett an. Eines Nachts hörte er etwas, das ihm nicht gefiel, als Irene mit einer Freundin sprach. Er stürmte in das Schlafzimmer und legte den Hörer auf. Er packte sie an den Armen und schrie: »Warum tust du mir das an?« Irene sagt, daß er ganz außer sich war, nur weil sie mit jemand anderem gesprochen hatte – eine sehr häufige Reaktion gewaltbereiter Männer.

Marcus verhinderte, daß Eileen das Telefon benutzte, indem er einfach die Rechnungen nicht bezahlte, bis es abgestellt wurde. Eine seiner früheren Methoden bestand darin, daß er, wenn sie telefonierte, ins Zimmer kam und »so tat, als suche er etwas, doch er hörte nur mit«. Schließlich war Eileen von seiner Wut so eingeschüchtert, daß sie gar nicht mehr versuchte zu telefonieren. Und wenn Marcus besonders wütend und mißtrauisch war, dann nahm er einfach alle Telefone mit, wenn er zur Arbeit ging.

Marcus gelang es auch durch Einschüchterungen, Eileens Gebrauch des Telefons zu kontrollieren, wenn er nicht zu Hause war. Er erklärte ihr, daß sie »Ärger« mit ihm bekäme, wenn er im Laufe des Tages anriefe und das Besetztzeichen ertöne. Eileen nahm die Drohung ernst, weil sie wußte, daß Marcus sie wahrmachen würde. Sobald das Telefon klingelte, geriet Eileen in Panik, weil Marcus vielleicht in diesem

Moment versuchte, sie zu erreichen. Marcus hatte Eileen vollkommen vom Telefon abgeschnitten und damit von dem Gerät, über das sie mit anderen Menschen in Verbindung treten konnte.

## Das Verbot, das Haus zu verlassen

Gewaltbereite Männer zwingen häufig ihre Partnerinnen, zu Hause zu bleiben, indem sie ihnen nicht »erlauben«, irgendwelche Aktivitäten außerhalb des Heims zu verfolgen, etwa einem Beruf nachzugehen oder sich weiterzubilden. Im folgenden einige Methoden der Einschüchterung:
Linda erzählt: »Tom wollte nicht, daß ich arbeite. Er wollte, daß ich zu Hause bleibe. Er wollte nicht, daß ich irgendwo hingehe.« Natürlich stand es Tom frei, das Haus zu verlassen, wann immer es ihm paßte, und er warnte Linda: »Wehe, du sagst was«, wenn *er* wegging.
Leroy erklärte Patty, daß er nicht wolle, daß sie Weiterbildungskurse belegte. Sie sagt: »Es war das erste Mal, daß ich einen Kurs besuchte. Ich bin nie wieder hingegangen. Er behauptete, daß ich eine Affäre mit jemandem dort hätte, also habe ich einfach aufgehört.«
Auch Martha wollte eine Weiterbildung machen, doch ihr Mann, Dave, brachte ihr nie pünktlich den Wagen zurück. Sie erzählt: »Ich mußte aufhören damit, weil ich immer zu spät kam.«
Jedesmal, wenn Francine versuchte, einen Kurs zu belegen, schien es, als sei Derek ganz dafür, doch er gab ihr vorher immer noch etwas anderes zu tun, rund um die Uhr. Sie hatte einfach keine Zeit, in den Kurs zu gehen oder sich auf Prüfungen vorzubereiten. Francine sagt: »Ich sollte eine Art Superfrau sein.«

Diese Art der gar nicht so subtilen Sabotage ist eine sehr verbreitete Taktik bei gewaltbereiten Männern. Francine sagt: »Wenn ich nicht *mit ihm* ausging, dann sollte ich gar nicht ausgehen.«
Marcus hinderte Eileen daran, das Haus zu verlassen, indem er ihr Auto lahmlegte und ihr verbot, seine Autos zu benutzen. Erst nach Jahren wurde Eileen bewußt, daß Marcus absichtlich ihr Auto funktionsuntüchtig gemacht hatte, kurz nachdem sie sich kennengelernt hatten. Und unter dem Vorwand, es für sie zu reparieren, hatte er es so beschädigt, daß sie nie wieder damit gefahren ist, und sie hatte auch nie wieder genug Geld zur Verfügung, um sich ein neues zu kaufen. Marcus hatte ihr erklärt, daß das Auto, als er es reparieren wollte, bereits in einem hoffnungslosen Zustand gewesen sei. Und damals hatte sie ihm geglaubt.
Sie erzählt, daß Marcus teure Wagen anschaffte und sie dann aufforderte, sich hinter das Steuer zu setzen, damit er ihre Wirkung sehen könne. Dann sagte er: »Hm, du siehst wirklich bezaubernd aus in diesem schönen Wagen. Wie fühlst du dich dabei?« Doch Eileen berichtet auch, daß er ihr nie erlaubte, einen seiner Wagen zu fahren. Sie hatte auch keine Schlüssel für sie und durfte nicht wissen, wo er diese aufbewahrte.
Nicht jedem gewaltbereiten Mann gelingt es, seine Partnerin ans Haus zu fesseln. Sie können an Ihrer Arbeitsstelle oder in anderen öffentlichen Bereichen auf Frauen stoßen, die isoliert sind und von ihrem Mann verprügelt werden. Wunden, Prellungen und Narben sind nicht immer sichtbar. Und wenn sie es sind, dann werden sie geschickt von den Frauen verborgen. Vielleicht melden sie sich für einige Tage krank, oder sie werden Meisterinnen der Schminkkunst, oder sie kleiden sich so attraktiv wie nur möglich. Isolation läßt sich noch viel leichter verstecken als die Spuren körper-

licher Mißhandlung. Und die seelischen Narben, die Mißhandlung und Mißbrauch hinterlassen, sind natürlich unsichtbar.

## Das Verbot, Besuch zu empfangen

Anrufe und Besucher sind in einem Heim nicht willkommen, in dem eine Person eine andere isoliert und mißhandelt. Wenn er zu Hause ist, ist es für gewöhnlich der gewaltbereite Mann, der ans Telefon und an die Tür geht. So wird er versuchen, den Kontakt zwischen seiner Partnerin und dem Anrufer oder Besucher einzuschränken.

Charlie war es gelungen, Annette von all ihren Freunden zu entfremden, bis sie nur noch Kontakt zu ihrer Mutter hatte. Eines Tages besuchten ihre Mutter und ihr Stiefvater sie. Charlie war zu Hause. Sobald sich die Eltern im Wohnzimmer niedergelassen hatten, führte Charlie Annette ins Schlafzimmer und schloß die Tür. Er begann, mit ihr über Gott und die Welt zu reden.

Sie sagte: »Wir haben Besuch im Wohnzimmer.«

Charlie erwiderte: »Du bleibst hier bei mir und hörst mir zu.«

Annette befand sich in einer Zwickmühle. Wenn sie ins Wohnzimmer ging, bekam sie Schwierigkeiten mit Charlie. Wenn sie bei Charlie blieb, verärgerte sie ihre Mutter. Sie blieb bei Charlie. Ihre Mutter unternahm lange Zeit keinen Versuch mehr, sie zu besuchen.

## Kontaktverbot zu Hilfsorganisationen

Die Sicherheit, die gewaltbereite Männer in ihrer Beziehung mit einer Frau suchen, scheint vor allem von Mitgliedern einer Hilfsorganisation bedroht zu werden. Die Geschichte, die Kitty mir erzählte, ist typisch:

Kitty hatte so viele Termine, während sie im Frauenhaus war, daß es schwer war, einen Gesprächstermin mit ihr auszumachen. Sie traf sich mit einem Rechtsbeistand, besuchte Kurse für Eltern und ging auf die Berufsschule: Sie tat all das, was sie in der Beziehung mit ihrem gewalttätigen Ehemann Buddy immer versucht hatte zu tun. Es war ihm gelungen, Kitty, mit der er sechs Kinder hatte, zehn Jahre lang davon abzuhalten, Hilfe zu suchen, bzw. die mögliche Hilfe davon abzuhalten, Kitty zu erreichen. Sobald Kitty sich hilfesuchend wegen ihrer vielen sozialen und körperlichen Probleme an eine Sozialstation wandte, reagierte Buddy beleidigt, weil die Ämter annehmen könnten, daß nicht alles in Ordnung sei. Oder er trat so rechtschaffen am Telefon auf, daß er häufig die Sozialarbeiter überzeugte, daß er ein Heiliger sein müsse, um es mit Kitty auszuhalten. Er versicherte ihnen immer, daß er zwar glaube, allein mit Kitty zurechtzukommen, doch daß er sie anrufen würde, wenn er ihre Hilfe brauchte. Zu Hause erklärte er Kitty, daß er Sozialarbeiter, Psychiater, Ärzte und andere Menschen, die versuchten zu helfen, zutiefst verachtete. Niemand wurde ins Haus gelassen, um mit Kitty oder Buddy zu sprechen. Er hatte eine Maske für die Außenwelt, die des rechtschaffenen, geduldig leidenden Ehemanns, doch Kitty zeigte er sein grausames, gewaltbereites Gesicht. Kitty faßte die Situation zusammen, als sie mir sagte: »Er will nicht, daß irgend jemand in meine Nähe kommt ... Mit anderen Worten, er will nicht, daß ich anderen zuhöre, er will, daß ich nur auf ihn höre.«

## Was ist, wenn Frauen niemanden haben, mit dem sie sprechen können?

Die Isolation, in die eine gewaltbereite Person Sie treibt, ist für die Außenwelt ebenso unsichtbar wie für Sie selbst. Ihre Freunde und Familie begreifen die Isolation nicht, selbst wenn sie wissen, daß Sie mißhandelt werden. Sie wissen nicht, wie sie die Isolation durchbrechen und Ihnen helfen können. Und in Ihrer Isolation ist es ungeheuer schwer für Sie, sich dessen, was mit Ihnen geschieht, soweit bewußt zu werden, daß Sie um Hilfe bitten können. Und je isolierter Sie sind, desto schwerer wird es.

Ein einziges Treffen mit einer guten Freundin, die Ihnen zuhören kann, ohne Sie zu be- oder verurteilen, kann Ihre Isolation durchbrechen und Ihnen die Kraft und den Mut geben, nach und nach weiteren Kontakt wiederaufzunehmen. Je mehr Sie über sich selbst lernen bei jedem Kontakt, den Sie herstellen, und bei jeder Chance, sich auszusprechen, um so mehr Kraft werden Sie haben, sich zu entscheiden, was Sie wirklich tun wollen.

Einer unserer Wege, uns selbst zu kennen und uns treu zu bleiben, läuft über unsere Interaktionen mit anderen Menschen, andere laufen über kreative Beschäftigungen oder das Zwiegespräch mit der Natur, mit Büchern, mit Kunst oder die Beschäftigung mit wichtigen Lebensfragen, entweder allein oder mit anderen Menschen. Ihr Partner versucht, Ihnen alle Wege, die zu Ihrem Selbst führen, abzuschneiden. Wenn er das tut, dann sind Sie nicht viel mehr als ein Klumpen Lehm in seinen Händen, den er nach seinen eigenen Bedürfnissen und nach seinem Bild von Ihnen formen kann – Ihre Bedürfnisse und Ihr Bild von sich selbst spielen keine Rolle. (Siehe Kapitel 5, 6 und 11: Wie beginnt man, das eigene Selbstbild zu schärfen.)

Die Frauen haben mir viele Gründe genannt, warum sie weder sich selbst noch anderen Frauen soweit trauten, daß sie darüber sprechen konnten, was in ihrem Leben geschah. Ihr Mißtrauen, ihr mangelndes (Selbst-)Vertrauen, trug zu ihrer Isolation bei. Hier sind einige der Gründe, weshalb diese Frauen den Kontakt zu anderen Frauen mieden:

- Sie hatten Angst davor, was er denken oder tun könnte, wenn er herausfinden würde, daß sie jemandem von ihrer Mißbrauchs-Beziehung erzählt hatten (und das ist eine sehr realistische Angst).
- Sie wollten vor niemandem zugeben, daß sie versagt hatten, indem sie den falschen Mann gewählt hatten oder indem sie eine Beziehung mit einem gewalttätigen Mann eingegangen waren. Das ist eine Art, die Schwere des Mißbrauchs, den sie erleiden, zu leugnen. Wenn sie es niemandem erzählen, dann war es vielleicht gar nicht wahr.
- Sie erklärten, daß die Frauen, die sie kannten, entweder nicht verstehen würden, wovon sie sprechen, weil sie nicht mißhandelt wurden, oder aber daß ihre Freundinnen mißhandelt wurden und daß sie sie deshalb nicht mit den eigenen Geschichten belasten wollten.
- Einige Frauen gaben als Grund die Angst davor an, daß eine Freundin ihnen den Freund ausspannen würde, wenn sie von den Schwierigkeiten erführe.
- Die meisten Frauen gaben an, daß sie gar keine Freundinnen hätten, mit denen sie über ihre Gefühle und Ängste sprechen könnten; niemand stand ihnen nahe.

Helen, die durch Worte und Taten psychisch mißhandelt wurde, hatte endlich den Mut gefaßt, den sie brauchte, um einen Kurs in der Erwachsenenbildung zu belegen. Da sie sich des Umfangs ihrer eigenen Isolation gar nicht bewußt war, hatte sie mit niemandem über die Verbote und Mißhandlungen in ihrer Beziehung gesprochen. Eines Tages hörte sie in der Klasse, wie eine andere Frau etwas sagte, das darauf hinwies, daß sie ebenfalls unter Mißhandlungen zu leiden hatte. Helen fragte Angela, ob sie mit ihr nach dem Kurs einen Kaffee trinken wolle. Ganz allmählich nur, es dauerte Wochen und Monate, begannen Helen und Angela, sich zu öffnen und ihre Geschichten des Mißbrauchs zu erzählen. Hier begann ein langer Prozeß der Selbstheilung für beide, währenddessen sie schließlich genug Vertrauen faßten, um mit weiteren Menschen in Kontakt zu treten und sich von ihren gewaltbereiten Partnern zu trennen und ihr eigenes Leben produktiv und erfüllt zu gestalten. Es war auch der Anfang einer engen Freundschaft. Eine enge, vertrauensvolle Beziehung zu einer Freundin ist lebenswichtig, um Isolation zu vermeiden oder um von ihren Auswirkungen zu heilen. Ohne sie verstärkt sich die Isolation, und die Gefahr, sein Selbst zu verlieren, ist sehr viel größer.

## Die späten Stadien der Isolation

**1.** Zuerst werden Sie durch die oben beschriebenen Methoden, darunter übermäßige Aufmerksamkeit, zusammen mit Ihrem gewaltbereiten Partner isoliert, so daß nur noch sie beide zu existieren scheinen.
**2.** Die zweite Stufe der Isolation, ebenfalls eher instinktiv herbeigeführt, tritt ein, wenn er Sie von ihm selbst isoliert, indem er Sie willkürlich und ohne Vorwarnung kalt, stumm und abweisend behandelt. Dann sind Sie wahrhaft allein.
Martha erzählte mir, daß sie immer ein gutes Essen gekocht und den Tisch schön gedeckt hatte, wenn Dave zum Abendessen nach Hause kam. Sie wollte sich mit ihm unterhalten, ihm von ihrem Tag erzählen und ihn nach seinem fragen. Sie

wollte mit ihm über seine Zukunftspläne reden und auch darüber, was sie selbst noch erreichen wollte. Doch er kehrte immer häufiger in stumm abweisender Laune heim. Marthas fröhliches Geplauder, mit dem sie versuchte, seine Stimmung zu heben, bewirkte nichts. Manchmal war er von dem Verdacht besessen, daß sie sich mit einem anderen Mann getroffen hatte. Dann wiederum wußte sie gar nicht, warum er sie so kühl behandelte. Doch Martha erzählte, daß dies die einsamsten Zeiten ihres Lebens gewesen seien. Sie war noch einsamer, wenn sie bei Dave war, als wenn sie allein war. Und diese einsamen Zeiten wurden immer häufiger im Verlauf ihrer Beziehung.

**3.** Die dritte Stufe der Isolation tritt ein, wenn man Ihnen den Weg abschneidet, der zu Ihnen selbst führt, darunter fällt auch die Ausübung Ihrer Hobbys und anderer Beschäftigungen, die Sie gerne allein ausüben.

Mehrere Frauen erzählten mir, daß ihre Partner Dinge, die ihnen gehörten, beschädigten, zerstörten, sie wegpackten oder sie versteckten. Manchmal war es eine Sammlung, in die die Frauen viel Zeit investiert hatten, etwa Bücher, Münzen oder Kleidung. Männer nahmen die Materialien weg, die die Frauen für ihre Hobbys brauchten, beispielsweise Zeichenpapier, Spezialstifte oder Malerutensilien, wie Pinsel und Leinwände, oder getrocknete Blumen, die in ein Gesteck sollten. Sie ließen die Ergebnisse der Kreativität der Frau verschwinden, etwa Ölbilder oder Zeichnungen. In jedem der Fälle bedeutete der Frau das weggenommene Objekt sehr viel. Ausnahmslos waren es Dinge, in die die Frauen viel von sich selbst investiert hatten. Etwas, auf die sie stolz waren, oder etwas, mit dem sie ein bestimmtes Gefühl, eine bestimmte Bedeutung verbanden. Ich bin mir nicht sicher, ob die Männer, die diese Dinge wegnahmen oder zerstörten, wußten, wie wichtig sie für die Frauen waren. Ich glaube jedoch, 1) daß sie wütend waren, daß sie die Aufmerksamkeit, die ihrer Meinung nach ihnen gebührte, an diese Hobbys verloren; 2) daß sie eifersüchtig oder neidisch auf Talente ihrer Partnerinnen waren; 3) daß sie sich dadurch bedroht sahen, daß Frauen versuchten, sich in schöpferischen Tätigkeiten auszudrücken.

Wenn Sie ein Buch lesen, im Garten arbeiten, ein Bild malen, an einer Sammlung arbeiten oder irgendein anderes Hobby ausüben, dann richtet sich Ihre Aufmerksamkeit nicht mehr auf den Partner. In solchen Momenten sind Sie ganz nah bei sich, Sie stehen in Verbindung mit Ihrem Selbst, Sie sind konzentriert. Kopf und Geist sind auf eine Aufgabe gerichtet, ganz von dem, was Sie tun, in Anspruch genommen. Und Ihr Partner muß einen Weg finden, Sie davon abzuhalten, Ihre Energien derart einzusetzen. Und weil er Ihre Aufmerksamkeit für sich allein beansprucht und wieder auf sich zu lenken sucht, hindert er Sie effektiv daran, etwas zu lernen und daran zu wachsen. Der Effekt dieser dritten Stufe der Isolation ist, daß Sie noch mehr Ihres Selbst verlieren.

Diese Taktik kann sich auch rächen. Clare erzählte mir, daß sie nach fünf Jahren der Mißhandlungen zum ersten Mal wütend wurde, als er ihr eine Zeichnung wegnahm, die ihr viel bedeutete. Und Helen erzählte, wie ihr schockartig bewußt geworden sei, daß ihr Mann niemals auf ihrer Seite stehen konnte, als er Bücher zerstörte, die sie gesammelt hatte. Das war der Punkt, an dem beide Frauen begannen, sich von ihren Männern zu lösen.

Um es noch einmal zu sagen: Obwohl Sie einen genauen Blick dafür entwickeln sollten, wie Sie behandelt werden, so ist es doch die genaue Beoachtung Ihrer eigenen Reaktionen, die Ihnen den Mut geben kann, den ersten Schritt aus der Beziehung heraus zu tun, wie es bei Clare und Helen der Fall war.

Sie können nicht ändern, wie er Sie behandelt, außer vielleicht für sehr kurze Zeit. Sie können auch nicht davon ausgehen, daß Veränderungen, die Sie an ihm beobachten, länger anhalten. Und wie er Sie behandelt, hat nichts damit zu tun, wie Sie sich verhalten. Er tut alles, was er tun muß, um Sie unter seiner Kontrolle zu behalten, selbst wenn das heißt, daß er sich bei Ihnen für das entschuldigt, was er Ihnen und Ihrer Beziehung angetan hat. In der Tat, wenn er sich entschuldigt, dann nur, *um* die Kontrolle über Sie zu behalten. Doch sobald er wieder das Gefühl hat, daß er die Kontrolle über Sie verliert, werden die Mißhandlungen und der Mißbrauch wieder einsetzen.

## Werden Sie isoliert?

Um zu überprüfen, ob Ihr Partner versucht, Sie zu isolieren, beantworten Sie die Fragen mit Ja oder Nein. Nutzen Sie die Fragen, um Ihr jetziges Leben mit dem zu vergleichen, das Sie führten, bevor Sie Ihren Freund kennenlernten, sowie mit dem, das Sie gerne führen würden:

| | **Ja** | **Nein** |
|---|---|---|
| Protestiert er, wenn Sie ihm sagen, daß Sie mit einer Freundin ausgehen? | ☐ | ☐ |
| Wenn Sie Ihre Eltern besuchen wollen, bringt er dann Argumente, warum Sie bei ihm bleiben sollen, läßt er Sie dann manchmal »entscheiden«, ob Sie entweder bei ihm bleiben oder die Eltern sehen wollen? | ☐ | ☐ |
| Wenn Sie in seiner Nähe telefonieren, beschwert er sich über die Dauer Ihrer Gespräche? Kommentiert er einige der Dinge, die Sie sagen (z. B. »Das hätte ich nicht gesagt«), oder | | |

fragt er Sie, was Sie mit einer bestimmten Bemerkung gemeint haben? (Beides zeigt, daß er genau mithört und Sie dadurch kontrollieren will.) ☐ ☐

Wenn Sie telefonieren, während er nicht da ist, fragt er sie später, warum die Leitung besetzt war, als er anrief, oder mit wem Sie gesprochen haben? ☐ ☐

Wenn er allein irgendwohin gehen möchte, erwartet er von Ihnen, daß Sie zu Hause bleiben, keine Einwände haben und daß Sie gar nicht erst erwarten, mitgenommen zu werden? ☐ ☐

Ist Ihnen je aufgefallen, daß er Ihnen gefolgt ist, besonders, wenn Sie an einen neuen Ort gehen, den er nicht kennt? ☐ ☐

Wenn Sie arbeiten, studieren oder sich weiterbilden, fragt er Sie »Warum mußt du arbeiten?« oder »Mußt du wirklich den Kurs gerade jetzt machen?« Fordert er Sie auf andere Weise auf, zu Hause zu bleiben? ☐ ☐

Wenn Sie außerhalb des Hauses arbeiten oder sich weiterbilden, taucht er manchmal unerwartet am Feierabend auf und bietet Ihnen an, Sie nach Hause zu fahren, selbst wenn er seinen Arbeitsplatz früher verlassen muß, um das zu tun? Geschieht dies ziemlich regelmäßig? ☐ ☐

Wenn Sie regelmäßig einen Therapeuten, einen Arzt oder einen anderen professionellen Helfer aufsuchen, findet er immer neue Wege, um dagegen zu protestieren oder Sie von diesen Besuchen abzuhalten? Kritisiert oder beschimpft er dann diese Person oder beschuldigt Sie, mit ihm ein Verhältnis zu haben? ☐ ☐

Wenn Sie einkaufen gehen oder etwas anderes erledigen, macht er Bemerkungen darüber, wie lange Sie gebraucht haben, selbst wenn Sie keineswegs verspätet zurückkommen? ☐ ☐

Wenn Sie nicht zu Hause sind, wenn er anruft, fragt er Sie, wo Sie waren, und verlangt er einen detaillierten Bericht darüber, was Sie gemacht haben? ☐ ☐

Ist es ihm gelungen, Sie Ihren Freundinnen zu entfremden, selbst jenen, die Sie lange und gut kannten? ☐ ☐

Zeigt er Ihnen manchmal »die kalte Schulter«, wenn Sie sich ihm nahefühlen oder ein intimes Gespräch führen wollen? ☐ ☐

Wenn Sie einer Ihrer Lieblingsbeschäftigungen nachgehen (etwa Fitneßtraining, Gartenarbeit, Gitarrespielen, Handarbeit), versucht er, Sie abzulenken, so daß Sie Ihre Aufmerksamkeit wieder ihm widmen? ☐ ☐

Hat er selbst Lieblingsbeschäftigungen oder Hobbys, die seine Aufmerksamkeit von Ihnen ablenken? ☐ ☐

Fallen Ihnen keine Entschuldigungen mehr ein, mit denen Sie Freunden und Familienmitgliedern absagen können, wenn diese Sie einladen, mit ihnen auszugehen oder etwas zu unternehmen (entweder mit oder ohne Ihren Partner)? ☐ ☐

Wenn Sie auf eine dieser Fragen mit Ja geantwortet haben, lesen Sie dies als Signal, daß Sie stärker darauf achten müssen, wie Sie behandelt werden. Denn dann werden Ihre Kontakte zu anderen Menschen bereits eingeschränkt. Sie sind dabei, isoliert zu werden. Wenn Sie auf die letzte Frage mit Ja geantwortet haben, heißt das, daß Sie auf Aktivitäten und Menschen, die Sie mögen, verzichten, weil Sie sich vor der Reaktion Ihres Partners fürchten, wenn Sie ausgehen. Ihre Entscheidungsfreiheit wird beschränkt, und Sie selbst sind diejenige, die sich für diese Einschränkung entscheidet. Ihre Angst vor seiner Reaktion ist vollkommen gerechtfertigt. Man hat Sie in eine Lage manövriert, in der Ihnen Entscheidungen immer schwerer fallen. Doch Sie sollten sich stets bewußt sein, daß es immer Sie sind, die die letzte Entscheidung trifft, nämlich ob Sie ausgehen oder bleiben. Bald ist dann der Zeitpunkt gekommen, an welchem andere Menschen Sie gar nicht mehr fragen, ob Sie mitkommen wollen.

Fragen Sie sich selbst: »Möchte ich wirklich so leben?« Die Fragen oben sind relativ harmlose Beispiele der Verhaltensweisen, mit denen Ihr Partner Sie isolieren kann. Je länger die Beziehung andauert, desto schlimmer werden die Eingriffe in Ihr Leben. Später werden sie dann von heftiger Kritik an Ihnen und jeder Person begleitet, die in Verbindung zu Ihnen steht. Er wird immer wütender werden, wenn er nicht weiß, wo Sie sich in jedem Augenblick Ihres Lebens befinden; er wird sich immer bedrohter fühlen, wenn Sie über die Schwelle des Hauses treten, um irgendwohin zu gehen, selbst wenn Sie nur einkaufen. Er wird grausame Wege finden, Sie von Ihren Freunden und Ihrer Familie und von Ihrem eigenen Selbst abzuschneiden. Viele dieser Merkmale von Isolierung beruhen auf der extremen Eifersucht Ihres Partners und auf seinem ängstlichen Mißtrauen gegenüber Ihren Kontakten zu anderen Menschen. Sein Rezept gegen die Angst, daß andere Menschen Sie beeinflussen könnten, ist, Sie zu isolieren und immer gewalttätiger zu werden, um Sie zu kontrollieren.

Ihre eigene Reaktion auf diese Isolation, vor allem in den frühen Phasen der Beziehung, mag Sie überraschen. Wahrscheinlich sind Sie es nicht gewohnt, so behandelt, so überwacht und eingeschränkt zu werden. Ihre Reaktionen sind sehr wichtig. Nehmen Sie sie ernst, und vertrauen Sie sich selbst.

Wenn Sie auch nur das geringste Anzeichen einer versuchten Isolierung feststellen, beobachten Sie Ihre Reaktion und sagen Sie sich selbst: »Auch das ist eine Art, mich von anderen Menschen abzuschneiden.« (Oder von ihm selbst oder Sie von sich selbst.) Wenn Sie es tun können, ohne daß Ihr Partner es bemerkt, machen Sie sich Notizen mit Datum über jeden Vorfall, der Sie von anderen isoliert. Je bewußter Sie Ihre Situation wahrnehmen, desto mehr Information steht Ihnen zur Verfügung, um Ihre Entscheidung über diese Beziehung zu fällen.

Sie brauchen auch eine Informationsquelle von außerhalb, um Ihre Zweifel überprüfen zu können. Um es nochmals zu sagen: Wenden Sie sich an die Hilfsorganisationen für Frauen vor Ort und sprechen Sie über die Zweifel, die Sie über die Art haben, wie Sie behandelt werden. Kompetente Frauen werden Ihnen helfen, Ihre Beobachtungen zu verstehen, sie zu interpretieren. Sie können Ihnen sagen, ob Ihre Zweifel berechtigt sind, ob sein Verhalten zum Mißbrauch tendiert oder nicht. Und all das finden Sie heraus, indem Sie einfach den Telefonhörer abnehmen und anrufen. Sie können auch anonym anrufen. Es gibt keinen Grund, daß Sie Ihren Namen nennen müßten, aber es gibt auch keinen Grund, es nicht zu tun.

Es nützt Ihnen gar nichts, wenn Sie Ihren Freund beschuldigen, Sie isolieren zu wollen. Er wird nicht verstehen, wovon Sie sprechen, so daß Sie nur seine Wut und Angst anstacheln und damit die Gefahr für sich selbst erhöhen.

## Alle Frauen sind dafür empfänglich, isoliert zu werden

Vor mehreren Jahren lernte ich auf einem Seminar, das nichts mit häuslicher Gewalt zu tun hatte, ein Ehepaar kennen, dessen Geschichte zwei Dinge versinnbildlicht: 1) daß Besitzanspruch, Eifersucht und Isolierung des Partners Mißhandlungen und Mißbrauch sind; und 2) daß Frauen aus allen sozialen Schichten, Altersgruppen oder Bildungsniveaus sich relativ leicht isolieren und deshalb auch mißbrauchen lassen.

Das Seminar dauerte mehrere Tage und wurde in einer abgelegenen Gegend abgehalten, so daß alle Teilnehmer von außerhalb kamen und sich nie zuvor begegnet waren. Sich kennenzulernen und Informationen auszutauschen war ein wichtiger Bestandteil dieser Konferenz.

Die Seminarleiter wunderten sich über die Anwesenheit eines jungen Mannes, dessen Name auf keiner Teilnehmerliste auftauchte. Jedesmal, wenn er gefragt wurde, warum er dort sei, antwortete er: »Ich bin mit ihr da«, und verwies auf eine junge Frau, seine Begleiterin. Stets saß er dicht neben ihr, schob seinen Stuhl dicht neben den ihren, obwohl dort ein Gang vorgesehen war. Zu den Essenszeiten folgte er ihr auf dem Fuß, sprach unentwegt auf sie ein und führte sie stets an einen Tisch, der nur zwei Plätze hatte. Alle anderen Seminarbesucher zirkulierten und nutzten die Zeit, sich besser kennenzulernen und voneinander zu lernen.

Eines Tages traf es sich, daß ich in der Essenschlange hinter der jungen Frau stand. Ich begrüßte sie und fragte, woher sie komme. Für einen Moment schien es, als wollte sie mir antworten, doch ihr Freund griff sie am Arm und zog sie zu einem Zweipersonentisch. Soweit ich weiß, war auch kein anderer Teilnehmer erfolgreich bei dem Versuch, sie kennenzulernen.

Diese junge Frau war eine smarte, in ihrem Job erfolgreiche Person, doch sie war zugleich so eingeschüchtert durch ihren Freund, daß ich davon ausging, daß sie bereits bedroht worden war und daß ihre Angst sie zum Gehorsam zwang, vielleicht auch ihre Liebe, ihre Hoffnung und ihre Faszination. Sie sollten es niemals zulassen, daß man Sie in einen solchen Kreislauf verstrickt.

Auch wenn für jede Frau gilt, daß sie isoliert werden und in die Falle einer Mißbrauchs-Beziehung geraten kann, so scheinen doch Frauen, die in relativ isolierten Familien aufwuchsen, noch anfälliger dafür zu sein. Sie sind eingeschränkten Umgang mit anderen Menschen gewohnt, und daher scheint ihnen die Isolation, die ein neuer Freund ihnen zu Beginn der Beziehung auferlegt, geläufiger zu sein, so daß sie sich leichter und schneller damit abfinden.

Isolation dient den Bedürfnissen und Zwecken einer gewaltbereiten Person. Sie ist der Rohstoff, aus dem die Spinne ihr Netz knüpft.

## *Kapitel 3* **Dr. Jekyll und Mr. Hyde**

In seinem Buch *Dr. Jekyll und Mr. Hyde* beschreibt Robert Louis Stevenson die Taten des grausamen Mr. Hyde folgendermaßen: »Und dann brach er urplötzlich in eine große Flamme der Wut aus, stampfte mit dem Fuß auf, drohte mit seinem Stock und verhielt sich ... wie ein Irrsinniger.« Diese Schilderung ähnelt auffallend den Worten, mit denen mißhandelte Frauen die Wutanfälle ihrer Partner beschreiben.
Jede mißhandelte Frau, mit der ich sprach, erklärte von sich aus, daß ihr Partner ein »Dr. Jekyll und Mr. Hyde« sei. Sie alle hatten mit diesem Phänomen gelebt.
Eileen gehört zu den vielen Frauen, die die Unberechenbarkeit ihrer Beziehung beschrieben. Ich lernte sie spät eines Abends im Speisesaal eines Frauenhauses kennen. Andere Frauen, die noch um den Tisch herum saßen, beteiligten sich an unserem Gespräch. Sie alle sagten, daß sie nie wußten, in welcher Stimmung sich ihre Männer befinden würden. Auch Eileen bestätigte das, und sie beschrieb das Gefühl, das sie überkam, wenn sie den Kies unter den Reifen des Autos ihres Mannes knirschen hörte, wenn er abends von der Arbeit heimkehrte. Sie sagte, daß sie immer den Atem angehalten habe, bis die Wagentür zugeschlagen wurde, daß die Spannung in ihr mit jedem Schritt stieg, den Marcus auf die Haustür zuging. Und während Eileen über ihre Angst vor Marcus sprach, sah sie aus wie ein kleines Mädchen, das einen Horrorfilm sieht. Sie sagte, daß es egal gewesen sei, ob

Marcus mit guter oder mit schlechter Laune nach Hause kam. Selbst wenn er sie gut behandelte, fürchtete sie bereits das Schlimmste. Sie erzählte: »Dieses unangenehme Gefühl und diese Anspannung füllten dann meinen ganzen Körper, von den Füßen bis zur Schädeldecke ... Alles war nur noch Streß.« Sie erklärte, daß die Tatsache, daß sie nicht wußte, was sie von Marcus zu erwarten hatte, sie in einem chronischen Zustand der Nervosität und der Angst hielt. Nie wußte sie, ob Marcus sie mit einem Kuß begrüßen oder schreiend und fluchend zur Tür hereinstürzen würde, um sich über das Abendessen zu beklagen.

Die anderen Frauen nickten zustimmend, während Eileen ihre Geschichte erzählte. Sie stimmten darin überein, daß ihre Partner »gute Schauspieler« gewesen seien, daß sie vor Freunden und Verwandten den netten Kerl spielen konnten, um sich dann auf das grausamste gegen sie zu wenden, sobald sie allein waren. Wenn der »nette Kerl« zum Vorschein kam und sie gut behandelte, dann schöpften sie immer wieder Hoffnung für die Zukunft ihrer Beziehung. Wenn dann der »nette Kerl« nicht mehr vorhanden war und sie schlecht behandelt wurden, waren sie ganz durcheinander.

Dieses Schauspieltalent ist der Grund, weshalb so oft Freunde, Familienmitglieder und auch die Leute in den Hilfsorganisationen eher dem glauben, was der gewaltbereite Mann ihnen erzählt, als der mißhandelten Frau, die berichtet, wie sie behandelt wird.

Barbara ist eine attraktive, intelligente und redegewandte Frau. Sie hatte, obwohl ihr Mann versuchte, das zu verhindern, Freunde in einem Zwölf-Schritte-Programm gefunden. Die Tatsache, daß sie so gar nichts an sich hatte, was einen an ihren Worten hätte zweifeln lassen können, läßt ihre Geschichte noch viel erschreckender erscheinen. Barbara war entsetzt, als sie erfuhr, daß der Psychiater ihres Mannes die

Geschichten glaubte, die George erzählte, doch sich weigerte, ihr zu glauben, als sie versuchte, ihm von Georges gewaltbereitem Verhalten und seinen Mißhandlungen zu erzählen.

Barbara war über zwanzig Jahre lang mit Worten und seit mehreren Jahren körperlich mißhandelt und bedroht worden, bevor sie sich entschloß, jemanden aufzusuchen, der ihr helfen könnte. Sie ging in eine Beratungsstelle in ihrer Stadt, die damit warb, daß es sich für die Opfer von Gewalttaten einsetzte. Ihre Stimme zitterte immer noch, als sie mir Jahre danach ihre Geschichte erzählte.

Barbara beschrieb der Rechtspflegerin in der Beratungsstelle Georges Mißhandlungen. Die Beraterin glaubte ihr. Das Ergebnis dieses Treffens war, daß das Gericht – nach geraumer Zeit – anordnete, daß George sich in einer Nervenklinik einer Begutachtung unterziehen sollte.

In ihren Sitzungen mit dem begutachtenden Psychiater beschrieb Barbara Georges ständigen verbalen Mißbrauch und auch, daß er in den letzten Jahren begonnen hatte, sie zu schlagen. Anscheinend jedoch war George dazu fähig, den idealen Ehemann zu mimen. Er überzeugte den Psychiater davon, daß das eigentliche Problem seine Frau sei, die, wie der Psychiater selbst sehen könne, die meiste Zeit über erregt sei – sogar hysterisch. Je weniger der Psychiater Barbara glaubte, desto erregter wurde sie. Der Psychiater schrieb schließlich in seinem Gutachten, daß George vollkommen normal sei, und er bereitete dessen Entlassung aus der Nervenklinik vor.

Zu diesem Zeitpunkt erinnerte Barbara sich an die Tonbandaufnahmen, die sie mit einem Kassettenrecorder unter der Couch im Wohnzimmer gemacht hatte. Sie brachte die Bänder zum Psychiater. Er änderte seine Diagnose, als er hörte, wie George einen schier unendlichen Strom von Beleidigungen, wahnsinnigen Anschuldigungen, wilden Flüchen, Sarkasmen, Schreien und Drohungen ausstieß.

Der Psychiater verschrieb Medikamente, die George ruhighalten würden, solange er sie nähme. Barbara erzählte: »Als sie dieses Band hörten, wußten sie plötzlich, wovon ich gesprochen hatte. Doch erst dann.« Die Medikamente, die George einnahm, machten das Leben Barbaras für einige Zeit sicherer und ihr Zusammenleben friedlicher, doch auch sie konnten die Beziehung nicht wiederherstellen, die sie in frühen Jahren einmal gehabt hatten.

Das schauspielerische Talent eines gewaltbereiten Mannes – die Fähigkeit, alle davon zu überzeugen, daß er der liebenswerte Dr. Jekyll ist – bewirkt eine Zurückhaltung bei Hilfsorganisationen, helfend einzugreifen, und entmutigt Frauen, Hilfe zu suchen. Dieses Talent stopft ihnen effektiv den Mund und hindert sie daran, über das zu sprechen, was mit ihnen geschieht. Es trägt zu ihrer Isolation bei, die an sich bereits ein kaum zu überwindendes Hindernis bildet, Hilfe zu finden.

Sie müssen also damit rechnen, daß Ihr Partner ein so guter Schauspieler ist, daß andere Menschen Ihnen einfach nicht glauben, wenn Sie erzählen, daß er Sie mißhandelt. Seien Sie nicht überrascht, wenn das eintritt. Doch geben Sie niemals auf, jemanden zu suchen, der Ihnen glaubt. Sonst sind Sie noch stärker von anderen Menschen abgeschnitten als je zuvor. Wenn Sie allerdings die Notrufnummer einer einschlägigen Frauenorganisation anrufen, dann wird Ihnen immer geglaubt.

Zuerst mag Ihnen Ihr neuer Freund als ein besonders freundlicher, besonders gelassener Dr. Jekyll erscheinen. Wenn dann Mr. Hyde auftaucht, geschieht dies meist in einem überraschenden, urplötzlichen Wutausbruch. Sie können sich auf sein Erscheinen innerlich nicht vorbereiten, denn Sie

werden nie wissen, wann der Wechsel eintritt oder was ihn auslöst.
Die Plötzlichkeit, mit der ihre Partner sich verändern, ist für alle mißhandelten Frauen erschreckend und verwirrend. Martha erzählte, daß sie immer wieder dachte, daß nun alles wieder in Ordnung sei, weil eine Weile lang die Beziehung ganz harmonisch verlief. »Ich erinnere mich, daß er lachte ... und dann plötzlich rumms! Es kam wie der Blitz, und schon hatte er mich wieder gepackt und an die Wand gedrückt.«
Mißhandelte Frauen erzählen von unterschiedlichen Versuchen, sich zu verteidigen und zu schützen. Ein Weg ist, den Zustand der Anspannung und der Angst stets aufrechtzuerhalten, wie Eileen es tat – sie versuchte, unentwegt auf den nächsten Wutausbruch vorbereitet zu sein, wann immer er stattfand. Eine andere Methode besteht darin, daß man zu erahnen versucht, was ihn wütend machen könnte, um dann die Anlässe zu vermeiden. Tatsächlich aber ist keine dieser beiden Methoden erfolgreich, und ich kann sie auch nicht empfehlen. Wenn Sie sich in einem Dauerzustand der ängstlichen Wachsamkeit befinden und versuchen, auf alles vorbereitet zu sein, zahlen Sie dafür mit Ihrer geistigen und körperlichen Gesundheit. Wenn Sie probieren, alles zu vermeiden, was die Wut Ihres Partners auslösen könnte, machen Sie es ihm leicht, neue Anlässe für seine Wutanfälle zu finden. Sie werden damit niemals sein Verhalten verändern. Ich habe noch nie von einer Frau gehört, der es gelungen wäre, einen Wutausbruch des Mr. Hyde zu verhindern.
Ihr Leben wird nun immer gefährlicher, doch Sie beginnen damit, genau das zu verdrängen. Das ist der Zeitpunkt in der Beziehung, an dem es sein kann, daß auch Sie zornig werden. Manche Frauen werden wütend, manche nicht; manche Frauen wehren sich verbal und körperlich, andere tun das nicht. Zu den möglichen Reaktionen der Frauen auf einen

unberechenbaren Partner gehören Depressionen, Furcht, Vergeltungsmaßnahmen, Verwirrung, Ängstlichkeit und natürlich der seelische Schmerz, der eintritt, wenn man von jemandem verletzt wird, den man liebt. Ihre wichtigste Waffe gegen einen stärker werdenden Verlust des Selbst ist, daß Sie sich Ihrer eigenen Reaktionen bewußt werden, ohne diese zu verurteilen, zu kontrollieren oder sie zu ändern.

Vielleicht ist Ihr Partner jähzornig und neigt zu plötzlichen Wutausbrüchen, was Sie bisher noch nicht an ihm kannten. Es kann auch sein, daß er relativ viel Alkohol trinkt oder sogar Alkoholiker ist (plötzliche Stimmungswechsel sind bei Alkohol- oder Drogenmißbrauch üblich), daß er das aber bisher vor Ihnen verborgen hat, indem er sich bei Alkohol oder anderen Drogen in Ihrem Beisein noch zurückhält.

Wie können Sie in Ihrer Isolation erkennen, was wirklich mit Ihnen geschieht? Und was können Sie dagegen unternehmen?

Zuerst müssen Sie herausfinden, ob Sie mit einer Person des Typs Dr. Jekyll und Mr. Hyde zusammenleben. Beantworten Sie die folgenden Fragen mit Ja oder Nein.

| | **Ja** | **Nein** |
|---|---|---|
| Behandelt Ihr Mann/Freund Sie liebevoller, wenn sie beide mit anderen Menschen zusammen sind, gibt er manchmal sogar mit Ihnen an? | ☐ | ☐ |
| Reagieren Ihre Mitmenschen überrascht (bis zu dem Punkt, an dem sie Ihnen nicht glauben), wenn Sie versuchen zu erzählen, daß er Sie manchmal mißhandelt? Gilt das sogar für Ihre eigene Mutter? (Es gilt eigentlich immer für seine Mutter.) | ☐ | ☐ |
| Treten die Veränderungen, die Sie an ihm beobachten, manchmal sehr plötzlich auf? Kann er | | |

in einem Moment mit Ihnen lachen und zärtlich sein und Sie im nächsten gegen die Wand schleudern oder Sie mit Fragen traktieren oder Sie beschuldigen, ein Verhältnis mit seinem besten Freund zu haben? ☐ ☐

Haben Sie manchmal das Gefühl, wenn Sie ihm unvermittelt begegnen, daß er jemand ist, den Sie kaum kennen? ☐ ☐

Sind Sie äußerst angespannt, wenn Sie darauf warten, daß er nach der Arbeit nach Hause kommt, fragen Sie sich, in welcher Stimmung er sein wird? ☐ ☐

Haben Sie ihn je an seinem Arbeitsplatz angerufen, um herauszufinden, in welcher Stimmung er war, bevor er nach Hause kam? ☐ ☐

Als er dann zu Hause ankam, hatte sich seine Stimmung verändert? ☐ ☐

Wenn Sie auf eine der Fragen mit Ja antworten, dann leben Sie mit jemandem, dessen Verhalten unberechenbar ist. Das wird wahrscheinlich folgende Konsequenzen haben:

**1.** Ihre Isolation wird sich verstärken, denn es wird immer unwahrscheinlicher, daß Sie mit anderen über Ihre Beziehung sprechen, weil Sie ahnen, daß man nicht Ihnen, sondern Ihrem Partner glauben wird. *Auf diese Art und Weise wird aus dem Zusammenspiel von Isolation und Dr.-Jekyll-und-Mr.-Hyde-Verhalten ein Gefängnis für Sie.*

**2.** Um sich zu schützen, konzentrieren Sie sich immer stärker auf Ihren Partner, versuchen vorherzusagen, was er tun wird, damit Sie erraten können, wie Sie Konfrontationen vermeiden und ihn davon abhalten können, wütend zu werden.

**3.** Und weil Sie sich so auf Ihren Partner konzentrieren

- ♦ passen Sie nicht auf sich auf
- ♦ sind Sie überzeugt, ihn ändern zu können, wenn Sie sich noch mehr Mühe geben
- ♦ geben Sie sich noch mehr Mühe, »lieb« zu sein, seinen Befehlen zu gehorchen und es ihm recht zu machen
- ♦ glauben Sie ihm vielleicht, daß es Ihre Schuld sei, wenn er Sie völlig unberechenbar mißhandelt
- ♦ sind Sie verstört und niedergeschmettert, weil Sie die Schuld für die Gewalt in Ihrer Beziehung auf sich nehmen.

Sie haben niemanden, der Ihnen sagen könnte, daß Sie nichts tun können, um seine Wutanfälle zu verhindern. Und er selbst versichert Ihnen immer wieder, daß er sich nicht so verhalten würde, wenn Sie nur dies oder jenes tun würden. Sie sind immer stärker davon überzeugt, daß Sie einfach noch nicht gelernt haben, wie Sie perfekt sein können. Aber Sie glauben, daß alles wieder in Ordnung kommen wird, wenn Sie endlich perfekt sind. Sie hoffen, daß eine Änderung *Ihrer* Person ausreicht, um ihn für immer in den liebenswerten Dr. Jekyll zurückzuverwandeln. Diese Überzeugung, daß nämlich die Mißhandlungen in irgendeiner Form Ihre eigene Schuld sind, ist das größte und schwierigste Hindernis, das Sie überwinden müssen.

Meine Untersuchungen haben ergeben, daß man wirklich nicht vorhersagen kann, wann ein gewaltbereiter Mann seine erste Drohung ausspricht. Es kann geschehen, wenn Sie zum ersten Mal beobachten, wie sich Ihr Partner in Mr. Hyde verwandelt. Oft setzen seine Drohungen dann ein, wenn seine Angst, daß Sie ihn verlassen könnten, selbst wenn es nur vorübergehend ist, übermächtig wird. Seine Drohungen können von leichter Einschüchterung bis zur Erklärung reichen, daß er Sie oder ein Mitglied Ihrer Familien töten wird. Diese allererste Drohung kann schon früh in der Beziehung ausgesprochen werden, aber auch erst nach einem oder zwei Jahren. Sobald sie jedoch im Raum steht und Sie plötzlich wissen, daß er fähig ist, sie wahrzumachen, dann sind Sie noch enger in die Beziehung zu ihm eingeschlossen. Und nun nimmt Angst den Platz der Hoffnungen ein, die Sie vorher noch hatten. Jetzt brauchen Sie dringender denn je Hilfe, um sich von ihm lösen zu können, wenn Sie das wollen. Es ist jedoch sehr viel einfacher, ihn zu verlassen, wenn Sie die Entscheidung, die Beziehung zu beenden, treffen, bevor die erste Drohung ausgesprochen wurde.

Wenn Sie glauben, daß Sie bereits in eine zerstörerische Beziehung verstrickt sind, nutzen Sie die ersten drei Kapitel, um herauszufinden, wie man Sie isoliert hat und wie man Sie in die Falle laufen ließ. Wenn Sie sich der Wege bewußt werden, die Sie in die Beziehung geführt haben, ist es leichter, auch wieder einen Ausweg daraus zu planen. Natürlich können und sollen Sie auch die Informationen in diesen Kapiteln dazu nutzen, die nächste Beziehung mit einem gewaltbereiten Mann zu vermeiden.

Ich hoffe sehr, daß die bisherige Lektüre Sie vielleicht fragen läßt, wieso eine Fremde soviel darüber wissen kann, wie Sie leben. Die Antwort ist einfach: Viele Frauen führen ein Leben, das dem Ihren gleicht. Sie reagieren auf ganz ähnliche Art auf ganz ähnliche Muster des Mißbrauchs wie Sie. Und viele unter ihnen denken immer noch, daß sie ganz allein sind. Gegen Ihre Verzweiflung hilft nur, daß Sie Hilfsangebote annehmen. In den Kapiteln 7 und 8 wird erläutert, wie man Hilfe bekommen kann.

Nehmen Sie sich einen Moment Zeit, und stellen Sie sich nur eine einzige andere Frau vor, die mit einem gewaltbereiten

Partner lebt. Versuchen Sie, sie ganz deutlich vor sich zu sehen. Stellen Sie sich nun vor, daß sie angeschrien, geschlagen, bedroht wird und nicht weiß, was sie tun soll. Stellen Sie sich vor, daß sie versucht, Kontakt zu Ihnen aufzunehmen und Sie um Rat zu bitten. Wenn Sie sie persönlich treffen und sie beide miteinander reden könnten, was würden Sie ihr sagen? Würden Sie ihr raten, so weiterzuleben wie bisher? Würden Sie ihr erklären daß es noch Hoffnung gibt, daß ihr Partner sich ändern und zu dem liebevollen, aufmerksamen Mann wird, von dem sie dachte, daß sie ihn geheiratet hat? Würden Sie ihr sagen, daß sie sich sicher fühlen kann und daß ihren Kindern keinerlei Gefahr von Ihrem Partner droht? Würden Sie ihr sagen, daß sie selbst schuld an den Mißhandlungen ist, die sie ertragen muß?
Und was würden Sie sich selbst sagen?

*Zusammenfassung der ersten drei Kapitel*

## Die Form der Beziehung: Verhalten und Reaktionen, die ineinandergreifen

Wenn sich zwischen zwei Menschen eine Beziehung entwikkelt, bilden ihre Interaktionen, also ihr jeweiliges Verhalten und die Reaktionen darauf, ein Muster, das unbewußt entsteht. In einer Mißbrauchs-Beziehung, wenn also Isolation die Interaktion mit anderen Menschen unmöglich macht, wird dieses Beziehungsmuster starr und unbeugsam, weil nur wenig neue Information von außen in die Paarbeziehung vordringt. Die folgende Liste zeigt Interaktionen, die typisch für eine Mißbrauchs-Beziehung sind:

| *Sein Verhalten (gewaltbereite Kontrolle)* | *Ihre Reaktionen (Verteidigung)* |
|---|---|
| ♦ Er ist übermäßig aufmerksam. | ♦ Sie sind im »Liebeskokon« isoliert. |
| ♦ Er ist eifersüchtig. | ♦ Sie halten das für Liebe. |
| ♦ Er kritisiert und beschuldigt Sie. | ♦ Sie entschuldigen sich und versuchen, ihm alles recht zu machen. |
| ♦ Er wetteifert um die Aufmerksamkeit anderer. | ♦ Sie merken nicht, daß er nicht auf Ihrer Seite steht. |
| ♦ Er leugnet seine Mißhandlungen. | ♦ Sie leugnen seine Mißhandlungen. |
| ♦ Besitzanspruch und Eifersucht werden schlimmer, er überwacht Sie. | ♦ Sie haben erste Zweifel. Sie ziehen sich zurück. |
| ♦ Er schränkt Ihre Kontakte und Aktivitäten ein. | ♦ Sie haben weniger Kontakte, sprechen weniger. |
| ♦ Er bestimmt, wer Sie sind, beschimpft Sie. | ♦ Sie beginnen, sein Bild von Ihnen zu akzeptieren. |
| ♦ Er isoliert Sie stärker, gibt Ihnen die Schuld, kritisiert, verdächtigt Sie. | ♦ Sie versuchen verstärkt, es ihm recht zu machen, damit er sich ändert (ruhiger, sicherer wird). |
| ♦ Er bedroht, schüchtert Sie/Ihre Familie ein. | ♦ Sie haben Angst/sind in seiner Kontrolle. |
| ♦ Er beginnt, Sie zurückzuweisen, ist stumm/kalt/unberechenbar. | ♦ Sie sind allein! |
| ♦ Er läßt Sie nicht mehr zu sich selbst finden. | ♦ Ein Wendepunkt für Sie? (Wut, Schock?) |
| ♦ Er leugnet/rechtfertigt Mißbrauch und Mißhandlungen. | ♦ Sie spielen Gefahr/Schaden/Isolation herunter. |

Und wenn die Beziehung so weiterläuft, erstarrt sie oft in noch mißbräuchlicheren Mustern:

| | |
|---|---|
| ♦ Er wechselt vom Nettsein zu grausamen Handlungen, ist ein guter Schauspieler. | ♦ Ihre Isolation/Stummheit vertieft sich. |
| ♦ Körperliche Mißhandlungen beginnen, verbale Attacken werden schlimmer. | ♦ Sie reagieren noch empfindlicher auf ihn. |
| ♦ Sexueller Mißbrauch kommt häufig hinzu. | ♦ Gleichzeitig: Sie zeigen Kraft, Widerstand und Mut, selbst wenn Sie verängstigt, verletzt oder gedemütigt sind. |
| ♦ Terrorisierung kann einsetzen (Gebrauch einer Waffe, Zerstören von geliebten Gegenständen, auch Haustieren). | |
| ♦ Er rechtfertigt sein Verhalten. | ♦ Sie geben sich die Schuld für die Mißhandlungen. |

Im Verlauf der Beziehung werden seine Signale immer offenkundiger gewaltbereit. Und die Signale, die Sie daraufhin aussenden, sind immer stärker defensive Reaktionen auf seine Isolierungspolitik und seine Gewaltbereitschaft. Und je offensichtlicher sein gewaltbereites Verhalten wird, desto intensiver wird Ihre Verteidigungshaltung, was ihn wiederum dazu anstachelt, seine Kontrolle über Sie zu verstärken.
Sie werden wahrscheinlich den Verlauf dieses Beziehungsmusters erleben, selbst wenn Sie nie körperlichen Mißhandlungen oder sexuellem Mißbrauch ausgesetzt werden.
Die Tatsache, daß dieses Verhaltensmuster vollkommen

starr und unflexibel abläuft, ist für Sie aus folgenden Gründen wichtig:

1. Wenn zwei Menschen sich gemeinsam in die soziale Isolation begeben, werden ihre Interaktionen immer starrer (wenn er bestimmte Dinge zu Ihnen sagt, reagieren Sie meist genauso, wie Sie es das letzte Mal taten) und werden dadurch immer resistenter gegenüber Veränderungen.
2. Wenn Sie versuchen, die Beziehung dadurch zu verbessern, daß Sie das, was Sie sagen oder tun, ändern, wird Ihr Partner seine Anstrengungen verdoppeln, Sie unter seiner Kontrolle zu behalten. Er muß unbedingt Ihr Verhalten wieder zurechtbiegen, damit es in das etablierte Beziehungsmuster paßt, und er wird alles tun, um das zu bewerkstelligen.
3. Wenn Sie daran denken, zu einem gewaltbereiten Partner zurückzukehren, nachdem Sie ihn einmal verlassen haben, sollten Sie sich im klaren darüber sein, daß dieses gewalttätige Beziehungsmuster immer noch auf Sie wartet. Und es wird wieder aufgegriffen werden, wenn Sie zurückkehren, trotz aller Versprechen und Entschuldigungen Ihres Partners.

Selbst wenn eine Person, die zuschlägt und körperlich mißhandelt, lernt, ihre Wut unter Kontrolle zu halten und nicht mehr zu prügeln, werden aller Wahrscheinlichkeit nach die Muster verbaler Mißhandlungen bleiben, vor allem die Tendenz, Drohungen auszustoßen. Natürlich sind verbale Einschüchterungen ein starkes Signal, daß das Bedürfnis, Sie zu kontrollieren, noch vorhanden ist und daß Ihr Partner immer noch gewaltbereit ist, selbst wenn er nicht mehr zuschlägt.
Wenn Ihr Partner sich einer Therapie oder einem Verhaltens-

training unterzieht, um sein gewalttätiges Verhalten zu ändern, rufen Sie unbedingt eine Beratungsstelle für mißhandelte Frauen in Ihrer Gemeinde an und sprechen Sie mit einer Fachkraft, bevor Sie sich entschließen, zu ihm zurückzukehren oder ihn wieder in Ihr Heim aufzunehmen. In den Kapiteln 7 und 8 erfahren Sie, wem Sie vertrauen können und welche Art von Hilfe Sie von einer Beratungsstelle erwarten können.

Ich sage nicht, es sei unmöglich, daß eine gewaltbereite Person sich ändert. Doch ich behaupte, daß Sie sich nie darauf verlassen sollten. Es kann für Sie äußerst gefährlich werden zu glauben, daß Ihr Partner sich für alle Zeiten in eine nicht mehr gewaltbereite Persönlichkeit verwandeln kann. Wie in Stevensons Geschichte fällt es nämlich einem grausamen Mr. Hyde immer schwerer, sich in den liebevollen Dr. Jekyll zurückzuverwandeln.

# *Teil II* **Sie selbst müssen entscheiden, was Sie tun wollen**

# *Kapitel 4* **Sehen Sie genau hin**

Phyllis hat alle Stufen der erzwungenen Isolation durchlebt, die ich in den ersten drei Kapiteln beschrieben habe. Ihr Ehemann unterband im Verlauf der langjährigen Ehe ihre Kontakte zu anderen Menschen, dann wies er sie zurück und schließlich nahm er ihr Selbstbewußtsein und ihr Selbstwertgefühl. Sie ist nie körperlich mißhandelt worden, doch die grausamen Worte und demütigenden Handlungen über Jahre hinweg hatten tiefe Verletzungen hinterlassen, und selbst nach der Scheidung von ihrem Mann litt sie lange unter dem Verlust Ihres Selbst. Sie suchte nach Wegen, ihr Leben wiederaufzubauen. Ihr Exehemann war Alkoholiker gewesen, und eines Tages beschloß sie, die Nummer der Anonymen Alkoholiker (Al-Anon) im Telefonbuch nachzuschlagen, um dort zu erfahren, wo ein Meeting abgehalten würde, das sie besuchen könnte. Die Angehörigen-Gruppen Al-Anon sind dazu da, jedem zu helfen, der mit einem Alkoholiker lebt oder einen Alkoholiker liebt. Phyllis war überrascht, daß nur wenige Straßen von ihrer Wohnung ein Meeting stattfand. Ich sprach mit ihr, nachdem sie etwa ein Jahr lang den Meetings beigewohnt hatte. Und indem sie mir erzählte, wie sie schrittweise zu sich selbst zurückfand, beschrieb sie auch die Beziehung, die sie so beschädigt hatte.

Phyllis sagte, daß sie sich als Statue aus Stein empfunden hatte und ihren gewaltbereiten Mann als den Bildhauer. Er hat, im übertragenen Sinne, mit seinem ständigen Herumhacken auf ihr und anderen verbalen Mißhandlungen wie mit Hammer und Meißel Stücke aus ihr herausgeschlagen, auch noch, als sie längst dachte, daß sie die erwünschte Form angenommen hatte. Sie erzählte, daß sie einfach nicht mehr gewußt habe, wie sie die ausgeschlagenen Stücke wieder hätte zurückholen, wie sie sich selbst hätte reparieren sollen oder wie sie ihren Mann davon hätte abhalten sollen, sie Stückchen für Stückchen gänzlich zu zerstören. Sie sagt, daß sie mit dem Gefühl gelebt habe, ihr Herz sei in tausend Stücke zerschlagen worden. Sie wußte, daß sie nur mehr eine verzerrte und verkleinerte Form der Person war, die sie gewesen war, bevor ihr Mann sie neugeformt hatte. Phyllis lernte dann, wie sie ihre Wut und ihren Groll überwinden und damit beginnen konnte zu verstehen, daß viele Menschen dasselbe erlitten hatten wie sie. Als sie dann die Vergangenheit loslassen konnte, war es ihr möglich, sich auf die Gegenwart zu konzentrieren und damit zu beginnen, sich selbst wieder Stück für Stück als ganze Person aufzubauen.

Solange Sie sich in einer zerstörerischen Beziehung befinden, können Sie das Ausmaß Ihres Selbstverlustes gar nicht richtig abschätzen, egal, ob Sie körperlich, verbal oder auf beide Weisen mißhandelt werden. Selbst wenn Ihr Partner nicht mehr präsent ist, leben Sie weiterhin im Rahmen dieser Erfahrung, solange Sie nicht Ihre gewohnheitsmäßigen Reaktionen ändern. Al-Anon-Gruppen, Selbsthilfegruppen für geprügelte Frauen, private oder staatliche Beratungsinstanzen können Ihnen dabei helfen. Sie müssen diesen Weg nicht allein beschreiten.

Zu sagen, daß Ihr »Selbstbewußtsein schwach ist«, ist eine viel zu dürftige und ungenaue Beschreibung des Selbstverlustes, den Sie erlitten haben. Das Selbst, wie ich es hier gebrauche, ist der komplexe, zentrale Kern Ihrer inneren Welt:

Ihr Temperament, Bewußtsein, ihre Gedanken, Ideen, Überzeugungen, Wahrnehmungen und Werte. Das Selbst entwikkelt sich von Geburt an und verfestigt sich im Lauf der Jahre. Es wird zurechtgerückt und geformt durch Ihre Interaktionen mit anderen Menschen, Ihre Beziehung zur Umwelt und durch die äußeren Umstände Ihres Lebens. Ihr Selbst ist sowohl die Basis, von der aus Sie die Welt interpretieren, als auch die Summe dieser Interpretationen. Ihr Selbst bildet Ihr Zentrum, und ein wichtiger Teil Ihres Selbst bleibt Ihr Leben lang unverändert: der Teil, den Sie sich als »Ich« denken. Es beeinflußt, wie Sie denken und welche Entscheidungen Sie in Ihrem Leben treffen. Und man benötigt sehr viel mehr als gutgemeinte Ermunterungen, um sein verlorenes oder vergessenes Selbst wiederzuerlangen.

Doch man kann den Weg zurückgehen und damit beginnen, das Selbst Stück für Stück zurückzuerobern, wie Phyllis es getan hat. Sie sollten sich dabei nicht auf den jetzigen Zustand Ihres Selbstbewußtseins konzentrieren. Natürlich ist das am Boden zerstört, wenn Sie mit einer gewaltbereiten Person gelebt haben oder jetzt leben.

Eines der wichtigsten Signale für einen Verlust des Selbst ist die Tatsache, daß Sie nicht mehr wissen, was Sie für sich selbst wollen. Viele Frauen brauchen Zeit und Hilfe von anderen Menschen, bevor sie sich erinnern oder entscheiden können, was sie wollen. Der Schritt, der davor getan werden muß, ist die Entscheidung, was Sie *nicht* für sich und Ihr Leben wollen. Das können Sie tun, indem Sie aus unterschiedlichen Blickwinkeln einen genauen Blick auf Ihr Leben werfen und jedesmal ein paar ernüchternde Fragen stellen.

## Blicken Sie zurück

Normalerweise sollte man sich nicht zu sehr mit der Vergangenheit beschäftigen, denn das einzige, was Sie an der Vergangenheit ändern können, ist, *wie* Sie darüber denken (was allerdings schon sehr viel ist). In diesem Fall jedoch können Sie sehr viel lernen, wenn Sie auf Ihr Leben zurückblicken. Die folgenden Fragen helfen Ihnen bei diesem Rückblick, wenn Sie sie mit Ja oder Nein beantworten:

| | **Ja** | **Nein** |
|---|---|---|
| Hat sich meine Beziehung seit ihrem Anfang verändert? Ist sie anders, als ich mir erhofft oder erwartet habe? (Das kann auch für glückliche Ehen zutreffen – beantworten Sie trotzdem auch die anderen Fragen.) | ☐ | ☐ |
| Ist mein Partner anders, als ich ihn eingeschätzt habe? Ist er unberechenbarer, gröber, weniger aufmerksam, weniger zärtlich und gefühlsbetont, gewaltbereiter? | ☐ | ☐ |
| Bleibe ich bei ihm, weil ich immer noch hoffe, daß er wieder zu dem Mann wird, den ich kennen- und liebengelernt habe? | ☐ | ☐ |
| Habe ich mich verändert, seit ich die Beziehung zu ihm habe? Reagiere ich nur noch, bin ich zorniger, verspannter, gestreßter, stehe ich ständig unter Druck? | ☐ | ☐ |
| Verliere ich mehr und mehr an Energie? Fällt es mir immer schwerer, Dinge zu erledigen? | ☐ | ☐ |
| Bin ich stärker von meiner Familie und meinen Freunden isoliert? Sehe ich sie viel seltener als früher? | ☐ | ☐ |
| Glaube ich immer noch, daß ich ihn in denjenigen zurückverwandeln kann, der er (wie ich | | |

glaubte) war, wenn ich nur lerne, genau das Richtige zu sagen und zu tun (aus seiner Sicht)? ☐ ☐

Ein Ja auf eine dieser Fragen ist ein Warnsignal, daß Sie einer Hoffnung nachhängen, die höchstwahrscheinlich unrealistisch ist, und daß Sie darunter leiden. Die Antwort Ja auf die letzte Frage signalisiert, daß Sie sich auf dem langen, abschüssigen Weg in den Verlust des Selbst befinden, den Verlust der Person, die Sie sind, und der Person, die Sie sein möchten. Sie bedeutet auch, daß Sie die gesamte Verantwortung für die Beziehung übernommen haben, daß Sie die Schuld an den Mißhandlungen Ihres Partners auf sich genommen haben, daß Sie glauben, alles werde wieder in Ordnung sein, wenn Sie sich nur anders verhalten. Hat irgend etwas, was Sie bisher getan haben, eine Wirkung gehabt? Warum ist es so unwichtig, wie *er* sich verhält?

## Und nun blicken Sie in den Spiegel

Werfen Sie erst noch einmal einen Blick auf Ihre Antworten, und sehen Sie dann in den Spiegel, und stellen Sie sich noch ein paar Fragen, genau wie Francine es tat, nachdem sie verprügelt und mit einem Messer bedroht worden war, am Tag bevor sie sich entschloß, in ein Frauenhaus zu gehen. Es waren diese Fragen, die sie zu dem Entschluß führten, daß sie Mißhandlungen, Brutalität und Terror nicht mehr in Ihrem Leben dulden wollte. Doch warten Sie bitte nicht, bis Sie mißhandelt worden sind, bevor Sie sich diese Fragen stellen:

**Ja Nein**

Bin wirklich ich es, die in dieser Situation lebt? (Wenn Sie Schwierigkeiten haben, auf diese

| | | |
|---|---|---|
| Frage mit Ja oder Nein zu antworten, macht das gar nichts, versuchen Sie es nur.) | ☐ | ☐ |
| Ist das, was ich nun werde, etwas anderes als das, was ich sein wollte? | ☐ | ☐ |
| Verbringe ich soviel Zeit und Energie damit, ihn zu ändern, damit ich bei ihm bleiben kann, daß ich gar nicht mehr weiß, wer ich selbst sein möchte und was ich tun möchte? | ☐ | ☐ |

Eine Antwort mit Ja sagt Ihnen bereits, daß es Ihnen schwerfällt, die Person, die Sie jetzt sind und die das Leben lebt, das Sie leben, mit der Person in Einklang zu bringen, die Sie einmal waren, oder der Person, die Sie einmal sein wollten.

## Sehen Sie sich Ihre Kinder genau an

Der nächste genaue Blick, den Sie auf Ihr Leben werfen sollten, ist wohl der allerschwerste, doch um Ihretwillen und derentwillen sollten Sie sich Ihre Kinder genau ansehen und sich selbst fragen:

| | **Ja** | **Nein** |
|---|---|---|
| Ist er den Kindern gegenüber genauso kritisch und grausam wie mir gegenüber? | ☐ | ☐ |
| Fangen die Kinder an, sich häufig anzuschreien und sich gegenseitig die Schuld zu geben, oder weinen sie oft und sitzen meist viel zu still in einer Ecke? | ☐ | ☐ |
| Haben die älteren Kinder (von acht Jahren aufwärts) damit begonnen, mir die Schuld an den Gewalttätigkeiten des Partners zu geben? | ☐ | ☐ |
| Haben einige der Kinder angefangen, sich so zu verhalten wie der gewaltbereite Partner? | ☐ | ☐ |

Sind sie wütend auf mich, weil ich die Mißhandlungen ihnen und mir gegenüber nicht stoppen kann? ☐ ☐

Bin ich die ganze Zeit über angespannt und müde, entferne ich mich immer mehr davon, die Mutter zu sein, die ich sein will? Mißhandle ich die Kinder manchmal selbst? ☐ ☐

Sollten Sie auf eine der Fragen mit Ja antworten, so sollten Sie darüber nicht traurig sein. Im Gegenteil, Sie sollten sich freuen, daß ein kleiner Zipfel des Schleiers der Verleugnung und Verdrängung über Ihrem Geist und Ihrer Seele gelüftet worden ist. Nun können Sie am Anfang von positiven Veränderungen Ihrer eigenen Person stehen, die auch positive Änderungen in das Leben Ihrer Kinder bringen werden.

## Blicken Sie auf Ihr Selbst

Sehen Sie sich an, wie Sie Ihr Selbst verlieren. Beantworten Sie die folgenden Fragen, damit Sie verstehen lernen, wie Ihnen Ihr Selbst entgleitet:

**Ja Nein**

Überlegen Sie sich, wie Sie den Tag verbringen: Sind Sie fast den ganzen Tag damit beschäftigt, Dinge für andere Menschen zu tun oder darüber nachzudenken, wie Sie es anderen Menschen recht machen können? Oder auch nur, was Sie tun können, damit sie nicht böse auf Sie werden? ☐ ☐

Haben Sie bei fast allen Themen aufgehört, Ihre Meinung zu sagen, weil Sie wissen, daß sie nichts gilt oder nur dazu führt, daß man Sie beleidigt? ☐ ☐

Versuchen Sie, in Ihrem Kopf eine Liste der Dinge zu machen, die Sie wirklich gern tun. Fällt es Ihnen schwer, zehn Dinge anzuführen? Oder auch nur fünf? Oder auch nur eine Sache? ☐ ☐

Ist es schon lange her, daß Sie irgendwo hingegangen oder irgend etwas unternommen haben, wozu Sie sich entschieden hatten? Fällt es Ihnen schwer, sich einen Ort auszudenken, den Sie gerne aufsuchen würden? ☐ ☐

Hatten Sie früher ein kreatives Hobby, das Sie nun aufgegeben haben oder das Sie nur noch mechanisch ausführen, ohne bewußt damit umzugehen oder neue, schöpferische Ideen zu investieren? ☐ ☐

Liegt einer der Gründe, warum Sie Ihre schöpferische Tätigkeit aufgegeben haben, darin, daß Ihnen die Zeit fehlt, weil Sie sich auf Ihren Partner und seine Wünsche konzentrieren, oder darin, daß Ihre Fähigkeiten Ihren Partner irgendwie verärgern? ☐ ☐

Wissen Sie nicht mehr, wie Sie beschreiben sollten, *wer* Sie sind (nicht, was Sie tun, sondern wer Sie sind)? ☐ ☐

Haben Sie damit begonnen, sich nur noch als die Frau Ihres Mannes zu definieren, als die Mutter Ihrer Kinder oder als die Tochter Ihrer Eltern? ☐ ☐

Eine einzige Antwort mit Ja auf eine dieser Fragen sagt Ihnen, daß Ihr Selbst sich in einem zerbrechlichen Zustand befindet und Unterstützung und Förderung braucht. Und die einzige Person, mit der Sie dabei rechnen können, sind Sie selbst.

## Werfen Sie einen Blick auf Ihre Einsamkeit

Es gibt verschiedene Arten der Einsamkeit. Viele Frauen beschreiben ein »Loch-im-Bauch-Gefühl«, eine Art einsame Leere, die sie oft verspürten, als sie heranwuchsen und zu jungen Erwachsenen wurden, bis zu dem Zeitpunkt, an dem sie ihrem gewaltbereiten Partner begegneten. Als sie ihn zum ersten Mal trafen, waren viele von ihnen überzeugt, daß sie nun diese Leere, die sie so lange empfunden hatten, füllen könnten.

Und dann, als sie mit einem gewaltbereiten Partner lebten, erfuhren sie die Art von Einsamkeit, die entsteht, wenn man niemanden hat, mit dem man die Geheimnisse, die Freuden und die Sorgen des Lebens teilen kann. Eine Einsamkeit, die daher rührt, daß der stärker und unberechenbarer werdende Rückzug und die Kälte des Partners ihnen den Mut nimmt, zu sprechen und sich auszudrücken.

Und die Frauen sprechen von der schlimmsten Einsamkeit, die dann einsetzt, wenn die Kälte des Partners und seine Kritik und seine Verachtung noch stärker werden und gar kein Ende mehr zu nehmen scheinen, wenn sie sich dann bewußt werden, daß sie in der Gesellschaft des Partners noch einsamer sind als allein oder mit anderen Menschen. Sie können nur noch, wenn sie allein sind oder außerhalb des Hauses beschäftigt, ein Gefühl von Frieden, Erfolg oder Leistung haben. Nur dann können sie noch etwas von dem starken Selbst wiederfinden, an das sie sich von früher erinnern.

Blicken Sie zurück auf Ihre Beziehung zu Ihrem Partner und beantworten Sie folgende Fragen:

| | Ja | Nein |
|---|---|---|
| Als Sie ihn kennenlernten, haben Sie da manchmal gedacht: »Wunderbar. Ich werde nie wieder einsam sein?« | ☐ | ☐ |

Als er sich Ihnen gegenüber immer abweisender verhielt, haben Sie sich da einsam gefühlt, weil Sie niemanden hatten, dem Sie sich nahefühlen konnten, mit dem Sie über alles sprechen konnten? ☐ ☐

Waren Sie je neidisch, wenn eine Freundin sagte: »Mein Mann ist mein bester Freund?« ☐ ☐

Und als Sie immer stärker von anderen Menschen isoliert waren und er damit begonnen hat, Sie zu beleidigen und schlechtzumachen, fühlten Sie sich da einsamer, wenn Sie mit ihm zu zweit waren, und nicht, wenn Sie ganz allein waren? ☐ ☐

Wenn Sie auf eine dieser Fragen mit Ja antworten, dann zeigen Sie damit an, daß Sie keinen Zugang mehr zu anderen Menschen, zu Ihrem Partner und letztlich zu ihrem Selbst haben. Sie sagen damit auch: »Mein Partner erfüllt nicht mein Bedürfnis nach einer harmonischen Beziehung, sondern er verhält sich überdies so, daß ich mich vollkommen allein gelassen, unendlich einsam fühle.« Viele Frauen haben gesagt, daß es kein einsameres Gefühl auf Erden gibt, als sich darauf zu freuen, daß der Mann nach Hause kommt, um dann alle Erwartungen durch ein scharfes Wort, eisige Ablehnung oder gar einen Faustschlag zerstört zu sehen. Sie sollten sich bewußt sein, daß viel von Ihrer Einsamkeit inzwischen dadurch entsteht, daß das, was Sie sich unter einer »engen« Beziehung vorgestellt haben, nicht mit der Realität übereinstimmt, die Sie mit einem gewaltbereiten Partner erleben.
Sie müssen sich immer wieder Ihre Macht ins Bewußtsein rufen, Ihr eigenes Leben ändern zu können.

## Werfen Sie einen Blick auf die Form der Beziehung

Viele mißhandelte Frauen haben ihre Partner als schwache, feige Männer beschrieben, obwohl ihre Partner oft sehr maskulin aussahen und auftraten. Sie gaben an, daß ihre Partner oft dominierende Mütter hatten und daß es Männer waren, die häufig der Lieblingssohn ihrer Mutter waren. Sie beschrieben sie als Menschen, die mit der Haltung durchs Leben gingen, »daß sie nichts falsch machen können«. Es sind Männer, die anscheinend alles rechtfertigen können, auch das Verprügeln ihrer Frauen.

Sie fahren eine Achterbahn zwischen den Höhen der wiederkehrenden Hoffnung und den Tiefen der gewalttätigen Worte und Taten und erneuten Höhen. Die Höhen halten nie lange an, und die Tiefen werden tiefer mit jedem Eintauchen. Nichts, was Sie unternommen oder versucht haben, hat etwas daran geändert. Sie erwarten immer mehr von sich selbst und immer weniger von ihm. Sie erwarten sogar von sich, daß es Ihnen gelingt, den Familienfrieden zu wahren, und Sie geben sich die Schuld, wenn das nicht gelingt. Das wenige, das Sie von ihm erwarten, wird selten, wenn überhaupt, erfüllt. Statt mehr Anerkennung von ihm erhalten Sie immer weniger. Wenn Ihnen etwas gelingt, macht er Sie schlecht, statt sich mit Ihnen zu freuen. Wenn Sie schließlich in der Lage sind, etwas Geld zu verdienen, wird er Ihnen vielleicht mitteilen, daß Sie der Grund sind, daß er nun mehr Steuern zahlen muß.

Sie befinden sich in einer Beziehung, in welcher Ihr Partner von Ihrer Kraft, Ihrem Wesen, Ihrem Selbst zehrt, weil er das für sich selbst braucht, denn er selbst hat weder viel Energie noch Wesenskraft oder ein eigenes Selbst. Nachdem er Sie in seinem Netz gefangen und Ihnen das lähmende Gift übermäßiger, besitzergreifender Aufmerksamkeit gespritzt hat, und nachdem er Sie gesellschaftlich isoliert hat, beginnt er

Ihnen die Lebenssäfte auszusaugen, um sich selbst daran zu nähren. Wenn Sie Ihr Selbst wieder mit seinen Entschuldigungen aufgeladen haben, nachdem er Sie verletzt hat, wächst die Spannung erneut in ihm, und schließlich wird er Sie wieder aussaugen. Doch Sie selbst haben die Macht, aus der Isolation auszubrechen, mit anderen Menschen und Ihrem alten Selbst wieder Kontakt aufzunehmen, Wege zu finden, Ihren Geist, Ihren Körper und Ihr Wesen wieder aufzubauen und von da an heil zu bleiben.

Beobachten Sie seine Aktionen und Ihre Reaktionen wie in der Zusammenfassung von Kapitel 3 angegeben und bestimmen Sie die Form der Interaktion zwischen Ihnen. Diese Beziehung ist nicht eine der gegenseitigen Liebe, des Vertrauens, des Respekts – sie hat nichts Gegenseitiges an sich. Es ist eine, in der der Partner verzweifelt versucht, die Oberhand zu behalten. Er muß vollkommene Kontrolle über alles haben, was Sie tun, sagen oder denken. Sein Überleben hängt davon ab. Es ist keine Situation des Austausches, es ist keine Zusammenarbeit, in der jeder die Hälfte zu einem Ganzen beiträgt. Er beansprucht Freiheit und Kontrollgewalt, und Sie erhalten Mißhandlung, Mißbrauch und die Schuld daran. Es ist die Beziehung zwischen der Spinne und der Fliege. Die Spinne hat die Kontrollgewalt, sobald die Fliege unschuldig das Netz berührt, und das ist es, was Sie taten, als Sie ihn kennenlernten und verständlicherweise seinem Charme und seiner Aufmerksamkeit verfielen.

Diese Art der Beziehung verwandelt sich nicht wie durch ein Wunder in diejenige, von der so viele Frauen träumen: eine Beziehung, in welcher er auf Ihrer Seite steht, in welcher er Ihre Sorgen und Freuden teilt und Sie die seinen, in welcher Sie sich entspannen und wirklich darauf freuen können, wenn er abends heimkehrt und am Wochenende zu Hause ist.

## Werfen Sie einen Blick auf Ihre Kraft

Werfen Sie einen Blick auf Ihre Kraft und wie Sie sie eingesetzt haben. Die meisten Frauen, die mißhandelt werden, sind sehr starke Frauen, und sie beschreiben sich auch selbst so. Sie sind im allgemeinen nicht schwach und hilflos. Um zu begreifen, wie stark Sie sind, müssen Sie sich nur ansehen, was Sie alles schon durchgemacht und überlebt haben.

Manchmal jedoch kann Ihre Kraft gegen Sie arbeiten. Immer wieder beobachtet man, daß mißhandelte Frauen all ihre Kräfte dazu einsetzten, um bei ihrem gewaltbereiten Partner zu bleiben und die Beziehung aufrechtzuerhalten.

Frauen in unserer Gesellschaft wird beigebracht, daß es ihre Pflicht ist, bei dem Mann zu bleiben, den sie erwählt haben, egal, was passiert. Auch ihre Eltern sind sehr oft dieser Meinung. Wenn eine Tochter einen gewaltbereiten Mann verlassen will, geschieht es selten, daß sie von ihren Eltern darin unterstützt wird. Frauen, die Zuflucht im Elternhaus suchen, wird oft von einem oder beiden Elternteilen zu verstehen gegeben, daß es ihre Pflicht sei, zu ihrem gewaltbereiten Mann zurückzukehren. Und dabei macht es auch keinen Unterschied, ob sie mit zerschnittenem, blutigem und geprelltem Gesicht und Körper vor ihrer Tür steht. Es wird von ihr erwartet, daß sie zu dem Mann zurückkehrt, der sie verletzt hat.

Opal ist eine der Frauen, die ich in einem Frauenhaus kennengelernt habe, und sie erklärte mir, daß ihre Mutter ihr beigebracht hatte, loyal zu sein. Sie war stolz darauf, eine starke Frau zu sein, und sie empfand ihre Loyalität zu ihrem gewalttätigen Partner als Teil dieser Stärke. Als Opal in das Haus ihres Vaters flüchtete, nachdem sie verprügelt worden war, befahl ihr dieser, nach Hause zu ihrem Mann zurückzukehren. Er sagte: »Du hast dir die Suppe eingebrockt, jetzt mußt du sie auch auslöffeln.« Andere Frauen berichteten von ähnlichen Worten ihrer Väter und Mütter.

Um herauszufinden, ob Sie Ihre Kräfte vielleicht falsch einsetzen, beantworten Sie folgende Fragen:

| | **Ja** | **Nein** |
|---|---|---|
| Haben Sie immer schon, seitdem Sie denken können, gewußt, daß Sie stark sind? | □ | □ |
| Sind Sie je stolz darauf gewesen, in einer schwierigen Situation nicht aufgegeben zu haben? | □ | □ |
| Halten Sie es für Ihre Pflicht, eine schwierige Situation durchzustehen? | □ | □ |
| Haben Sie als junger Mensch die Erfahrung gemacht, daß Sie das Beste aus einer schlimmen Situation machen mußten, vielleicht sogar aus einer Mißbrauchssituation? | □ | □ |
| Nutzen Sie Ihre Kräfte und Ihre Entschlossenheit, »durchzuhalten« in der Beziehung, in der Sie sich befinden, weil Sie denken, daß Sie das müßten? | □ | □ |
| Würden Sie sich gegenüber Ihrem gewaltbereiten Partner unloyal fühlen, wenn Sie ihn verließen? | □ | □ |

Eine einzige Antwort mit Ja heißt, daß die Art und Weise, wie Sie Ihre Kräfte einsetzen, eher zum Verlust Ihres Selbst beiträgt, statt zur Wahrung Ihrer Sicherheit und Ihrer ganzen Persönlichkeit.

Nachdem Sie sich die einzelnen Punkte, die ich hier angeführt habe, genau betrachtet haben, sollten Sie sie im Hinterkopf behalten, wenn Sie damit beginnen, die Entscheidungen zu treffen, wie *Sie* Ihr Leben gestalten wollen. Es ist sehr wichtig, daß Sie begreifen, daß Sie nicht einfach nur ein

Blatt im Wind sind. Sie selbst haben viel mehr Gewicht, viel mehr Substanz. Sie haben die Macht, andere Entscheidungen zu treffen, egal, ob es sich um große oder kleine handelt. Eine scheinbar winzige Entscheidung, wie etwa die Notrufnummer für mißhandelte Frauen anzurufen, kann eine ganze Reihe anderer Entscheidungsmöglichkeiten eröffnen, von denen Sie vielleicht gar nicht wußten, daß sie Ihnen zur Verfügung stehen.

Den meisten Frauen in unserer Gesellschaft wurde beigebracht, daß sie diejenigen sind, die andere unterstützen und betreuen, und daß Sie verantwortlich für die Qualität all ihrer Beziehungen sind. Frauen bekommen diesen Anspruch schon zu hören, wenn sie noch ganz klein sind, und er wird aus allen Ecken ihres Lebens wiederholt: von Familienmitgliedern, von der Kirche, von der Gesellschaft. Nur ganz selten bringt man ihnen bei, daß sie sich erst einmal um sich selbst kümmern sollten, um dadurch die körperliche Energie und auch das Selbstbewußtsein zu erlangen, um das Leben führen zu können, das sie verdient haben. Frauen benötigen ein starkes, gesundes Selbst, um entscheiden zu können, was sie tun und leisten wollen, wie und was sie zu dieser Welt beitragen wollen.

Es gibt viele Arten, etwas zu dieser Welt beizutragen und gleichzeitig »selbstsüchtig« genug zu sein, auf sich selbst zu achten. Sich in eine Position der Dienstbarkeit zu begeben ist wahrhaftig nicht Ihre einzige Alternative. Wenn Sie gelernt haben, Ihre eigene, freie Entscheidung darüber zu treffen, wie Sie dieser Welt dienen wollen, dann wird das, was Sie für andere tun, automatisch auch für Sie selbst gut sein. Ihr Verhalten wird zugleich Ihre Persönlichkeit als auch andere Menschen fördern.

Ich hoffe, daß Sie ganz allmählich lernen werden, daß es in Ordnung ist und kein Akt der Selbstsucht, wenn Sie sich zuallererst um sich selbst kümmern, was Sie tun oder tun wollen, beruht darauf, daß Sie selbst körperlich, geistig, gefühlsmäßig und seelisch so fit wie nur möglich sind. Würden Sie es selbstsüchtig oder egoistisch nennen, wenn Sie den Umgang mit sich selbst ganz oben auf Ihre Liste der Dinge setzen würden, die Sie zu tun haben? Würden Sie sich schuldig fühlen, wenn Sie das täten? Wenn Sie selbst sich nicht um sich kümmern, wer sonst sollte das tun?

Wenn in diesem Moment die Gefahr besteht, daß Sie körperlich mißhandelt werden, rufen Sie sofort den Frauennotruf an. Man wird Ihnen den Umständen entsprechend weiterhelfen. Wenn Sie etwas mehr Zeit haben, sehen Sie im Anhang zu diesem Buch nach, dort werden auch allgemeine Organisationen genannt, die mißhandelten Frauen weiterhelfen. Rufen Sie an und reden Sie mit der Person am anderen Ende über Ihre Hilflosigkeit, Ihre Ängste, Ihre Situation.

Persönliche Sicherheit kommt immer zuerst. Wenn Sie wirklich der Meinung sind, daß Ihnen im Augenblick nichts passieren kann, aber noch nicht wissen, wie Sie sich in Zukunft entscheiden werden, lesen Sie bitte weiter.

# *Kapitel 5* Es ist an der Zeit, Ihre Kräfte anders einzusetzen

Sie haben im letzten Kapitel einen genauen Blick darauf geworfen, was Sie nicht wollen. Nun ist es an der Zeit zu entdecken, *was Sie wollen.*

Die Vorschläge in diesem und im nächsten Kapitel werden Ihnen unter folgenden Prämissen gemacht: 1) daß Sie sich bereits mitsamt Ihrem Partner in einer unsichtbaren Isolation befinden; 2) daß Sie nur wenige, wenn überhaupt, Freunde oder Familienmitglieder haben, die Sie unterstützen und mit denen Sie sich regelmäßig aussprechen können; 3) daß Sie keine anderen Mittel oder Hilfsinstanzen zur Hand haben oder nicht wissen, wo Sie sie finden könnten und 4) daß Sie einen Weg finden müssen, »sich an den eigenen Haaren aus dem Sumpf zu ziehen«. Um das tun zu können, ist es notwendig, daß Sie mit kleinen Schritten beginnen, die Sie gefahrlos unter dem wachsamen Auge Ihres gewaltbereiten Partners durchführen können. Die Schritte in diesem Kapitel wurden nach dem Kriterium ausgewählt, daß Sie sie allein ausführen können, dadurch Ihr Bewußtsein für das Leben, das Sie führen, schärfen und gleichzeitig die Energien und die Entschlossenheit steigern können, die Sie brauchen, um neue Entscheidungen für Ihr Leben zu fällen.

Damit Sie sich selbst neu entdecken können, lesen Sie erst die Liste der Vorschläge in diesem und im nächsten Kapitel. Dann aber sollten Sie – solange Sie Ihre eigene Sicherheit damit nicht gefährden – die Punkte einzeln durchgehen. Sollten

Sie das Gefühl haben, daß Sie sich in Gefahr befinden, dann rufen Sie unbedingt den Frauennotruf an, wenn nötig über die Polizei, und suchen Sie Hilfe.
Sie sollten unbedingt wissen, daß Ihr Partner, wenn er bemerkt, daß Sie wieder stärker werden, wahrscheinlich seine Anstrengungen verdoppeln wird, um Sie klein und ohnmächtig zu halten. Bitte begeben Sie sich in keine Gefahr, während Sie sich mit den folgenden Gedanken beschäftigen. Finden Sie zuerst einen sicheren, privaten Ort, an dem Sie Zeit mit sich selbst verbringen können.

## Das Selbstgespräch: Seine Definition Ihrer Person durch eine eigene ersetzen

Ein erster und grundlegender Schritt, sein Selbst zu verlieren, besteht darin, daß man – verständlicherweise – das glaubt, was ein gewaltbereiter Partner über einen sagt. Wenn es niemanden im Umfeld gibt, der diesen Urteilen durch Worte und Taten widerspricht, dann hören Sie nur noch seine Krittelei, seine Beleidigungen und seine Definition, wer Sie überhaupt sind. Sie hören nur noch, daß Sie ihm dankbar sein sollten, daß er sich noch mit Ihnen abgibt, denn Sie würden (wie er sagt) niemals jemand anderen finden, der das täte. Das ist verbaler Mißbrauch! Und es ist äußerst schwierig, ihn zu bekämpfen, denn:

**1.** Sie befinden sich, zusammen mit Ihrem Partner, in tiefster Isolation – seine Beschimpfungen sind das einzige, was Sie hören.
**2.** Frauen aller Kulturen wurde seit Jahrhunderten gesagt, daß sie grundsätzlich weniger wert seien als Männer (Branden, 1994). Diese Verachtung durch die Gesellschaft hindert

Frauen daran, ein gesundes Selbstwertgefühl zu entwikkeln.

**3.** Ihr gewalttätiger Partner kann Sie mit negativen Urteilen derart überschwemmen, daß Sie gar nicht mehr damit nachkommen, positive Bilder von sich selbst entgegenzusetzen. So wurde beispielsweise Barbara von dem Moment an, in dem ihr Mann abends das Haus betrat, von diesem derart mit verbalen Attacken überschüttet, daß sie gar nicht mehr dazu kam, darauf zu reagieren. Und egal, was sie sagte, es war immer das Falsche. Wenn sie schwieg, fielen George nach einer Weile keine Beschimpfungen mehr ein, und er beruhigte sich etwas. Sagte sie auch nur ein Wort, nutzte er das, um von neuem mit einer Tirade von Anschuldigungen, Beleidigungen und Spott über sie herzufallen. Barbara wurde zum Schweigen gezwungen. Wenn es ihr nicht gelungen wäre, einen Freundeskreis zu finden, der sie unterstützte, dem sie von ihrer Beziehung erzählen und dem gegenüber sie sich auch auf andere Art ausdrücken konnte, dann wäre sie dem tiefen Verlust ihres Selbst ausgesetzt gewesen.

**4.** Es ist sehr schwer, gegen Verurteilungen anzukämpfen, besonders, wenn Sie noch ein kleines Kind waren, als Sie sie erstmals zu hören bekamen, und wenn Sie sie dann sehr häufig hörten oder

**5.** wenn Sie als Kind dieselben negativen Urteile zu hören bekamen, wie jetzt von Ihrem gewaltbereiten Partner, und Sie deshalb gar nicht so recht wissen, was positive Urteile und Ermutigungen sind, oder

**6.** wenn Sie diese negativen Urteile als Kind von jemandem hörten, der wichtig für Sie war, etwa von den Eltern oder von einem Lehrer.

All diese Umstände machen es noch schwerer, als es schon ist, sich von negativen Urteilen wieder zu befreien. Helmstetter informiert in seinen Büchern wesentlich ausführlicher, als ich es hier kann, über Selbstgespräche und wie man sich gegen die negativen Urteile anderer Menschen zur Wehr setzen kann. Er stellt zwei wichtige Konzepte dar:

**1.** Schalten Sie Ihre eigenen negativen Urteile über sich selbst aus, indem Sie genau hinhören, wie Sie jetzt mit sich selbst sprechen und bewußt diese negativen Botschaften weglassen.
Sagen Sie sich oft selbst: »Ich werde es nie packen, mein Leben in Ordnung zu bringen«, »Ich weiß einfach nicht, wo ich anfangen soll«, »Nichts klappt in meinem Leben«, »Ich kann ohne ihn nicht leben« (können Sie denn mit ihm leben?), »Nie kann ich etwas richtig machen«, »Wenn ich nicht immer ____________ [tragen Sie hier die Wörter ein, mit denen Sie sich selbst die Schuld geben], dann wäre die Beziehung in Ordnung.«
**2.** Warten Sie nicht darauf, daß die alten negativen Urteile, die Sie schwächen, von allein verschwinden. Es könnte sein, daß Sie sie nie mehr loswerden, besonders, wenn sie einige schon sehr lange, etwa seit Ihrer Kindheit, gehört haben.
Bis es Ihnen gelingt, sinnvolle Kontakte mit anderen, Sie unterstützenden Menschen aufzubauen, liegt Ihre einzige Chance darin, daß Sie sich selbst das sagen, was andere Ihnen sagen müßten, daß Sie sich selbst das sagen, was Sie hören wollen und müssen. Beginnen Sie mit der Liste von Wahrheiten, die unten angegeben ist, und wenn Sie das Prinzip begriffen haben, erweitern Sie sie durch Ihre eigenen positiven Urteile über sich selbst und notieren Sie diese so, daß es Sie nicht in Gefahr durch Ihren Partner bringt. Die Anzahl der positiven Urteile ist unbegrenzt.

- »Er tut mir weh, und das ist nicht meine Schuld, sondern seine.«
- »Es gibt *keine* Entschuldigung dafür, daß jemand mir so weh tut.«
- »Ich habe ein Recht auf eine Beziehung mit jemandem, dem es am Herzen liegt, wie es mir geht. Ich habe das verdient.«
- »Jemand der mich schlägt, mich anschreit, mich beleidigt, mich beschuldigt, mich kritisiert, mich bedroht oder mich wie eine Rivalin statt wie eine Partnerin behandelt, steht nicht auf meiner Seite.«
- »Der Mann, der mich verletzt, ist nur daran interessiert, mich unter seiner Kontrolle zu halten und mich bei sich zu behalten.«
- »Er wird sich nicht ändern. Ich werde aufhören zu versuchen, ihn zu ändern, und meine Kräfte dafür einsetzen, die Hilfe und die Energien zu finden, die ich brauche, um mein Leben so zu gestalten, wie ich es haben möchte.«

Diese letzte Aussage, »Er wird sich nicht ändern«, bedeutet für Sie, daß Sie jetzt loslassen können, daß Sie Ihre Kräfte nicht mehr dazu einsetzen müssen, bei der gewaltbereiten Person zu bleiben, daß Sie nun beginnen können, Ihr Leben so zu gestalten, wie Sie es möchten und auch verdient haben.
Und dann sollten Sie Botschaften an sich selbst richten wie etwa folgende:

- Ich kann alles schaffen, wenn ich es nur will.
- Ich kann alles lernen, was ich wissen muß, auch Selbstvertrauen.
- Ich bin eine wertvolle Person.

Lernen Sie, wenn es Ihnen möglich ist, diese Botschaften auswendig, und wiederholen Sie sie, wann immer Sie Zeit dazu haben. Denken Sie daran, daß die neuen Botschaften, die Sie an sich selbst richten, durch die alten, negativen gefiltert werden, die Sie nur zu gut kennen. Fangen Sie damit an, daß Sie sich Ihre neuen Botschaften so stark und deutlich (innerlich) vorsagen, daß sie lauter sind als die alten und diejenigen, die Ihr Partner Ihnen vermittelt. Ihre Aussagen und Beurteilungen müssen lauter und stärker sein als die seinen, und Sie sollten sie so oft wiederholen, wie es nur möglich ist. Sie haben mehr Kontrolle über die Botschaften an sich selbst, als Sie denken. Sie können Ihre neuen Botschaften auf folgende Weise verstärken:

♦ Gehen Sie ins Detail, wenn Sie Ihre Botschaften aufschreiben oder auswendig lernen. Geben Sie Ihrem Kopf genaue Anweisungen, wie Sie sich selbst beschreiben und definiert haben wollen. Nutzen Sie Ihre Phantasie auf positive Weise. Benutzen Sie die vorteilhaftesten Adjektive, die Ihnen einfallen können, um sich zu beschreiben, etwa *fähig, selbstsicher, aufmerksam, klug, zielstrebig* und *wertvoll*. Es ist unwichtig, ob Sie in diesem Moment wirklich glauben, daß Sie all das sind. Natürlich glauben Sie das nicht. Man hat Ihnen viel zu lange das Gegenteil erzählt. Versuchen Sie es trotzdem. Fügen Sie alle »Ich kann«-Botschaften hinzu, die Ihnen einfallen, etwa »Ich kann meine Träume verwirklichen«, »Ich kann herausfinden, wo ich anfangen muß« und »Ich kann meine Wunden heilen und mich wieder zu einer gesunden Person machen«. Wenn Sie negative Urteile und Botschaften von anderen hören, die nicht zu Ihren positiven passen, sagen Sie sich selbst: »Das ist nicht wahr, das paßt gar nicht.«

♦ Wiederholen Sie Ihre Botschaften mindestens vier Wochen lang jeden Tag viele Male, bevor Sie erwarten können, daß Ihnen eine Veränderung in der Art und Weise, wie Sie über sich selbst denken, auffällt. Und dann machen Sie unbedingt weiter.

♦ Denken Sie daran, daß alle Botschaften stärker wirken, wenn Sie den Autor der Botschaft hochschätzen. Und die Autorin dieser Botschaften sind *Sie*. Sie sollten sich selbst unbedingt für die wichtigste und beste Informationsquelle ansehen, die es zu Ihnen gibt. Sie sind die Expertin über sich selbst. Niemand anderes kann so genau wie Sie Ihr wirkliches Selbst finden und kennen.

♦ Je mehr Gefühl Sie in Ihre neuen Botschaften investieren, desto schneller und besser werden diese in Ihrem Bewußtsein haftenbleiben. So könnten Sie es sich, wenn Sie ganz sicher sind, daß Sie sich allein zu Hause befinden, vor einem Spiegel bequem machen und Ihre Botschaften auf jede Art, die Ihnen einfällt, einfach darstellen. Sie können schreien und flüstern, Grimassen schneiden oder mit verstellter Stimme sprechen, um Ihre Botschaften eindringlich zu vermitteln.

Sie können Ihre neuen Botschaften an sich selbst auch dann wiederholen, wenn Sie kochen, Zeitung lesen oder Wäsche waschen. Sie sollten es auch tun, wenn Ihr Partner neben (oder über Ihnen) steht und gerade versucht, Ihnen klarzumachen, was er von Ihnen hält und für wen er Sie hält und was Sie sagen oder tun oder denken sollten. Hören Sie sich an, wie er ausfällig wird, und in Ihrem Herzen wissen Sie, daß er keine Ahnung hat, wovon er redet.

Haben Sie Geduld mit sich selbst. Sie haben sehr lange schon negative Beurteilungen und Botschaften von anderen vermittelt bekommen. Das zu ändern dauert sicher seine Zeit, und doch werden Sie überrascht sein, wie schnell Sie lernen werden, daß Sie doch eine gewisse Kontrolle und Macht über Ihr eigenes Leben haben können.

Beobachten Sie sich genau. Wenn Ihnen bewußt wird, daß Sie negative Urteile über sich selbst aufschreiben, ändern Sie diese in positive um, und feilen Sie dann so lange daran, bis sie noch viel positiver und viel überzeugender sind.

♦ Eine weitere Art, Ihre Botschaften an sich selbst fest in Ihrem Bewußtsein zu verankern, ist, sie auf Kassette aufzunehmen und über den Walkman abzuhören, solange Sie allein unterwegs sind.

**3.** Eine andere, sehr wirksame Art, mit sich selbst zu sprechen und sein wirkliches Selbst kennenzulernen, ist, ein Tagebuch zu führen. Suchen Sie sich eine Freundin oder Verwandte, die einen sicheren, privaten Ort bieten kann, an dem Sie Ihr Tagebuch schreiben und auch aufbewahren. Es würde Sie in Gefahr bringen, wenn Sie es dort verwahrten, wo Ihr gewaltbereiter Partner es finden könnte.
Sie müssen nicht jeden Tag in Ihr Tagebuch schreiben. Es ist auch unwichtig, was Sie schreiben oder wie viele Worte Sie in kürzester Zeit niederschreiben können. Notieren Sie einfach, was Ihnen gerade einfällt, ob das nun Zweifel oder Ängste sind oder einfach das Glück eines friedlichen Momentes, den Sie sich erobert haben. Und jedesmal, wenn Sie die Möglichkeit haben, etwas niederzuschreiben, sollten Sie sich die vorherigen Eintragungen ansehen, damit sie Ihnen gegenwärtig bleiben und Sie den Fortschritt ablesen können, den Sie machen.

Denken Sie daran, daß diese Selbstgespräche nicht dazu gedacht sind, alle Ihre Probleme zu lösen; sie bilden ein Fundament, von dem aus Sie Ihr Selbst zurückerobern können, und eine Bastion, von der aus Sie sich gegen die verbalen Attacken und den verbalen Mißbrauch wehren können, während Sie noch mit Ihrem gewaltbereiten Partner leben. Sie sind keine Lösung auf Dauer, und sie werden Ihren Partner nicht ändern. Sie sind nichts als Schadensbegrenzung für Ihr Selbst.

## Beobachten Sie Ihre Reaktionen, um Ihr Bewußtsein zu schärfen

Ihre Reaktionen wirken manchmal wie Öl aufs Feuer für die Wut Ihres Partners. Denken Sie bitte immer daran, daß es eines seiner Ziele ist, Sie zu einer Reaktion herauszufordern. Wenn Sie dann hysterisch oder wütend werden oder lange Erklärungen abgeben, warum Sie etwas getan haben, dann kann er seine Schuldgefühle, seine Angst und seinen Ärger auf Sie übertragen. Dann kann er sagen (und das tut er oft): »Siehst du, du bist diejenige, die schreit. Du beschimpfst mich, du nörgelst ständig an mir rum, du streitest hier. Du bist diejenige, die hier gewaltbereit ist.« Selbst wenn er es nicht mit diesen Worten sagt, so ist er dennoch von diesem Sachverhalt überzeugt, wenn Sie sich von ihm zu Ausbrüchen hinreißen lassen. Und das entschuldigt ihn dann vollkommen.

Harriet erzählte mir von einer Unterhaltung zwischen ihr und ihrem Mann Joe, die verdeutlicht, wie er sie reizte, um eine Reaktion zu provozieren. Das Gespräch zwischen Harriet und Joe wurde mir von Harriet wiedergegeben:

JOE (Reizthema Nr. 1, irgendeine Anschuldigung): [Harriet erzählt:] »Dann stand er auf und ging in die Küche und erklärte: ›Du kochst doch nie.‹«

Harriet führte mir vor, wie sie dann lange Erklärungen abgab, nämlich daß sie immer mittags oder abends kochte, und sie schloß ihre Rede: »Immer gab es fertige Mahlzeiten oder etwas kochte gerade oder ein warmer Eintopf war im Ofen.«

JOE (Reizthema Nr. 2): [Er ignoriert Harriets lange Erklärung.] »Was ist mit Darcy – kocht die für ihren Mann?«
HARRIET: »Ja, aber ich koche auch für dich, das weißt du doch. Wie kannst du einfach so dastehen und so was sagen?«
JOE (Reizthema Nr. 3): [Er ignoriert wiederum Harriet und wechselt die Beschuldigung.] »Warum können wir nicht essen, wenn ich essen möchte?«
Harriet erklärt nochmals lang und breit, wie schwierig es ist, einen Zeitpunkt für ein gemeinsames Essen zu finden, und dann sagt sie Joe, daß sie bereit sei, Kompromisse zu machen.
JOE (Reizthema Nr. 4): [Er beachtet Harriet wiederum gar nicht und wechselt nochmals die Anschuldigung]: »Nie kochst du Spaghetti.«
HARRIET [zu mir]: »Und dann fing er an, mir zu erzählen, was er gerne ißt.«
JOE (Reizthema Nr. 5): »Nie kochst du für mich.« (Rückkehr zu Reizthema Nr. 1)
Dieser Austausch von Reizthemen und Reaktionen zeigt, daß Joe etwas ganz anderes wollte, als Harriet dazu zu bringen, das Abendessen zu kochen. Harriet versuchte einzulenken und Erklärungen abzugeben, die Joe aber ignorierte. Er war viel zu sehr damit beschäftigt, sich das nächste Thema auszudenken, mit dem er Harriet dazu bringen konnte zu reagieren. Dieses Muster, der eine reizt durch Anschuldigungen und der andere gibt Erklärungen ab, ist so typisch, daß es mir von vielen Frauen berichtet wurde. Häufig ist das Reizthema das Kochen oder was gekocht wurde, und genausooft betrifft es die Haushaltsführung (»Nie wischst du hier Staub«) oder Kindererziehung (»Du hast ja keine Ahnung, wie man ein Baby badet«).
Je länger Sie mit einer gewaltbereiten Person leben, desto an-

gespannter und anstrengender wird Ihr Leben. Immer stärker reagieren Sie nur noch, das kleinste Geräusch kann Sie aufschrecken, und Sie schlafen schlechter. Manchmal werden auch Sie gewaltbereiter, und Sie verteidigen sich gegen die Dinge, die er sagt oder tut, bis diese Verteidigungshaltung zum Teil Ihrer Persönlichkeit geworden ist, so wie bei Harriet, die uns das mit ihren langen Erklärungen demonstriert – eine äußerst typische Reaktion vieler Frauen.

Was Sie selbst tun können, ist die Beobachtung Ihrer eigenen Reaktionen. Wenn Sie beispielsweise zurückschreien oder Ihre Kinder anbrüllen, sollten Sie im Geiste einen Schritt zurücktreten und sich beobachten. Dabei sollten Sie Ihre Reaktionen nicht verurteilen oder bewerten, sondern sie nur wahrnehmen. Fragen Sie sich: »Habe ich mich immer schon so verhalten? Will ich mich so verhalten? Würde ich mich so verhalten, wenn ich in einer friedlicheren Umgebung leben würde?« Vergessen Sie nie, daß Sie unter den gegebenen Umständen Ihr Bestes geben. *Es wird immer schwer für Sie sein, Ihre Reaktionen zu verändern, solange Sie nicht die Umstände ändern.*

Wenn Sie Ihre eigenen Reaktionen auf diese etwas distanzierte Weise beobachten, fällt es Ihnen leichter, diese Reaktionen zu verlangsamen, denn Sie werden feststellen, daß sie Ihnen mehr schaden als Ihrem Partner. Denn diese Reaktionen sind wahrscheinlich genau das, worauf er es angelegt hat. Vergessen Sie auch nie, daß er Sie wahrscheinlich weiter reizen wird, bis Sie endlich reagieren. Das Beste, was Sie in einer solchen Situation tun können, ist, daß Sie sich stumm im Geiste weigern, die Schuld, die Wut und die Angst zu akzeptieren, die er auf Sie verlagern möchte, egal, was er sagt oder tut – und gleichgültig, wie Sie diesmal reagiert haben. Viele Frauen haben das Gefühl, daß sie sich unterbuttern lassen, wenn sie sich nicht mit einer starken verbalen oder körperlichen Reaktion wehren. Eine solche starke Verteidigungsreaktion verschafft Ihnen momentan sicherlich Luft. Auf Dauer jedoch schadet sie Ihnen, denn sie trägt zum Verlust Ihres Selbst bei.

Was also können Sie genau tun, um die Mißhandlungen zu stoppen. Können Sie überhaupt etwas tun? Ich gebe hier ein weiteres Gespräch zwischen Harriet und Joe wieder, das typisch für viele Mißbrauchs-Beziehungen ist und das stattfand, als Harriet genug von den ewigen Diskussionen hatte.

HARRIET: »O. K., ja sicher. In Ordnung. O. K., sicher doch. Ich mag mich nicht mehr streiten.«

JOE: »Sei still! Siehste, so bist du nämlich.«

HARRIET: »O. K., ist ja in Ordnung.«

JOE: »Siehst du? Halt den Mund!«

HARRIET: »O. K., in Ordnung.«

JOE: »Siehst du, schon wieder fängst du an, halt endlich den Mund.«

HARRIET [flüstert]: »In Ordnung.«

JOE: »Schon wieder fängst du an.«

HARRIET [zu mir]: »Also hab ich gar nichts mehr gesagt. Ich habe einfach den Mund gehalten.«

JOE: »So machen wir das jetzt. Du wirst jetzt mucksmäuschenstill sein und nicht mehr mit mir reden. Du lebst einfach auf einem anderen Planeten. Du wirst jetzt kein Wort mehr zu mir sagen.«

HARRIET [zu sich selbst]: »Das darf doch nicht wahr sein.«

HARRIET [zu Joe]: »Jetzt entscheide dich, Joe, was willst du von mir?«

JOE: »Ich sagte doch, halt den Mund.«

HARRIET [zu mir]: »So hat er mit mir geredet. Aber wenn ich dann den Mund gehalten habe, dann hat er mich geschlagen

... und so ging es jeden Tag ... Ich hatte das Gefühl, daß ich mit einem chinesischen Puzzle spiele, von dem ich nicht weiß, wie man es zusammensetzt, und ich habe nur die vielen kleinen Teile.«

Dieser Dialog zwischen Harriet und Joe zeigt, warum ich Ihnen nicht sagen kann, mit welchen Worten Sie solch eine Beziehung ändern könnten. Egal, was Harriet gesagt hätte, sie hätte den Streit damit nicht beenden oder die Mißhandlungen stoppen können. Hätte sie einfach das Zimmer oder das Haus verlassen, um von Joe wegzukommen, hätten sich die Mißhandlungen gesteigert, denn Joe wäre ihr gefolgt und hätte seine Attacken fortgesetzt. Viele Frauen, die nur mit Worten angegriffen werden und bei denen keine Gefahr besteht, daß sie körperlich mißhandelt werden, gehen tatsächlich aus dem Haus in solchen Situationen. Im Moment hilft das fast immer. Alle Beteiligten haben dadurch die Möglichkeit, sich zu beruhigen und sich erst später wieder zu treffen, wenn die Atmosphäre sich geändert hat. Bitte denken Sie daran, daß ich gesagt habe, daß das Verlassen des Zimmers oder des Hauses *momentan* hilft. Es hat wenig Wirkung auf das Gesamtmuster der Beziehung, das immer noch mißbräuchlich ist.

Gewaltbereite Menschen sind ganz darauf konzentriert, ihre eigenen Bedürfnisse zu befriedigen, ihre Wut, Unsicherheit oder Angst auszudrücken, die nichts damit zu tun haben, was Sie sagen oder tun. Die Gespräche werden immer in die Richtung gehen, die der gewaltbereite Partner bestimmt. Manchmal enden sie in einer körperlichen Auseinandersetzung. Manchmal enden sie damit, daß der gewaltbereite Partner den Raum verläßt. Es kommt häufig vor, daß er die Partnerin nur reizt und attackiert, um das Haus verlassen und einen Abend allein verbringen zu können. Wenn Sie dann stark auf ihn reagieren, ersetzt er sein Schuldgefühl, Sie allein zu lassen, mit dem Argument: »Wer will schon mit so einer Nörgeltante (oder Schlampe) den Abend verbringen?«

Ich kann Ihnen zwar vorschlagen, daß Sie verschiedene verbale Reaktionen ausprobieren, etwa Ihrem Partner deutlich sagen, daß er »aufhören« soll, oder versuchen, überhaupt nicht zu reagieren (Schweigen einsetzen) oder das Haus verlassen (NICHT zu empfehlen, wenn Sie körperlich mißhandelt werden, es sei denn, Sie haben sich einen sicheren, detaillierten Plan zurechtgelegt, wohin Sie gehen und wie Sie dorthin kommen) oder auf ganz ruhige, stille Art reagieren. Was ich jedoch nicht kann, ist, Ihnen garantieren, daß diese Reaktionen oder auch andere, die Sie versuchen, funktionieren. Ebensowenig kann ich Ihnen garantieren, daß Sie sich damit nicht in Gefahr bringen.

Helen, die verbalen Mißbrauch erdulden mußte, fand, bevor sie ihren Mann verließ, ein wenig Ruhe und Frieden, wenn es ihr gelang, sich innerlich von einer gewalttätigen Szene zu distanzieren. Sie erzählte, daß sie das tat, indem sie ihren Partner kühl und objektiv beobachtete, während er zu schreien begann und ihr ihre neuesten Fehler vorhielt. Wenn ihr das gelang, dann fühlte sie sich wesentlich besser. Doch sie brachte es nicht immer fertig, mit solch kühler Distanz zu reagieren. Auch hatte diese Reaktion keinerlei Wirkung auf die verbalen Attacken ihres Mannes.

Es ist wichtig zu wissen, daß Sie bereits sehr viel erreicht haben, wenn alles, was Sie tun können, darin besteht, daß Sie Ihre Reaktionen beobachten und sich deren Wirkung auf sich selbst bewußt werden. Vergessen Sie dabei aber nicht, ihre Reaktionen *nicht* zu bewerten oder zu verurteilen. Denken Sie stets daran, daß Sie das Beste aus einer schlechten Situation machen. Und solange Sie weiterhin in dieser Beziehung verharren, wird das wohl auch das einzige sein, was Sie tun können.

Wenn Sie auf einen gewaltbereiten Partner reagieren, ist Ihre Selbstbeobachtung, Ihr Bewußtsein, sozusagen der Stöpsel, der Ihr Selbst daran hindert, wegzusickern und verlorenzugehen. Der Zweck der Selbstbeobachtung ist, Ihre Kräfte zu schonen und Ihnen die Entscheidung zu erleichtern, was Sie mit Ihrem Leben anfangen wollen. Ihr Zweck ist nicht, eine gewaltbereite Person davon abzuhalten, Sie zu mißhandeln. Ich kann mir auch gar keine Worte vorstellen, die das fertigbrächten. Manchmal beruhigt sich die Situation wieder, wenn Sie ganz gelassen auf die Art von verbaler Mißhandlung reagieren, wie sie oben beschrieben ist. Und doch ist es so, daß manchmal eine ruhige Reaktion oder keine Reaktion den gewaltbereiten Partner noch wütender macht. Manchmal sind gewalttätige Worte das Symptom dafür, daß die Anspannung einer gewaltbereiten Person sich steigert, bis sie sich in Schlägen entlädt. Solange Sie mit einem gewaltbereiten Partner leben, muß Ihre eigene Sicherheit an erster Stelle stehen. Nur Sie können wissen, wie Sie in einer bestimmten Situation reagieren oder auch nicht reagieren sollten. Und wenn Sie nicht mehr wissen, wie Sie für Ihre eigene Sicherheit sorgen können, obwohl Sie alles unternommen haben, was Sie tun konnten, dann rufen Sie sofort bei einer Frauenhilfsorganisation an und bitten sie um Hilfe. Die Selbstbeobachtung ist ein wichtiges Mittel, das Ihnen dabei helfen kann, Entscheidungen zu treffen, doch sie gewährleistet nicht Ihre Sicherheit. Und es wird der Punkt kommen, an dem Sie aufhören müssen, Ihre Zeit zu vergeuden, Ihre Gesundheit und Ihr Leben aufs Spiel zu setzen. Rufen Sie an.

Gewaltbereite Menschen fordern oft von anderen, daß sie sich erklären, rechtfertigen. Für die meisten von uns ist es nur natürlich, darauf einzugehen, so wie Harriet es in ihren Gesprächen mit Joe tat. Und während sie sich rechtfertigen, geraten sehr viele Frauen in die Lage, daß sie sich erklären und entschuldigen, als wollten sie sagen: »Es tut mir leid, daß ich so bin wie ich bin.«

Gewaltbereite Männer stellen häufig so unschuldig klingende Fragen wie: »Warum trägst du dein Haar so?«, »Warum hast du heute hier nicht Staub gewischt?«, »Was hat deine Mutter sich dabei gedacht, als sie unserem Sohn diese Schuhe gekauft hat?«, »Wo sind denn die Reste im Kühlschrank geblieben? Du hast sie wohl aufgegessen.«, »Hast du nicht gesehen, daß da eine verfaulte Orange im Obstkorb liegt? Könntest du dich vielleicht mal um solche Sachen kümmern?«, »Wer hat den Mop im Badezimmer stehenlassen?«, »Warum gibt es Fisch zum Abendessen? Ich habe dir doch gesagt, daß ich schon mittags Fisch hatte.« (Hatte er das wirklich?) Joes Frage: »Warum kochst du nie?« (obwohl er sehr genau wußte, daß sie es tat), gehört in obige Kategorie.

Der anschuldigende Tonfall und die gekränkte Haltung, die diese Fragen begleiten, fordern Sie meist heraus, den Sachverhalt so umfassend wie nur möglich zu erklären, um sich so zu schützen. Doch vor was? Vor seinem Ärger? Vor der Schuld, die er Ihnen gerne zuweisen würde? Natürlich beachtet er Ihre Erklärungen überhaupt nicht. Egal, wie sorgfältig Sie ihm alles erklären, er wird nie zufrieden sein, sondern andere Fragen stellen. *Er ist entschlossen, seine eigenen Bedürfnisse zu befriedigen. Es interessiert ihn nicht, wie es Ihnen dabei geht. Er steht nicht auf Ihrer Seite.*

Ich habe mit erfahrenen, gebildeten und studierten Frauen gesprochen, die sich immer noch dazu hinreißen lassen, lange und unnötige Erklärungen auf Fragen wie oben zu geben. Erwarten Sie nicht, daß es leicht sein wird, Ihre Gewohnheit aufzugeben, sich in langen Erklärungen zu verlieren. Wenn Sie mit einem gewaltbereiten Partner gelebt haben, ist es nicht leicht, den instinktiven, automatischen Selbstschutz wieder aufleben zu lassen. Ihre angewöhnten Reaktionen werden Sie so schnell nicht wieder los. Und es ist schwer, sich bewußt zu machen, daß jemand Sie besetzt, wie man ein feindliches Land besetzt.

Wenn Sie längere Zeit mit einem gewaltbereiten Partner gelebt haben, erscheinen Ihnen die angewöhnten Reaktionen fast natürlich und normal. Wie können wir begreifen, daß wir uns selbst schaden, wenn wir uns rechtfertigen?

Die beste Waffe gegen den Effekt solcher erzwungenen Erklärungen ist wiederum die Selbstbeobachtung. Registrieren Sie bewußt, wieviel von Ihrem Selbst mit jedem Wort der Rechtfertigung verlorengeht. Das Bewußtsein allein genügt schon, um sich selbst zu schützen. Es hilft Ihnen, objektiver zu bleiben, weniger heftig zu reagieren, eine Distanz zur Situation aufzubauen und eher in der Lage zu sein, nicht alles, was man zu Ihnen sagt, persönlich zu nehmen. Es verhilft Ihnen zu der Erkenntnis, daß die Dinge, die man zu Ihnen sagt, einem Geist entspringen, der voller Angst und Unsicherheit ist und den Sie nicht erschaffen haben.

Wenn Sie nicht damit aufhören können, sich zu rechtfertigen, dann sollten Sie keine Zeit darauf verschwenden, sich deshalb minderwertig zu fühlen, und Sie sollten sich auch keine Sorgen darüber machen. Allein schon Ihre Selbstbeobachtung ist eine große Hilfe. Und wenn Sie eines Tages die Chance haben, sich mit anderen Frauen zusammenzutun, die gerade lernen, wieder zu gesunden, dann wird deren Kameradschaft und Unterstützung auch Ihnen beistehen, mehr von Ihrem Selbst zu entdecken und zurückzuerobern.

### Der Versuch, es ihm recht zu machen und perfekt zu sein

Wenn Ihr Partner Sie und das, was Sie tun oder nicht tun, kritisiert, dann reagieren Sie wahrscheinlich wie die meisten Frauen, indem Sie versuchen vorherzusagen, was er als nächstes beanstanden könnte, und dann alles Erdenkliche tun, um seine Kritik und seinen Ärger zu vermeiden.
Annette erzählte mir, wie sie versucht hatte, Charlies nächste Kritik zu erahnen, um dann festzustellen, daß es gar nicht möglich war, ihm alles recht zu machen. Einige Zeit lang prüfte Charlie jeden Abend, wenn er nach Hause kam, ob Staub auf den Fensterbrettern lag. Als sie begann, ihre eigene Arbeitsstelle früher zu verlassen, um nach Hause zu rasen und Staub zu wischen, bevor er zur Tür hereinkam, fand er andere Sachen, die er kritisierte. Sie erzählte, daß sie nie schnell genug losrasen konnte, um allen Anforderungen Charlies gerecht zu werden.
Sie können Ihre Wohnung von oben bis unten putzen, ein herrliches Abendessen zubereiten, die Kinder baden, füttern und zu Bett bringen, damit er erfreut und freundlich ist, wenn er von der Arbeit heimkommt. Sie können das alles tun, sogar, wenn Sie selbst einen Ganztagsjob haben. Und dann werden Sie herausfinden, daß Sie immer noch nicht vorhersagen können, in welcher Stimmung er nach Hause kommt. Er kommt herein, sieht sich in der Wohnung um, hebt den Deckel vom Topf auf dem Herd und riecht an der Speise, geht ins Badezimmer und schreit plötzlich los: »Hät-

test du nicht wenigstens eine neue Rolle Toilettenpapier einlegen können?« (Die Kinder haben, nur wenige Minuten bevor er zur Tür hereinkam, das letzte Papier verbraucht.) Die entspannte Stimmung bei einem guten Essen, die Sie sich vorgestellt haben, ist undenkbar. Und die Moral ist: *Er wird immer etwas zu mäkeln finden, egal, was Sie tun.* Wie sehr Sie sich auch mühen, alle seine Bedürfnisse und Wünsche vorauszuahnen, er wird immer etwas finden, was Sie nicht getan haben, oder auch etwas, was Sie getan haben, von dem er aber urplötzlich nicht mehr will, daß Sie es machen. Wahrscheinlich glauben Sie mir, daß er immer etwas finden wird, das ihm nicht paßt, und dennoch werden Sie sich aller Voraussicht nach weiterhin bemühen, perfekt zu werden. Beobachten Sie, was mit Ihnen geschieht. »Perfekt« in diesem Sinne ist nichts anderes als *seine* Definition von »perfekt«. Es ist nicht die Ihre. Und seine Definition wechselt ständig. Er will gar nicht zulasssen, daß alles perfekt ist – niemals! Versuchen Sie, im Hinterkopf zu behalten, daß es unmöglich ist, all das zu tun, was er will und wie er es will. Niemand könnte das. Beachten Sie bitte auch, daß Ihr Partner diese kritische Haltung einnimmt, um Ihnen seine Liebe und seine Achtung vorenthalten zu können. Wie perfekt, glauben Sie, müßten Sie wohl sein, um endlich seine Liebe und seine Achtung zu erringen? Sie wissen, daß es nicht daran liegt, daß Sie sie nicht verdient hätten. Denn Sie haben sie verdient! Solange Sie sich entschieden haben, in dieser Beziehung zu verharren, sollten Sie keinerlei Erwartung mehr hegen, daß er seine Liebe zu Ihnen und seine Achtung vor Ihnen zeigt. Sie sollten auch nicht mehr erwarten, daß er zärtlich zu Ihnen ist – abgesehen von sexuellen Zwischenspielen. Erwarten Sie nicht mehr, daß er liebevoll mit Ihnen umgeht. Und das ist doch eine traurige Art und Weise zu leben, oder nicht?

Der schlimmste Effekt Ihrer Versuche, es ihm recht zu machen, ist, daß Sie aus den Augen verlieren, was Sie selbst möchten, was Sie selbst gerne täten, wie Sie selbst sich gerne kleiden würden, was Sie selbst gerne mit den Kindern und mit Ihrem Leben anfangen würden. Sie verlieren *sich* aus den Augen. Es ist fast so, als existierten Sie gar nicht. Alles dreht sich nur um ihn, und vielleicht denken Sie ja, daß das richtig so ist. Doch die Kosten sind viel zu hoch. Sie selbst sind ein viel zu kostbarer Mensch, um sich auf diese Weise zu verlieren. Wenn Sie sich mit Haut und Haaren einer anderen Person verschreiben, verschwinden Sie selbst. Wenn all Ihre Aufmerksamkeit auf das gerichtet ist, was er tut, dann bleibt nichts mehr für Sie selbst übrig. Aber wenn Sie sich nicht mehr gänzlich darauf konzentrieren, es jemandem recht zu machen, dem man es ohnehin nicht recht machen kann, dann kann Ihr ganzes Leben eine andere, viel positivere Wendung nehmen.

# *Kapitel 6* Finden Sie heraus, was Sie wirklich wollen

Egal, ob Sie sich entschieden haben, bei einem gewaltbereiten Partner zu bleiben oder ihn zu verlassen, es hilft Ihnen weiter, wenn Sie einen spezifischen, eigenen Weg finden, sich wieder mit Ihrem Selbst in Verbindung zu setzen. Das wird Sie dabei unterstützen, herauszufinden, was sie wirklich mögen und tun wollen. Sie werden einen Grad des Bewußtseins Ihrer selbst erreichen, der Ihnen behilflich ist, in ein neues Leben aufzubrechen. Ihr Selbstverlust wird ausheilen, und Sie werden beginnen, neue Pläne zu schmieden, um das zu verwirklichen, wovon Sie schon seit langem träumen.
Eines der Dinge, die Sie gegen diese Art des Selbstverlustes tun können, ist Listen aufzustellen von Sachen, die *Sie* mögen. Wenn Sie glauben, daß es Sie in Gefahr bringen könnte (und das tut es sehr oft), wenn Ihr Partner die Liste liest, dann sollten Sie sie nur in Ihrem Kopf aufstellen und auswendig lernen. Das kann sogar die magische Wirkung erhöhen, mit der diese einfachen Listen Ihre Aufmerksamkeit auf Sie selbst und Ihre Entwicklung lenken. Oder Sie arbeiten an diesen Listen zur selben Zeit und am selben Ort wie an Ihrem Tagebuch.

**1.** Machen Sie eine Liste Ihrer Lieblingsfarben: von denen, die Sie gerne tragen, von denen, die Sie gerne bei Vorhängen und Möbeln und an Ihren Kindern um sich haben, von denen der Blumen, die Sie gerne pflegen oder kaufen. Beschreiben Sie, warum Sie diese Farben mögen und welches Gefühl sie Ihnen vermitteln.

**2.** Machen Sie eine Liste Ihrer Lieblingsspeisen. Wie oft haben Sie Gelegenheit, sie zu kosten?

**3.** Machen Sie eine Liste der Menschen, die Ihnen am liebsten sind. Schreiben Sie auf, warum sie Ihnen so viel bedeuten. Wie oft haben Sie die Gelegenheit, sie zu sehen?

**4.** Machen Sie eine Liste der Dinge, die Sie sehr gerne tun. Schreiben Sie alle Tätigkeiten auf, bei denen Sie ganz und gar bei der Sache sind: Aktivitäten, die Ihnen ein Gefühl von Leistung und Erfüllung vermitteln oder die Ihre Stimmung heben. Fragen Sie sich, ob es Ihnen freisteht, diesen Aktivitäten nachzugehen oder nicht. Vielleicht ist es auch schon so lange her, daß Sie Ihren Lieblingsbeschäftigungen frei nachgehen konnten, daß Sie nicht in der Lage sind, mehr als eine Tätigkeit aufzuschreiben. Arbeiten Sie weiter daran, bis mindestens zwanzig Aktivitäten auf der Liste stehen. Alles zählt, sei es, dem Sonnenuntergang zuzusehen oder Klempnerarbeiten in Ihrem Haus zu erledigen oder Gitarre zu spielen, zu lesen, zu schreiben oder zu tanzen. Helen erzählte, daß sie auf einer solchen Liste zum erstenmal niederschrieb: »Ich schreibe gerne. Ich möchte Schreiben zu meinem Beruf machen.« Das war zu einer Zeit, als dies unmöglich zu sein schien. Inzwischen ist sie eine Autorin.

Nachdem Sie diese Liste angefertig haben: 1) setzen Sie neben jede Tätigkeit das Datum, an dem Sie ihr zuletzt nachgegangen sind; 2) setzen Sie das DM-Zeichen neben die Aktivitäten, für die man Geld braucht (Sie können sich dann entscheiden, mehr Zeit mit den Tätigkeiten zu verbringen, die nicht viel kosten); 3) setzen Sie ein P hinter die Tätigkeiten, die sie nur gemeinsam mit einer weiteren Person ausführen können. Schreiben Sie auf, wen Sie gerne dabeihätten. Würden Sie es wagen, wenigstens eine der Aktivitäten, zu der Sie noch jemanden brauchen, zu organisieren? Tun Sie es noch nicht, wenn Sie das in Gefahr bringen könnte.

**5.** Machen Sie eine Liste, in der Sie Ihre Umgebung genau so beschreiben, wie Sie sie gerne hätten. Diese Liste ist eine Kombination der vorherigen. Wenn Sie die anderen Listen nicht anlegen, dann sollten Sie zumindest diese hier irgendwo niederschreiben und sie immer dann ergänzen, wenn Ihnen noch etwas einfällt. Führen Sie auch hier die Farben an, die Sie mögen und die Sie um sich haben wollen, die Menschen, die Sie gerne um sich hätten, selbst wenn Sie sie erfinden müssen. Beschreiben Sie sie ganz detailliert. Schildern Sie die Atmosphäre, die Sie sich wünschen. Neigen Sie eher zu Ruhe und Bedächtigkeit oder zu Gelächter, Musik und turbulentem Leben? Was brauchen Sie um sich herum, damit Sie sich einigen Ihrer Lieblingsbeschäftigungen widmen können? Fügen Sie das am Ende der Liste noch hinzu. Brauchen Sie Bücher oder Bücherregale? Gartengeräte? Ein Tennisracket? Einen guten Stuhl oder eine Matte zum Meditieren oder für Übungen? Eine Stereoanlage? Ballettschuhe?

Überlegen Sie, welches Essen Sie gerne für sich kochen würden. Welche Kleidung würden Sie gerne tragen? Viele Frauen nehmen Rücksicht auf das, was andere möchten, ohne dabei jedoch ihre eigenen Wünsche vollkommen zu ignorieren. Tun Sie das?

Lassen Sie sich viel Zeit, die Listen aufzustellen, denken Sie sorgfältig nach. Am besten arbeiten Sie immer nur an einer Liste, so daß Sie das, was Sie geschrieben, und das, woran Sie gedacht haben, tief in Ihr Innerstes aufnehmen. Später kann es dann vorkommen, daß Ihnen, wenn Sie einer bestimmten Liste noch einen Punkt hinzufügen, etwas einfällt, was Sie noch in eine andere Liste aufnehmen möchten, und dann können Sie sie abwechselnd ergänzen. Lassen Sie Ihre Gedanken schweifen. Setzen Sie Ihren Träumen keine Grenzen. Denken Sie, daß Sie sich das, was Sie aufschreiben, nie leisten werden können? Glauben Sie, daß Sie niemals die Dinge tun werden können, die Sie auflisten? Das macht alles gar nichts, schreiben Sie nur auf, was Ihnen einfällt.

Seien Sie immer darauf bedacht, daß Sie sich nicht durch die Rollen, die Sie in Ihrem Leben spielen, definieren – Joes Frau, Darlenes Mutter oder Amys Sekretärin –, sondern dadurch, *wer Sie sind*. Diese Listen der Dinge, die Sie mögen, spiegeln Ihre Persönlichkeit. Verschwenden Sie keine Zeit darauf, traurig über den Kontrast zu sein, der zwischen dem Leben, das Sie jetzt führen, und dem, was Sie gern tun würden und gern um sich hätten, besteht. Nutzen Sie statt dessen die Tatsache, daß dieser Kontrast besteht, als Anreiz für ein neues Leben. Ganz allmählich dann, wenn Sie klarer denken können und Sie sich Ihrer selbst sicherer sind, werden Sie fast automatisch (oder auf magische Weise) auf das Leben hinarbeiten, das Sie in Ihren Listen beschrieben haben.

Viele Frauen, aber auch Männer leiden unter Problemen der Selbstdefinition. Doch wenn Sie mit jemandem leben oder gelebt haben, der Sie mißhandelt, dann ist es noch schwerer, ein positives Selbstbild aufrechtzuerhalten, und auch schwerer, vom Verlust des Selbst wieder zu genesen. Die nächsten beiden Schritte im Prozeß der Gesundung sind: 1) Ihre körperliche und seelische Gesundheit zu stärken und 2) erste Anstrengungen zu unternehmen, aus Ihrer Isolation auszubrechen.

### Ihre körperliche, geistige und seelische Gesundheit

Sie haben sich ganz auf Ihren Partner konzentriert. Wahrscheinlich ist es schon lange her, daß Sie sich um Ihre eigene seelische und körperliche Gesundheit gekümmert haben.

Doch um das umzusetzen, was Sie aus Ihrem Leben wirklich machen wollen, brauchen Sie die körperlichen und seelischen Energien, die nur eine gute Gesundheit Ihnen mitgeben kann.
Es gibt viele Ratgeber und Kurse, anhand derer Sie lernen können, wie man sich vernünftig ernährt, welche Fitneßübungen Ihnen Kraft und Energie vermitteln, wie Sie Ihre Seele wieder aufpäppeln können. Nutzen Sie die Hilfen, die für Sie problemlos erreichbar sind, und arbeiten Sie daran, Ihre Gesundheit und Ihre Energie zu stärken. Es ist ungeheuer schwierig, seelisch stark zu sein, wenn der Körper müde und lustlos ist. Und wenn Ihre Seele seit langem in eine Depression verfallen ist, dann fällt es Ihnen schwer, sich regelmäßig zu vernünftigem Essen und zu Fitneßübungen zu motivieren. Ein Anfang wäre, täglich kurze Spaziergänge zu unternehmen und dabei einfach für fünf oder zehn Minuten einen Fuß vor den anderen zu setzen.
Jeder, der in einer permanenten Streßsituation lebt, »vergißt« häufig zu atmen. Das stetige, angespannte Warten auf das, was als nächstes kommt, läßt Sie geradezu den Atem anhalten. Ihre Atmung wird flach, und Ihrem Körper fehlt Sauerstoff. Fangen Sie damit an, daß Sie tiefes Ein- und Ausatmen üben. Diese Übung ist geradezu ideal, um Ihr körperliches Wohlbefinden zu steigern, denn Sie können sie überall durchführen, ohne daß Ihr Partner darauf aufmerksam wird.
Mehrmals am Tag sollten Sie eine ruhige Ecke aufsuchen, um sich zu entspannen. Fünf Minuten sind bereits hilfreich. Atmen Sie langsam durch die Nase ein, der Mund ist geschlossen, und zählen Sie mit. Halten Sie den Atem an, während Sie weiterzählen, und dann atmen Sie langsam, immer noch zählend, durch die Nase aus. Beginnen Sie mit fünf Atemzügen, und zählen Sie dann allmählich mehr. Fünf oder

zehn tiefe Atemzüge am Morgen und dann wieder am Abend, oder wann immer Sie eine Gelegenheit dazu haben. Es gibt eine ganze Reihe von Atmungsmethoden, die Ihr Wohlbefinden erhöhen können. Wenn es Ihnen möglich ist, leihen oder kaufen Sie sich Audio-Kassetten oder Bücher und nutzen sie als Grundlage für Atmungs- und Meditationsübungen (ich empfehle die Bücher von Jon Kabat-Zinn).

Ich lege es Ihnen sehr ans Herz, jeden Tag ein paar Momente zu finden, um Atem- und Meditationsübungen zu machen. Es ist eine der effektivsten Arten, um sein Selbst, seine Persönlichkeit wiederzufinden. Nach ein paar Wochen stellen Sie dann eine Steigerung Ihrer Energien und auch Ihrer Motivation fest, den nächsten Schritt zu unternehmen. Dann ist es an der Zeit, daß Sie sich nach den besten Büchern, den fundiertesten Radio- oder Fernsehsendungen oder nach kompetenten Menschen auf dem Gebiet der Ernährung und der körperlichen und geistigen Entwicklung umsehen, die Ihnen die Informationen liefern, die Sie für Ihr Programm der Selbstfindung brauchen.

Wenn Sie in einer der Weltreligionen aufgewachsen sind, gehen Sie in die Kirche, Moschee oder Synagoge Ihrer Wahl. Wenn die Spiritualität des New Age oder auch Selbsthilfegruppen mehr Ihrem Geschmack entsprechen, gehen Sie zu den Treffen, und bleiben Sie in Kontakt mit den Mitgliedern. Auch das Alleinsein in der Natur kann Ihre Seele wieder stärken. Ihre Versuche, Ihr Selbst wiederaufzubauen, können zu einer Art Egotrip mit künstlich aufgeblasenem Selbstwertgefühl werden, wenn Sie nicht gleichzeitig Ihren Geist und Ihre Seele stillen. Nur der nahrhafte Aufbau von Geist und Seele garantiert auch die Entwicklung eines gesunden Selbst.

Wenn Sie sich eingeschränkt fühlen und die oben erwähnten

Übungen nicht machen können, weil Sie sich vor der Reaktion Ihres Partners fürchten, versuchen Sie einfach, sich noch stärker bewußt zu werden, wie Sie sich eigentlich dabei fühlen, solch ein begrenztes Leben zu führen. Und wiederum sollten Sie sich die Frage stellen: »Will ich wirklich so leben?« Und dann sollten Sie Ihrer eigenen Antwort vertrauen.

Wenn Sie sich durch die obigen Vorschläge in Gefahr gebracht sehen, warten Sie ab, bis Sie sich in einer sicheren Umgebung befinden, z. B. einem Frauenhaus oder dem Haus einer Freundin oder Verwandten, *von denen Ihr Partner nichts weiß*.

### Nun ist es an der Zeit, aus der Isolation auszubrechen

Wenn Sie einigen der Vorschläge in den vorigen Kapiteln gefolgt sind, ist nun der Zeitpunkt gekommen, in dem Sie andere Menschen brauchen, mit denen Sie reden können. Und es ist der Zeitpunkt gekommen, daß Sie die Menschen finden, die Ihnen dabei helfen, Ihre Listen in ein realistisches Leben umzuwandeln. Hier sind ein paar Vorschläge, wie Sie damit beginnen können.

**1.** Aktivieren Sie Bekanntschaften oder Freundschaften mit Freund*innen*. Es ist einfach zu riskant für Sie, in dieser Zeit Ihres Lebens, in der Sie so verletzbar sind, neue Freundschaften mit Männern einzugehen. Ihr Partner wird sicherlich unterstellen, daß Sie eine Affäre haben, oder Sie können vom Regen in die Traufe geraten, wenn Sie sofort nach einer gewalttätigen Beziehung eine neue eingehen. Warten Sie lieber, bis Sie damit begonnen haben, Ihre Wunden zu heilen und Ihr Selbst zurückzugewinnen, bevor Sie wieder eine

Beziehung mit einem Mann riskieren. Wie finden Sie andere Frauen, die Sie unterstützen, möglichst noch bevor Sie Ihren gewaltbereiten Partner verlassen? Viele der Frauen, mit denen ich gesprochen habe, haben mir erzählt, wie sie eine Freundin fanden – jemanden, der schon lange Teil ihres Lebens gewesen war.

Annettes Leben brach zusammen, als sie und Charlie sich trennten, und sie brauchte Hilfe. Sie wußte nicht, an wen sie sich wenden konnte. Sie war überzeugt, daß sie keine eigenen Freunde hatte. Ihre Kinder waren erwachsen, bis auf einen Sohn, der noch bei ihr lebte. Und nun fühlte sie sich von allen verlassen. Ihr Mann, Charlie, hatte ihr immer gesagt: »Du hast keine Freunde. Die einzigen Freunde, die du hast, sind meine Freunde.« Und Annette hatte ihm geglaubt. Deshalb war ihr Caroline auch nie aufgefallen, die Frau eines Freundes von Charlie. Seit Jahren schon war Caroline mit ihrem Mann zu Gast in Annettes Haus gewesen. Manchmal hatte sie Annettes Sohn mitgenommen, wenn sie mit ihrem eigenen zu einer Sportveranstaltung oder einfach nur ins Einkaufszentrum ging. Und dann, als Annette sich vollkommen verlassen fühlte, stand eines Tages Caroline vor ihrer Tür und fragte, ob sie ihr irgendwie helfen könne. Annette weinte und bat darum, daß Caroline sie zu einem Arzt brächte. Das war der Anfang vom guten Ende von Annettes Geschichte (mehr zu Annettes Geschichte in Kapitel 11).

Wichtig daran ist, daß Caroline schon lange in Annettes Leben vorhanden war und immer darauf gewartet hatte, ihre Freundin zu werden. Doch Annette war zu isoliert, um die Freundschaft und die Unterstützung in Carolines Blick wahrzunehmen.

Linda ist eine weitere unter den vielen Frauen, die mir ganz ähnliche Geschichten erzählt haben. Grace, eine ältere Frau, die im selben Apartmenthaus lebte wie Linda und Tom, versuchte jedesmal, wenn sie Linda begegnete, mit ihr ins Gespräch zu kommen. Langsam und zögerlich begann Linda, ihr zu vertrauen. Schließlich »adoptierte« Linda Grace und deren erwachsene Kinder als eine Art Ersatzfamilie. Oft wurde Grace von ihnen zum Essen eingeladen, aber sie war auch sonst jederzeit willkommen. Linda verbrachte viele glückliche Stunden in ihrer Gesellschaft. Eine von Graces Töchtern hatte fünf Jahre mit einem gewaltbereiten Ehemann gelebt, bevor sie sich erfolgreich mit der Hilfe der Beraterinnen in einem Frauenhaus ein neues Leben aufbaute. Von ihr erfuhr Linda auch die Frauen-Notrufnummer. Immer wieder erklärten Grace und deren Tochter ihr: »Du hast ein Recht auf eine Beziehung, in der man dich nicht verletzt, in der die Person, mit der du lebst, dich mit Respekt und Liebe behandelt.« Linda erzählte, daß die beiden jedes dieser Treffen, in denen sie ihr Mut machten, mit dem Satz beendeten: »Und jetzt rufst du die Frauen-Notrufnummer an.« Und nachdem Tom sie wieder einmal schwer verprügelt hatte, tat sie genau das. Tom hatte jedesmal protestiert, wenn Linda fortging, um Grace und deren Familie zu besuchen, doch Linda fand Mittel und Wege, dennoch mit ihnen in Kontakt zu bleiben.

Wenn Sie also nach einer Möglichkeit suchen, wieder mit anderen Menschen Kontakt aufzunehmen, sehen Sie sich unter den Leuten um, die Sie bereits kennen. Da gibt es vielleicht eine Frau, die sich gerne mit Ihnen unterhalten würde. Kommen Sie ihr entgegen. Es könnte sich daraus eine vertrauensvolle Freundschaft entwickeln, die Sie so bitter nötig haben. Sie können jemanden finden, mit dem Sie über sich selbst sprechen können. Sie müssen Ihrer neuen Freundin keineswegs all Ihre intimen Geheimnisse mitteilen, doch Sie können zumindest damit beginnen, allmählich eigene Meinungen zu formulieren und sich die der anderen Person gelassen anzuhören. Sie selbst können diesen ersten Schritt aus der Isolation heraus tun und dann sehen, wohin er führt. Wenn Ihr Partner von dieser neuen Freundschaft erfährt, dann ist es wahrscheinlich, daß er sie bekämpfen und versuchen wird, Ihre Kontakte wieder einzuschränken. Das kann er auf unterschiedliche Weise bewerkstelligen. Er kann beispielsweise Ihre Freundin beleidigen oder kritisieren, er kann Ihnen verbieten, das Haus zu verlassen, oder er kann Ihnen unterstellen, daß Sie eine Affäre haben. Notieren Sie sich seine Einwände und stellen Sie sich die Frage, ob Sie wirklich ein Leben ohne Freundschaften führen wollen.

**2.** Rufen Sie den Frauennotruf an. Nun ist ein guter Zeitpunkt, eine Anlaufstelle für Frauen in Not anzurufen, es ist ein weiterer Schritt, um sich aus der Isolation zu befreien. Wenn Sie dort anrufen, heißt das nicht, daß Sie sich sofort dazu entscheiden müssen, Ihr Heim zu verlassen; es heißt nur, daß Sie viele Fragen haben und daß Sie mit jemandem sprechen möchten, der sie Ihnen beantworten kann. Manche der Notrufe sind vierundzwanzig Stunden zu erreichen. Wenn Sie nicht von zu Hause aus telefonieren können, tun Sie es von Freunden oder Bekannten aus. Oder telefonieren Sie, wenn Sie Ihre Mutter besuchen oder eine verständnisvolle Freundin oder Verwandte, die Ihrem Partner nichts über Ihre Telefonate erzählen werden. Und nehmen Sie die Ratschläge an, die Ihnen die Frauen vom Notruftelefon oder anderen Anlaufstellen geben.

**3.** Schließen Sie sich einer Frauengruppe an. Fragen Sie beim Frauennotruf, ob es in Ihrer Nähe eine Selbsthilfegruppe für mißhandelte Frauen gibt, die Sie regelmäßig aufsuchen können, damit sie Ihnen bei der Entscheidung hilft, ob Sie in der Mißbrauchs-Beziehung bleiben wollen oder nicht. Sie sollten sich allerdings sicher sein, daß Sie sich damit nicht in Gefahr begeben. Wenn Ihr Partner Alkohol oder andere

Drogen mißbraucht, rufen Sie bei Al-Anon (den Anonymen Alkoholikern) an und ziehen Sie in Erwägung, dort in eine Familiengruppe zu gehen, wenn das sicherer für Sie ist.

Es gibt viele Arten, wie Sie sich aus Ihrer Isolation befreien können. Solange Sie noch mit einem gewaltbereiten Mann zusammenleben, sollten Sie langsam und vorsichtig damit beginnen, Kontakte zu anderen Menschen aufzunehmen.

## Erlaubnis

Wahrscheinlich denken Sie, daß Sie die Erlaubnis von mindestens zwei Personen haben müssen, um die Dinge zu tun, die in diesem Kapitel vorgeschlagen werden: von Ihrem gewaltbereiten Partner und von sich selbst. Ich schlage vor, daß Sie Ihren Partner einfach nicht um Erlaubnis bitten. Je stärker Ihr Bewußtsein wird, in welcher Situation Sie sich befinden und über welche Macht Sie verfügen, diese zu ändern, desto leichter wird es Ihnen fallen, sich selbst die Erlaubnis auszustellen, weiterzumachen. Ich habe ein recht komplexes Programm vorgeschlagen. Dieses und das vorherige Kapitel überfordern Sie vielleicht auf den ersten Blick. Wenn das der Fall ist, suchen Sie sich an irgendeiner Stelle eine Aktivität aus, mit der Sie am leichtesten beginnen können, und fangen Sie damit an. Die stumme und unsichtbare Tiefenatmung ist wahrscheinlich die einfachste Übung. Nutzen Sie die Vorschläge in den Kapiteln, um sich selbst ein Programm zusammenzustellen. Doch die Tatsache, daß Sie ein Mensch sind, ist die einzige Erlaubnis, die Sie brauchen, um anfangen zu können.

Lesen Sie dieses Buch, und machen Sie die Übungen, soweit es nur irgend möglich ist, nicht in der Nähe Ihres Partners, sondern bei Freunden oder Verwandten, in der öffentlichen

Bibliothek oder an einem schönen Tag im Park, wenn Sie das Haus verlassen können, ohne daß auffällt, was Sie vorhaben. Später können Sie sie dann in einer Gruppe mit anderen Frauen machen, die mißhandelt worden sind oder werden oder auch mit einer gut ausgebildeten effektiven Beraterin, die auf Ihrer Seite steht. Wenn Sie mit einem gewaltbereiten Mann leben, denken Sie daran, daß es gefährlich für Sie wird, wenn er schriftliche Aufzeichnungen von Ihnen findet.

## Der Ruf nach Hilfe

Diese knappen Vorschläge können Ihnen behilflich sein, Ihr Selbstwertgefühl zurückzugewinnen, die Kraft zu sammeln, die Sie brauchen, um in Sicherheit zu leben und Ihre Entschlußkraft zu stärken, die Sie wiederum brauchen, um Entscheidungen über Ihr zukünftiges Leben zu treffen. Wenn Sie sich in diesem Moment in Gefahr befinden – und Sie befinden sich immer mehr oder minder in Gefahr, wenn man Sie körperlich mißhandelt –, dann vergessen Sie alles andere und rufen Sie den Frauennotruf an, damit Ihnen sofort geholfen werden kann. Sie können immer noch auf die Vorschläge in diesem Buch zurückkommen, wenn Sie sich an einem sicheren Ort befinden. Doch wenn Sie noch nicht soweit sind, diesen Telefonanruf zu tätigen, dann lesen Sie weiter.

# *Teil III* Hilfe finden

# *Kapitel 7* Haben Sie beschlossen, daß Sie Hilfe brauchen könnten? Wie sieht der nächste Schritt aus?

Haben Sie beschlossen, Ihr Leben zu ändern, aber wissen noch nicht, wie? Welche Art von Hilfe brauchen Sie, und wie entscheiden Sie sich, wohin Sie sich wenden und was Sie tun sollen?

Egal, welche Art von Hilfe Sie suchen, mein erster und bester Rat an Sie ist: RUFEN SIE EINE FRAUEN-NOTRUFNUMMER, DAS FRAUENREFERAT ODER IHRE SOZIALSTATION AN. (Siehe die Angaben am Ende des Buches.) Nochmals: Wenn Sie sich in unmittelbarer Gefahr befinden, rufen Sie die Polizei! Die Menschen von der Frauen-Notrufnummer sind erfahren im Umgang mit häuslicher Gewalt und wissen auch, wo Sie die Hilfe finden, die Sie brauchen, und auf wessen Beistand Sie zählen können, gleichgültig, mit welchen Problemen Sie konfrontiert sind.

Beschreiben Sie zuerst die Lage, in der Sie sich befinden, dann werden Ihnen die Fachfrauen sagen können, welche Art der Hilfe Sie benötigen. Sie werden von ihnen die Namen kompetenter Ansprechpartner erhalten, die Ihnen effektiv helfen können, die Erfahrung mit häuslicher Gewalt haben und die Ihre Sicherheit als erstes Gebot verstehen. Rufen Sie von Freunden oder aus einer Telefonzelle an, wenn es anders nicht möglich ist, doch rufen Sie an. Das klingt so einfach. Ich weiß, daß es das nicht ist, und auch Sie wissen das. Aber man *kann* es tun. Dieser erste Anruf ist der einzige Schritt, den Sie allein tun müssen. In Kapitel 8 finden Sie

mehr darüber, was Sie erwarten können, wenn Sie sich an ein Frauenhaus oder den Frauennotruf wenden.
Wo immer Sie sich hinwenden, um Hilfe zu finden, Sie brauchen dabei die Unterstützung von Menschen, denen Sie vertrauen. Sie müssen sich mit Leuten umgeben, die Ihnen Mut machen, Sie bestätigen und Sie unterstützen.
Wenn Sie Hilfe suchen, müssen Sie selbst beurteilen können, ob jemand wirklich auf Ihrer Seite steht, egal, ob diese Person eine Freundin, eine Verwandte, eine Mitarbeiterin, ein(e) Arbeitgeber(in), ein(e) Psychiater(in), eine Sozialarbeiterin, ein Sozialarbeiter, ein(e) Polizist(in), eine Anwältin/ein Anwalt, eine Ärztin/ein Arzt oder eine Beraterin in einem Frauenhaus ist. Es wird immer wieder Situationen geben, wo die Rechtsberaterinnen der Frauenhäuser nicht bei Ihnen sein können, um Ihnen zu raten, Situationen, in denen die Beraterinnen die Menschen nicht kennen, die sie um Hilfe bitten müssen, Situationen, in denen es Ihnen nicht möglich ist, die Beraterinnen zu kontaktieren. Die folgende Beschreibung kann Ihnen dabei helfen, die Menschen zu erkennen, die Ihnen am effektivsten helfen können. Es handelt sich um generelle Richtlinien, die Sie auf die typischen Merkmale der Menschen hinweisen sollen, die wirklich auf Ihrer Seite stehen, die wahrhaft Ihre Partei ergreifen. Sie werden vielleicht nicht alle Merkmale in einer Person antreffen. Lassen Sie sich von Ihrem Menschenverstand und Ihrer Intuition leiten.
Sie können sich wirklich auf eine Person verlassen, die

**1.** Ihnen wirklich zuhört, ohne zu verurteilen, was Sie eventuell gesagt oder getan haben, um sich gegen Mißhandlungen zu wehren.
**2.** Ihnen wirklich glaubt, was Sie erzählen, und versteht, daß Sie auf kriminelle Art angegriffen werden, ohne daß Sie

schuld daran haben. Wenn Sie auch nur die leiseste Andeutung heraushören, daß die Person, mit der Sie sprechen, Ihnen die Schuld oder die Verantwortung dafür gibt, daß Sie mißhandelt werden, dann ist Ihr Zuhörer/Helfer nicht die Person, die Sie brauchen.

**3.** Ihnen sagt, daß die Verantwortung, Ihr Leben neu zu gestalten, bei Ihnen allein liegt, Ihnen jedoch Hilfe dazu anbietet. Das ist sicherlich das Vertrauenerweckendste und Hilfreichste, was ein anderer Mensch Ihnen sagen kann.

**4.** alles, was Sie erzählen, strikt für sich behält; niemals jemand Drittem ohne Ihre Erlaubnis weitersagt, was Sie ihr anvertraut haben, außer eventuell in einer Notsituation.

**5.** für Sie weitere Hilfsangebote ausfindig macht, wenn Ihr Partner Sie dermaßen überwacht, daß es gefährlich für Sie wäre, selbst telefonisch Auskünfte einzuholen.

**6.** sich um ihre eigene Sicherheit kümmert, damit Ihr Partner ihr keinen Schaden zufügen kann.

**7.** Ihnen nicht sagt, daß Sie bei Ihrem Partner bleiben oder zu ihm zurückkehren sollten, sondern vorschlägt, daß Sie sich mit Experten für häusliche Gewalt in Verbindung setzen, und Ihnen die Telefonnummer des nächsten Frauennotrufs gibt oder aber Ihnen einfach zuhört, bis Sie selbst entscheiden können, was Sie tun wollen.

**8.** klar, realistisch und ehrlich ist hinsichtlich der Hilfe, die sie bieten kann. Vielleicht kann sie eine Stimme am Telefon sein, vielleicht kann sie Sie zur Polizei oder zum Treffpunkt bringen, an dem das Frauenhaus Sie abholt, vielleicht bewahrt sie einen Koffer für Sie in ihrem Haus auf, mit ein paar Kleidern für Sie und die Kinder, oder sie kann Ihnen anbieten, Sie bei sich aufzunehmen, bis Sie andere Unterkunftsmöglichkeiten gefunden haben, wenn Sie sehr plötzlich vor Ihrem gewaltbereiten Partner fliehen müssen. All das ist hilfreich. Wenn Ihr gewalttätiger Partner Ihre Helferin kennt, befindet sie sich in Gefahr. Es ist wichtig und richtig, eindeutig klarzustellen, was genau Ihre Freundin Ihnen anbietet und was Sie von ihr erwarten können.

**9.** willens ist, Ihnen bei dem zu helfen, wozu Sie sich entschieden haben – selbst wenn diese Helferin nicht am Entscheidungsprozeß beteiligt war.

**10.** nicht auf die Idee kommen würde, in Ihrem Namen Schritte zu unternehmen, ohne Sie vorher zu fragen, ob Sie das auch wollen.

**11.** Sie nicht bemuttert und bevormundet, sondern Ihnen Mut macht, den nächsten Schritt allein zu unternehmen, wann immer es Ihnen möglich ist.

Lassen Sie sich nicht durch Ihr Schuldbewußtsein, daß Sie sich zu Aggressionen gegenüber Ihrem Partner oder Ihren Kindern haben hinreißen lassen, davon abhalten, jetzt Hilfe zu suchen. Es ist ganz typisch, daß Frauen, die körperlich oder verbal mißhandelt wurden, immer defensiver, angespannter und selbst aggressiver werden während der Zeit, die man sie mißhandelt. Es kann gut sein, daß Sie ab einem bestimmten Zeitpunkt, um sich zu verteidigen, innerhalb Ihrer Familie Kritik mit Kritik, Beschuldigung mit Beschuldigung und Mißhandlung mit Mißhandlung vergolten haben. Es ist nicht ungewöhnlich, daß die ganze Familie in gewaltbereite Verhaltensmuster verfällt. Selbst wenn Sie dadurch nur auf eine lange Vorgeschichte von gewalttätiger Behandlung reagieren, werden andere Sie vielleicht als gewaltbereit ansehen. Sie nehmen manchmal sogar an, daß Sie die Anstifterin der Gewalttätigkeiten in der Familie sind, da Ihr Partner nach dem »Dr. Jekyll und Mr. Hyde«-Muster anderen Menschen meist nur seine beste Seite zeigt.
Sie können es sich nicht leisten, auch nur eine Person im Hilfsteam Ihrer Wahl zu haben, die glaubt, daß Sie von An-

fang an den Anstoß für die Gewaltbereitschaft gegeben haben, oder eine Person, die die Isolation, die Einschüchterungen und die Kontrolle, die Sie von Ihrem Partner erdulden mußten, nie miterlebt oder nie wirklich verstanden hat.

Es gibt einen großen Unterschied zwischen einer Helferin, die Ihnen die Schuld gibt für die Mißhandlungen, die Sie erdulden, und einer Helferin, die Ihnen die Verantwortung dafür zuweist, daß Sie das ändern. Sie sind die einzige, die sich entscheiden kann zu handeln. Ihre Helfer können Ihnen nur Unterstützung anbieten.

Es gibt sicherlich Situationen, in denen eine hilfsbereite Person nicht das für Sie tut, was sie Ihrer Meinung nach tun sollte. Überlassen Sie das ihr. Sie weiß, wo ihre Grenzen liegen. Sie zögert vielleicht, sich in einen Bereich zu begeben, in dem Sie selbst aktiv sein sollten, weil sie weiß, daß sie Sie damit nur schwächen würde. Egal, welche Gründe sie anführt, warum sie Ihnen nicht hilft, akzeptieren Sie das, und seien Sie froh, daß es die Person gibt. Wenn eine Person sich weigert, Ihnen eine bestimmte Hilfe zukommen zu lassen, dann wissen Sie jetzt, daß Sie Hilfe von mehr als nur einer Person brauchen.

Wenn die Mitglieder Ihrer eigenen Familie Ihnen keine verläßlichen Hilfestellungen geben, verzweifeln Sie nicht. Viele Frauen versammeln im Laufe der Zeit Mitglieder einer neuen »Familie« um sich, die Ihnen die eigene Familie ersetzen, so wie Linda es tat. Einige der Frauen in Frauenhäusern, mit denen ich sprach, erzählten, daß sie erst dann aufmunternde Anrufe von einem Elternteil oder von Brüdern und Schwestern erhalten haben, *nachdem* sie den sicheren Hafen des Frauenhauses erreicht hatten. Ich selbst bin mir nicht sicher, aus welchen Gründen das so ist.

Eileen erhielt kaum Unterstützung von ihrer Mutter, der Schwester oder dem Bruder während all der Jahre, in denen

Marcus sie prügelte. Sie erklärte mir, daß sie nie mit ihrer Mutter über Marcus' Mißhandlungen gesprochen habe, weil »sie mich dadurch verletzt hätte, daß sie es nicht hören wollte ... Immer gab sie mir die Schuld«.

Eileen erzählte, daß ihre Schwester immer derart mit ihrem eigenen Leben beschäftigt gewesen sei, daß es ihr »mehr oder minder« so vorkam, als »wolle sie mit meinen Problemen nicht belästigt werden«. Doch als Eileen Zuflucht in einem Frauenhaus gefunden hatte, schickte die Schwester ihr einen Brief, in dem stand, »daß sie mich lieb habe, und wenn sie mir helfen könne, solle ich das nur sagen«. Sie erzählte auch, daß ihr Bruder einmal schweigend dabeistand, als Marcus sie mißhandelte, doch seit sie im Frauenhaus sei, klinge er ganz anders und biete ihr Hilfe an.

Familienmitglieder haben häufig viel größere Angst vor gewaltbereiten Partnern, als sie je zugeben würden. Oder sie verdrängen die Angelegenheit so sehr, daß sie kein Wort sagen, bis die Tochter, Schwester oder Mutter den mutigen Schritt getan hat und in ein Frauenhaus gegangen ist. Wenn die mißhandelte Frau selbst etwas unternimmt, öffnet sie damit oft ihrer Familie die Augen hinsichtlich ihrer Zwangslage. Sobald sie sich sicher im Frauenhaus befindet, kann die Familie freier und offener ihre Hilfe anbieten, weil sie nun nicht mehr befürchten muß, nicht zu wissen, wie sie ihr helfen sollte. Und sehr häufig glauben die Familienmitglieder, daß die Frau versuchen wird, sich selbst zu helfen, und ihre Hilfe nicht braucht. Die meisten Frauen jedoch gaben an, daß nur sehr wenige Familienmitglieder ihre Hilfe angeboten hätten, selbst als sie bereits im Frauenhaus untergekommen waren.

Wichtig ist, daß Sie Hilfe, Vertrauen und Unterstützung suchen, wo immer Sie sie finden können. Suchen Sie sie nicht dort, wo es sie momentan gar nicht gibt. Damit vergeuden Sie nur Ihre kostbaren Energien und Ihre Kräfte. Und es mindert Ihre Konzentration und Ihre Aufmerksamkeit. Später können Sie immer noch Ihre Bekanntschaften mit Menschen, die Ihnen angeblich nahestehen, auffrischen.

Irene fand ihre »Ersatzfamilie« an ihrem Arbeitsplatz. Sie erklärte mir, daß ihr Job ihr einziges gesellschaftliches Leben gewesen sei. Ihr gewaltbereiter Partner hatte nichts dagegen, daß sie ihren Job behielt, denn sie zahlte mit ihrem Gehalt fast alle Kosten der Wohnung, in der sie lebten. Irene erzählte: »Das einzige Glück, das ich kannte, waren die Leute, mit denen ich arbeitete und ... die Kunden.« Bevor sie sich entschloß, in ein Frauenhaus zu gehen, war ihr aufgefallen, daß ihre Abteilungsleiterin eine Broschüre vom örtlichen Frauenhaus an das Schwarze Brett geheftet hatte. Daraufhin kam sie erstmals mit anderen Frauen an ihrem Arbeitsplatz ins Gespräch. Und während sie allmälich aus ihrer Isolation ausbrach, indem sie sich täglich mit anderen Frauen unterhielt, sah sie immer deutlicher vor sich, was sie eigentlich für sich selbst wollte. Und sie empfand inmitten dieser Freundinnen Gemütsruhe und Selbstvertrauen, die sie schon sehr lange nicht mehr gespürt hatte.

Barbara fand ihre »Ersatzfamilie« bei einer Familiengruppe der Anonymen Alkoholiker, die Männern und Frauen weiterhilft, die jemanden lieben, der Alkoholiker ist. Sie besuchte die Treffen tagsüber, während ihr Mann bei der Arbeit war. Und ganz allmählich baute sie sich eine Gruppe von Freundinnen auf, die sie jederzeit, Tag und Nacht, um Hilfe bitten konnte. Und während sie mit Hilfe dieser Freundinnen aus ihrer Isolation ausbrach und lernte, ihre Aufmerksamkeit wieder mehr sich selbst zu widmen, statt nur zu versuchen, ihren Mann zu ändern, wurde auch sie dazu fähig, klarer zu denken und so zu entscheiden, was sie selbst wirklich wollte.

Im Augenblick brauchen Sie Unterstützung, um eigene Entscheidungen fällen zu können. Können Sie all die Menschen übergehen, die nicht fähig sind, Ihnen bei Ihren Entscheidungen aufrichtig zu helfen, auch wenn es sich um Ihre Mutter oder Schwester oder Ihren Bruder handelt? Sie müssen ihnen nicht erzählen, daß Sie sich lieber an andere Menschen wenden. Später, wenn Sie den Punkt und den Ort erreicht haben, an dem Sie frei und sicher sind, dann ist es an der Zeit, daß Sie ein großes Fest geben und all diejenigen mit Freude wieder in Ihr Leben einladen, die Sie zeitweise übergehen mußten.

### Öffentliche und private Hilfsangebote: Vorteile und Nachteile

**1.** Flucht in die Wohnung einer Verwandten oder Freundin. Überlegen Sie, was Sie bisher alles versucht haben, um einen Ort zu finden, an dem Sie vor Ihrem Partner sicher waren. Sind Sie zu Ihren Eltern gegangen, wenn es kritisch wurde? Oder sind Sie zu einem Bruder, einer Schwester, einer Freundin geflohen? Hat das etwas gebracht? Oder ist Ihnen Ihr gewaltbereiter Partner gefolgt und hat dann nicht nur Sie und die Kinder, die Sie mitgenommen haben, sondern alle Menschen in der Wohnung bedroht? Sind Sie zu ihm zurückgekehrt, ohne daß Sie eine Entscheidung hätten treffen können, wie Ihr zukünftiges Leben aussehen sollte, weil Sie fürchteten, die Menschen, die Ihnen nahestehen, zu gefährden? Haben Verwandte Ihnen gesagt, daß es Ihre Pflicht sei, zu Ihrem Partner zurückzukehren?
Es mag viele Berichte über Frauen geben, die einen sicheren Ort vor Mißhandlungen bei einer Verwandten oder Freundin gefunden haben, doch ich selbst kenne nur eine einzige. Alle anderen Berichte schilderten erhöhte Gefahr für jeden der Beteiligten.

Helen bot Barbara einen Schlafplatz an, damit sie ihren gewalttätigen Mann George verlassen konnte. Da George nichts über Helen oder ihren Wohnort wußte, waren beide Frauen in Sicherheit.
Wenn Sie vor Ihrem gewalttätigen Partner fliehen, ist der sicherste Zufluchtsort ein Frauenhaus. Rufen Sie die Frauen-Notrufnummer an. Sie werden Ihnen einen sicheren Treffpunkt angeben, wo man Sie abholt. Um es nochmals zu sagen: Wenn Sie sich in einer Krisensituation befinden, wird man Ihrem Anruf höchste Priorität einräumen. Man wird auch die Polizei anrufen, wenn Sie das wollen.

**2.** Hilfe bei einem Anwalt suchen. Der richtige Anwalt ist unabdingbar, wenn Sie sich rechtlich rundherum schützen müssen, wenn Sie wissen wollen, wie Sie das Sorgerecht für Ihre Kinder behalten oder wiedererlangen können, wenn Sie eine einstweilige Verfügung (oder ein Urteil) des Annäherungsverbotes durchsetzen müssen oder wenn Sie die Scheidungsklage einreichen. Doch Sie brauchen immer jemanden, der sich in der Rechtslage bei häuslicher Gewalt auskennt.
Als ich mit Clare sprach, sagte sie mir, daß es ihr Anwalt war, der ihr zu verstehen gegeben habe, daß es keinerlei Entschuldigung dafür gäbe, sie zu schlagen – nie und nimmer, daß selbst eine ausgerutschte Hand schon zuviel sei. Bevor sie mit ihm gesprochen hatte, war ihr das nie so recht bewußt gewesen. Sie beschloß, gestärkt von seinen Worten, nicht mehr zu ihrem prügelnden Mann zurückzukehren. Wie kann man einen solchen Anwalt finden? Fragen sie beim Frauen-Notruftelefon.

**3.** Wie suche ich mir einen Berater? Haben Sie schon versucht, sich einem Berater anzuvertrauen (einem Psychiater, einem Psychologen, einem Sozialarbeiter oder anderen Fachkräften)? Suchen Sie sich jemanden, auf den die Beschreibung einer wirklich hilfsbereiten Person zutrifft, die ich oben gegeben habe.

Viele Frauen, die mißhandelt und mißbraucht wurden, setzen jedoch ihr Vertrauen in Berater, die Verantwortung mit Schuld verwechseln – so verstärken sie, ohne es selbst zu merken, die ohnehin schon starken Schuldgefühle im Kopf ihrer Klientin. Vielleicht sind Sie so müde, so zerstört, oder Sie fühlen sich so hilflos und hoffnungslos, daß Sie nicht in der Lage sind, einen Berater zu finden oder auszuwählen, der Ihnen wirklich helfen kann. Und es gibt viele, die sich anbieten. Auch hier hilft der Frauennotruf.

**4.** Anruf bei der Polizei. Wenn Sie die Polizei anrufen, heißt das, daß Sie sich in einer akuten Krisensituation befinden. Manche Polizisten haben sehr viel Erfahrung mit häuslicher Gewalt und werden Ihnen hilfreich und feinfühlig begegnen. Andere verstehen die Situation überhaupt nicht und werden wenig verständnisvoll mit Ihnen umgehen. Zwischen diesen beiden Extremen findet man jedoch die unterschiedlichsten Umgangsformen mit häuslicher Gewalt. Sie müssen sich auf die ganze Bandbreite möglicher Reaktionen einstellen. Und Sie müssen in Ihrem tiefsten Herzen immer davon überzeugt sein, daß Sie nicht die Schuld daran haben, daß man Sie mißhandelt und verletzt hat, gleichgültig, wer sie Ihnen geben will.

Die Frauen vom Notruf können Ihnen auch sagen, welches Polizeirevier Ihnen eventuell Beamte mitgeben kann, wenn Sie noch einmal in Ihre Wohnung zurückkehren wollen, um Ihre Sachen zu holen, nachdem Sie mit nichts als den Kleidern an Ihrem Leib geflüchtet sind. In Deutschland sind es meist Mitarbeiterinnen der Frauenhäuser oder von Frauenhilfsorganisationen, die Sie begleiten. Sie wissen auch, unter welchen Umständen die Polizei dazu bereit ist, Sie in ein Frauenhaus zu bringen, entweder von Ihrem Zuhause aus oder von einer Telefonzelle in der Nähe. Viele Frauen haben erzählt, wie dankbar sie den Polizisten waren, die sie sicher nach Hause zurückbegleitet haben, damit sie ihre Kinder oder die Kleidung abholen konnten, oder die sie mitten in der Nacht zum Frauenhaus gebracht haben oder geholfen haben, einen kleinen Sohn aus den Händen eines gewalttätigen Partners zurückzuholen.

Um Ihre maximale Sicherheit zu gewährleisten, sollten Sie einen Ersatzplan haben. Wenn Sie die Polizei anrufen müssen, sollten Sie die Nummer des Frauennotrufs ebenfalls parat haben, und Sie sollten dort anrufen, wenn Sie glauben, daß Ihnen nicht so geholfen wird, wie Sie es benötigen.

Denken Sie immer daran, daß nicht jede Frau die Mechanismen der häuslichen Gewalt versteht. Eine der Frauen, die ich in Frauenhäusern traf, berichtete von einer betrüblichen Erfahrung, als sie eines Nachts von zwei Polizistinnen ins Frauenhaus gebracht wurde, nachdem sie verprügelt worden war. Beide hatten zu ihr gesagt: »Wenn Sie ihn nicht ärgern würden, würde er Sie auch nicht schlagen.« Diese Frau wußte es besser, auch wenn dies ihre erste Erfahrung sowohl mit der Polizei als auch mit einem Frauenhaus war. Sie hatte das Gefühl, daß sie von ihrem eigenen Geschlecht verraten wurde. Sie wußte, daß die Mißhandlungen, die sie erlitt, den inneren Zuständen ihres gewalttätigen Partners entsprangen und daß sie nichts, aber auch gar nichts mit ihr selbst oder ihrem Verhalten zu tun hatten. Sie wußte, daß diese Polizistinnen ihr die Schuld für die Mißhandlungen gaben, die sie erlitten hatte. Sie weinte vor Schmerz wegen der Schnitte und Prellungen, die ihr zugefügt worden waren. Die Haltung dieser Polizistinnen trug unnötig zu ihrem Schmerz bei. Doch sie brachten sie immerhin ins Frauenhaus – an genau den Ort, an den sie gehörte.

**5.** Einen Arzt wählen. Bei Ärzten ist es ganz ähnlich, auch hier gibt es Unterschiede, inwieweit sie sich bei körperlichen und verbalen Mißhandlungen und deren Folgen auskennen. Alle Ärzte werden Ihre Verletzungen behandeln oder Sie ins Krankenhaus einweisen, wenn es nötig ist. Einige jedoch werden länger mit Ihnen sprechen und versuchen, herauszufinden, wie Sie so zugerichtet wurden, und sie werden Ihnen noch andere Möglichkeiten aufzeigen, als nach der Behandlung oder nach dem Krankenhaus wieder zu Ihrem gewalttätigen Partner zurückzukehren. Sie geben Ihnen dann die Telefonnummer des Frauenhauses und fragen, ob Sie nicht dorthin gehen wollen, oder sie bitten jemanden von der Sozialstation, mit Ihnen zu reden. Rufen Sie die Frauen-Notrufnummer an, um sich einen Arzt oder eine Ärztin empfehlen zu lassen, wenn es Ihnen noch möglich ist, eine Wahl zu treffen.

Auch Sozialarbeiter können äußerst hilfreich und verständnisvoll sein. Manche aber geben Ihnen die Schuld an der Lage, in der Sie sich befinden. Wieder hängt das davon ab, wieviel sie über häusliche Gewalt wissen und ob sie für staatliche oder private Einrichtungen arbeiten. Die Frauen in den Frauenhäusern berichteten öfter, »daß man sie wie den letzten Dreck« behandelt habe, wenn sie sich ans Sozialamt wandten, um finanzielle Unterstützung zu erbitten.

Andere Frauen wiederum erzählten, daß es sowohl staatlich wie privat angestellte Sozialarbeiter gebe, die ihnen über Monate oder Jahre hinweg mit wertvollem Rat zur Seite standen, die ihnen behilflich waren, das Sorgerecht für ihre Kinder zurückzuerhalten, aber ihnen auch dabei halfen, an Körper, Geist und Seele zu gesunden. Und viele engagierte Sozialarbeiter machen unbezahlte Überstunden, um mißhandelten Frauen zu helfen.

Auf alle Fälle vergeuden Sie kostbare Zeit und Energien, wenn Sie sich mit verständnislosen Helfern auseinandersetzen müssen, die Sie nicht bei Ihren Anstrengungen unterstützen, ein Leben in Freiheit und Sicherheit zu führen. Es ist Ihre Aufgabe, die richtigen Helfer zu finden. Sie können nicht darauf warten, daß sich die Haltung der Gesellschaft, die Regeln oder die Gesetze ändern, genausowenig wie Sie darauf hoffen können, daß Ihr Partner sich ändert. Ihre körperliche Sicherheit und letztendlich Ihre seelische Stabilität haben absolute Priorität. Es liegt in Ihrer Verantwortung, die besten Angebote, die Ihnen zur Verfügung stehen, zu sondieren, um die Hilfe zu finden, die Ihren Bedürfnissen entspricht. Den besten Rat, den ich Ihnen geben kann, ist, die Frauen-Notrufnummer anzurufen, wenn Sie Hilfe brauchen. Bitten Sie darum, daß man Ihnen die richtigen Personen oder die richtige Anlaufstelle nennt. Später, wenn Sie sich von Ihrem gewalttätigen Partner befreit haben, werden Sie mehr Energien und auch mehr Gelegenheiten haben, um an der Veränderung »des Systems« mitzuarbeiten.

Da die spezifischen Fragen, die Sie einem Anwalt oder einer Rechtsberaterin stellen möchten, von Ihrer eigenen, besonderen Situation sowie von den Gesetzen und Möglichkeiten in Ihrem Bundesland abhängen, fragen Sie die Expertinnen des Frauennotrufs um Rat, bevor Sie anderswo telefonisch um Hilfe bitten. Fragen Sie nach den Gesetzen und den bundesstaatlichen Sonderregelungen im Verfahrensablauf, die häusliche Gewalt betreffen. Fragen Sie, wie konkret in Ihrer Stadt oder Gemeinde damit umgegangen wird. Nicht überall wird dasselbe Gesetz auf dieselbe Weise ausgelegt. Sprechen Sie also mit den Expertinnen für häusliche Gewalt, bevor Sie mit einem Anwalt reden oder mit Behörden, die Ihnen helfen sollen.

**6.** Freunde. Enge und gute Freunde können eine entscheidende Hilfe für Sie sein, vor allem in der Zeit, wenn Sie sich noch nicht entschlossen haben, den Frauennotruf anzurufen. Jemanden zu finden, dem man vertrauen kann, ist häufig der erste Schritt, der aus einer bedrückenden Beziehung herausführt. Um herauszufinden, inwieweit Sie Ihren Freunden vertrauen können, nutzen Sie die Liste auf denSeiten 134–136. Die Geschichte von Donna, die sich mit Alice an ihrem Arbeitsplatz anfreundete, ist ein gutes Beispiel. Alice wurde von ihrem Mann mißhandelt. Donna waren öfter Prellungen aufgefallen, die selbst durch Alices dickes Make-up sichtbar waren. Doch sie war sich nicht sicher, ob Alice mißhandelt wurde, bis diese eines Tages mit einer dunklen Quetschung an der Wange zur Arbeit erschien, die sie nicht mit Make-up verdeckt hatte.

Donna fing an, alles über häusliche Gewalt und die Frauen zu lesen, die verprügelt werden, um zu begreifen, warum Alice nicht einfach ihren Mann verließ. Am Anfang dachte Donna oft: »An ihrer Stelle wäre ich nach dem ersten Schlag verschwunden.« Doch als sie genug gelesen hatte, verstand Donna sehr viel besser, warum Alice nicht so einfach ihre Beziehung aufkündigen konnte. Sie begriff, daß Alice ganz allmählich von ihrem gewaltbereiten Mann gesellschaftlich isoliert worden war, bevor er anfing, sie zu schlagen. Sie wußte, daß Alice keinen Ort hatte, an den sie flüchten konnte, wenn sie von zu Hause wegging. Sie wußte auch, daß Alice immer noch hoffte, daß ihr Mann wieder zu dem charmanten Mann würde, von dem sie dachte, daß sie ihn kennengelernt und geheiratet habe. Und allmählich begriff Donna auch die hinterhältige Falle, die sich aus dem Zusammenspiel von Isolation und einer Dr.-Jekyll-und-Mr.-Hyde-Persönlichkeit ergab. Donna hatte Alices Mann kennengelernt, und sie hätte niemals geglaubt, daß er sie schlug, wenn sie nicht selbst die Prellungen gesehen hätte. Sie sagte, daß er sich als der netteste Kerl der Welt dargestellt hatte. Und je mehr sie über häusliche Gewalt lernte, desto dringlicher wurde aus ihrer ursprünglichen Frage »Warum verläßt sie ihn nicht?« die Frage »Wie

kann sie ihn nur verlassen, ohne sich in Gefahr zu bringen?«
Donna näherte sich Alice ganz langsam und vorsichtig, sie überließ es ihr, den Weg abzustecken. Zuerst gingen die beiden Frauen während der Woche mehrmals gemeinsam zum Mittagessen, und Donna hörte einfach zu. Für Alice war es das erste Mal seit vielen Jahren, daß sie mit einer anderen Frau über ihr Zuhause sprach. Nach einer Weile lud Donna Alice ein, sie am Wochenende beim Einkaufen zu begleiten. Und sie hörte weiter zu.
Das Wichtigste, was Donna tat, war, Alice entgegenzukommen und ihr so etwas wie eine Strickleiter hinzuhalten, die sie benutzen konnte, wenn sie aus der Isolation, in der sie sich mit ihrem gewalttätigen Partner befand, herausklettern wollte. Schon während sie mit Donna sprach und das Haus auch am Wochenende verließ, zerriß Alice die ersten Fäden des Netzes, in das sie so fest verstrickt war. Und weil es ihr möglich war, sich auszusprechen, während Donna zuhörte, gewann Alice soviel von ihrem Selbst zurück, daß sie wieder klarer denken konnte, sich nicht mehr auf ihren gewalttätigen Partner konzentrierte und eine klare Entscheidung treffen konnte, wie sie ihr zukünftiges Leben gestalten wollte. Diese Beziehung funktionierte, weil Donna Alice ihre Hilfe anbot und weil Alice soviel Vertrauen in Donna hatte, daß sie diese Hilfe annahm. Unterschätzen Sie nie die Wirkung, die es auf Sie haben kann, wenn jemand einfach nur zuhört, was Sie zu sagen haben. Die Chance, Ihrem Selbst Sprache zu verleihen gegenüber einer Person, die Sie nicht wertet, kann Ihre Selbstheilung einen Riesenschritt vorantreiben.
Donna hatte auch Fakten und Telefonnummern zur Hand, um Alice dabei zu helfen, sich einen genauen Plan zurechtzulegen und ihn auch durchzuführen. Nachdem Alice Donna ihre Geschichte anvertraut hatte, war es Donna, die

sie immer wieder daran erinnerte, daß sie die Behandlung, die sie erlitt, keineswegs verdient hatte. Sie wußte inzwischen, daß sie nicht für Alice handeln konnte, daß sie, wie frustrierend das auch war, geduldig sein und abwarten mußte, bis Alice von sich aus etwas unternahm, denn hätte sie sie zu sehr gedrängt, hätte Alice vielleicht rebelliert und sich in ihre Isolation zurückgezogen, und Donna hätte ihr nicht mehr helfen können.

Frauen, die mißhandelt wurden, sind davon seelisch auf unterschiedliche Weise betroffen, so daß andere Frauen ihr Verhalten oft kaum verstehen können. Manche ändern ihre Lebensumstände sehr schnell. Andere sind einfach nicht in der Lage dazu. Das ist der Grund, warum Frauen so häufig erst in einer Krisensituation aus ihrer Isolation ausbrechen können, zum Beispiel, wenn sie wieder einmal zusammengeschlagen worden sind. Dann nämlich sind sie gezwungen zu handeln, denn sie sind verletzt und haben Angst.

Das letzte, was ich hörte, war, daß Donna immer noch eine gute Freundin von Alice war und daß diese Fortschritte machte bei ihren Versuchen, aus der Isolation auszubrechen und eine klare Entscheidung zu treffen, wie ihr Leben weitergehen sollte.

**7.** Ihre innere Stimme. Es gibt noch eine weitere unentbehrliche Quelle der Hilfe, die stets bei Ihnen ist und Ihnen stets zur Verfügung steht, wenn Sie sie befragen. Wenn Ihr Geist ruhig und Ihr Körper entspannt ist, können Sie Ihre innere Stimme vernehmen. Je besser es Ihnen gelingt, Ihr Selbst wiederzuentdecken, desto leichter wird es für Sie sein, diese Stimme zu hören. Und wenn Sie dieser Stimme offen und liebevoll lauschen, wird sie Ihnen mehr darüber sagen, wer Sie sind und wie Sie leben wollen. Befragen Sie sie. Hören Sie auf sie. Lernen Sie, ihr zu vertrauen.

# *Kapitel 8* Was Sie erwarten können, wenn Sie sich an ein Frauenhaus oder einen Frauennotruf wenden

## Wer sind die Menschen, die beim Frauennotruf oder im Frauenhaus arbeiten?

Die Frauen (nur selten sind es Männer), die mit mißhandelten Frauen in Frauenhäusern oder am Notruftelefon arbeiten, sind engagiert und gut ausgebildet. Sie erledigen ihre Arbeit mit Takt und Beharrlichkeit, meist für ein nur geringes Gehalt. Sie haben im allgemeinen die Ausbildung und die Erfahrung im Bereich häuslicher Gewalt, die sie brauchen, um Ihnen effektiv zu helfen. Geduld und Mitgefühl kennzeichnen fast alle Mitarbeiterinnen, die ich getroffen habe. Ausgebildete ehrenamtliche Helferinnen ergänzen häufig die Belegschaft des Frauenhauses, um die Arbeit bewältigen zu können, die anfällt. Viele der ehrenamtlichen Helferinnen und Mitarbeiter haben in ihrem eigenen Leben körperliche Mißhandlungen erfahren.

Einige der Menschen, die mit mißhandelten Frauen arbeiten, werden »Beraterinnen« genannt. Sie stehen nicht nur für alle Fragen zur Verfügung, sondern kümmern sich auch im Namen der Frauen um alle Aspekte der Hilfe durch den Sozialstaat, darunter: rechtliche Fragen (Gericht, Anwalt, Staatsanwalt, Richter und Polizei), Fragen an das Sozialamt (finanzielle Unterstützung, Krankenversicherung, Kindergeld, Sozialhilfe und Sozialwohnung) und um Fragen der Schulausbildung von der Grundschule über die Berufsschule bis zur Universität (sowohl den Bedürfnissen der Frauen als auch ihrer Kinder entsprechend). Sie helfen den Frauen, rechtliche und finanzielle Unterstützung zu erhalten, einen Job, eine Berufsausbildung oder eine Möglichkeit zu finden, sich das Grundwissen anzueignen, das sie brauchen, um in den Arbeitsmarkt einsteigen zu können. Außerdem kümmern sie sich um Kindergarten- oder Hortplätze, um eine Wohnung und alles, was eine Frau sonst noch braucht, wenn sie sich entschließt, ihr Zuhause zu verlassen.

### Wer sollte sich an den Frauennotruf wenden?

**1.** Wenn Sie sich in einer akuten Krisensituation befinden, gerade verprügelt oder terrorisiert worden sind und Hilfe brauchen, rufen Sie die Polizei an. Ihre Sicherheit ist das Wichtigste. Die Polizei wird Sie zu jeder Tages- oder Nachtzeit in ein Frauenhaus bringen, auch wenn es aus Platzgründen erst einmal vorübergehend ist.

**2.** Rufen Sie die Nummer vom Frauennotruf an, wenn Sie früher oder jetzt von einem Verwandten oder einem anderen Menschen körperlich, sexuell oder verbal mißhandelt oder terrorisiert worden sind und Sie Rat brauchen, wie Sie damit umgehen sollen. Wenn Sie über achtzehn Jahre alt sind, darf das Frauenhaus Sie aufnehmen. Für jüngere Frauen bietet das Jugendamt Notunterkünfte und betreutes Wohnen an. Hier sind einige Fragen aufgeführt, die Sie vielleicht stellen wollen, wenn Sie den Frauennotruf anrufen, weil Sie sich zwar im Augenblick nicht in einer Krisensituation befinden, jedoch die Sicherheit eines Frauenhauses in Erwägung ziehen:

♦ Arbeitet eine erfahrene Rechtsberaterin im Frauenhaus mit, die mir bei meinen rechtlichen Problemen helfen kann? Wenn nicht, wo kann ich kompetente Rechtsberatung finden?

♦ Kann ich meine Kinder mitbringen?

♦ Wenn ich meine Kinder nicht mit ins Frauenhaus bringe, besteht dann die Gefahr, daß ich das Sorgerecht verliere? Hat es längerfristige Konsequenzen für mich, wenn ich meine Kinder nicht mitbringe, jedenfalls nicht sofort?

♦ Was steht den Kindern zur Verfügung an Aktivitäten, Therapien, Erziehung?

♦ Können die Kinder die Schule weiter besuchen, während wir dort sind?

♦ Was muß ich an Kleidung und Unterlagen mitbringen?

♦ Welche Art der Beratung steht zur Verfügung?

♦ Können Sie mir helfen, eine Arbeitsstelle zu finden, oder mich beraten, wie ich die Grundkenntnisse erwerben kann, um einen Job zu finden? Wie steht es mit Aus- und Weiterbildung, selbst wenn ich noch nicht genau weiß, was ich machen will? Gibt es eine Berufsberatung?

♦ Können Sie mir helfen, eine neue Wohnung zu finden?

♦ Was ist, wenn ich kein Geld habe? Wie können Sie mir in diesem Punkt helfen? (Sozialhilfe gibt es überall, doch vielleicht gibt es in Ihrer Gegend noch andere Möglichkeiten. Fragen Sie danach.)

♦ Wie lange darf ich maximal bleiben?

♦ Wenn ich einige Zeit im Frauenhaus war, was kommt dann? Gibt es eine Art Nachfolgeorganisation, die mich aufnimmt? Oder andere vorübergehende Unterkunftsmöglichkeiten, die nicht so teuer sind?

Diese Fragen betreffen alle das Frauenhaus. Weitere Fragen, die Sie vielleicht gerne stellen würden, sind:

- Können Sie mir eine private Beraterin oder einen Anwalt/Anwältin empfehlen – jemanden, der meine Situation versteht und respektiert? Gibt es Anwälte und Therapeuten, die ich nicht selbst zahlen muß? Welche Fragen sollte ich ihnen stellen, wenn ich sie anrufe?
- Welche Schritte sollte ich unternehmen, um meine Sicherheit zu gewährleisten?
- Was mache ich falsch? (Eine Frage, die sehr häufig von mißhandelten Frauen gestellt wird. Die Antwort lautet immer: »Sie sind nicht schuld an den Mißhandlungen, die Sie erlitten haben. Ihr Verhalten ist nicht der Grund für seine Gewalttätigkeit.« Stellen Sie die Frage trotzdem. Je öfter Sie diese Antwort von Menschen erhalten, die die Wahrheit kennen, desto besser.)

Selbstverständlich sind Sie nicht auf einen Anruf oder obige Fragen beschränkt, Sie können jederzeit wieder anrufen, wenn Sie noch Fragen haben oder einfach nur reden wollen.

Manchmal rufen Frauen bei den Notrufnummern an, um über verbalen Mißbrauch zu sprechen und wie er ihr Leben zur Hölle macht. Die Beraterinnen wissen, wie zerstörerisch verbale Mißhandlungen wirken, und sie werden Ihnen Anlaufstellen nennen können, die Ihnen und Ihren Nöten gerecht werden. In vielen Frauenhäusern sind auch Frauen willkommen, die nicht vor körperlicher, sondern vor verbaler Gewalt flüchten müssen, allerdings unter der Bedingung, daß ein Platz frei ist. Körperlich mißhandelte Frauen haben Vorrang, weil deren Leben und das ihrer Kinder in Gefahr ist und ihnen zuerst geholfen werden muß.

**3.** Rufen Sie an, wenn Sie mit einer mißhandelten Frau verwandt, befreundet oder deren Arbeitgeber sind und Sie ihr helfen wollen, bevor oder auch nachdem sie ihr Zuhause verlassen hat und in ein Frauenhaus gegangen ist. Die Beraterinnen können Ihnen sagen, was Sie tun können und was Sie nicht tun dürfen, um der Frau zu helfen.

**4.** Rufen Sie an, wenn Sie selbst gewalttätig sind und Gewalt ausüben und wissen wollen, wo Sie Hilfe finden, um damit aufzuhören.

**5.** Rufen Sie an, wenn Sie den Verdacht haben, daß Sie sich gerade auf eine Beziehung mit einer gewaltbereiten Person einlassen, und Sie mit jemandem über Ihre Zweifel und Befürchtungen sprechen wollen.

**6.** Rufen Sie an, wenn Sie einfach nur ein Bürger, eine Bürgerin sind, der/die sich über häusliche Gewalt informieren will. Am Ende des Buches sind die relevanten Telefonnummern angegeben.

Der Frauennotruf verbindet Sie nicht direkt mit den Frauenhäusern. In den Gemeinden und Ländern gibt es meist zentrale Nummern, über die Sie, wenn nötig, weitergeleitet werden.

Egal, ob Sie sofort handeln oder nicht, diese Nummern sind sehr wichtig für Sie. Sie sind Teil eines allmählichen Ablösungsprozesses von Ihrer Mißbrauchs-Beziehung. Bei jedem Anruf sprechen Sie mit einer gutinformierten und vertrauenswürdigen Person, die Sie unterstützt und Ihnen vermittelt, daß Sie nicht allein sind. Über die Nummer können Sie herausfinden, wo Sie Hilfe finden, welche Möglichkeiten Ihnen offenstehen und wie Sie Ihr Vorgehen langfristig planen können, damit Sie nicht immer nur auf eine Notsituation nach der anderen reagieren. Sie können aus Ihrer Isolation heraustreten, indem Sie viele kleine Schritte in Richtung Freiheit unternehmen, und das geht auch über das Telefon. Wenn Sie mit einem Telefonanruf auch nur ein kleines Loch in die Glasglocke der Isolation schlagen, können

Sie danach schon sehr viel besser erkennen, wo Sie gewesen sind und wohin Sie sich begeben wollen. Einen gewalttätigen Partner zu verlassen läßt sich nie so schnell und einfach bewerkstelligen, wie es von außen manchmal aussieht. Sehr oft müssen die Frauen einen Prozeß des Abschiednehmens durchlaufen. Und die Beraterinnen am anderen Ende des Notruftelefons können eine wichtige Rolle in diesem Prozeß spielen.

## Was geschieht, wenn ich mich entschließe, in ein Frauenhaus zu gehen?

Ihnen wird wahrscheinlich eine persönliche Beraterin zugeteilt, die sich um Ihre Fortschritte und um Ihr Wohlbefinden kümmert. Sie wird Sie von Anfang bis Ende während Ihres Aufenthaltes im Frauenhaus begleiten. Sie wird Ihnen auch den Schlafplatz für Sie und die Kinder zuweisen. In manchen Frauenhäusern gibt es auch nur eine Beraterin für alle.

Sobald wie möglich wird Ihre Beraterin mit Ihnen ein Aufnahmegespräch führen, in dem Sie Ihre Lebensumstände offenlegen müssen. Aus diesem Gespräch weiß sie, welche Art der Hilfe Sie von ihr, von anderen Mitarbeiterinnen und von weiteren Fachkräften wie Anwältinnen oder Ärztinnen brauchen.

Wenn Sie kein Geld haben, wird Ihre Beraterin Ihnen beistehen, wenn Sie sich um Sozialhilfe, eine Sozialwohnung, eine eigene Krankenversicherung, Weiterbildung oder andere Unterstützung in Ihrer Gemeinde bemühen. Sie werden darüber informiert, wie das Recht Sie gegen Gewalt schützt, über welche Rechte Sie verfügen, welche Möglichkeiten Sie haben, Ihren Partner anzuzeigen oder sich von ihm scheiden

zu lassen, und wie es um das Sorgerecht der Kinder steht. Ihre Beraterin wird Ihnen sagen, wie Sie zu Ihrem Recht kommen und wie Sie die juristischen Fachkräfte dafür finden. Sie wird Ihnen auch alle Fragen dazu beantworten, welche Konsequenzen Ihre einzelnen Entscheidungen für Ihr Leben haben werden.
Wenn Sie sich einen Anwalt/eine Anwältin nehmen wollen, kann Ihnen die Beraterin jemanden empfehlen, der sich in Fällen häuslicher Gewalt auskennt und Ihnen helfen kann – manchmal ohne Kosten für Sie, manchmal auch für geringe Gebühren, die Ihrem Einkommen entsprechen.
Wenn Sie eine Arbeitsstelle oder eine Wohnung brauchen, die Kinder unterbringen müssen, während Sie arbeiten, oder nach einem Weg suchen, sich selbst aus- oder weiterzubilden, dann wird Ihre Beraterin Sie mit den entsprechenden Anlaufstellen und Behörden in Kontakt bringen.
Wenn Sie innerlich bereit sind, das Frauenhaus wieder zu verlassen, und dennoch einen Ort brauchen, an dem Sie noch einige Zeit verweilen können, während Sie sich um eine langfristige Unterkunft bemühen, dann kann Ihre Beraterin Sie auf die sogenannte Dringlichkeitsliste für Übergangswohnheime setzen lassen, sofern es solche Einrichtungen in Ihrer Gemeinde gibt.
Wenn Sie sich in ein Frauenhaus begeben, dann haben Sie die besten Chancen, in Sicherheit zu leben, wertvolle, neue Kontakte zu knüpfen, all das zu lernen, was Sie über die Mißbrauchs-Beziehung wissen müssen, in der Sie sich befinden, und sich aus Ihrer Isolation zu befreien. Wenn Sie einen anderen Zufluchtsort aufsuchen als ein Frauenhaus für mißhandelte Frauen, sollten Sie sich unbedingt beim Frauennotruf erkundigen und versuchen, eine Selbsthilfegruppe oder eine therapeutische Gruppe für Ihre speziellen Nöte zu finden. Wenn Ihnen das Frauenhaus und seine Mitarbeite-

rinnen nicht zur Verfügung stehen, sind die Beraterinnen am Notruftelefon und die Frauengruppen, die Sie unterstützen und aufklären können, wichtiger denn je.

## Was erwartet man von mir, wenn ich mich entschließe, in ein Frauenhaus zu gehen?

Es wird von Ihnen erwartet, daß Sie sich so verhalten, daß Sie selbst und die anderen Frauen dort maximal von Ihrem Aufenthalt profitieren. Das heißt:

**1.** Sie halten die genaue Adresse des Frauenhauses absolut geheim, das dient Ihrem eigenen Schutz ebenso wie dem der anderen Frauen, die dort leben. Sie treffen sich niemals mit jemandem in der Nähe des Frauenhauses und teilen niemandem, nicht einmal Ihrer eigenen Mutter, die Adresse oder auch nur den Stadtteil mit, in dem das Frauenhaus liegt. Sie können jederzeit mit Ihrer Familie oder Freunden telefonisch Kontakt aufnehmen, ohne daß Sie die Telefonnummer des Frauenhauses an irgend jemanden weitergeben.

**2.** Lesen Sie sich die Hausordnung des Frauenhauses sorgfältig durch, und befolgen Sie die Gebote. In den meisten Frauenhäusern übernehmen alle Frauen abwechselnd den Kochdienst oder den Reinigungsdienst. Es bleibt dabei mehr als genug Zeit für Sie, sich um die anderen Dinge zu kümmern, die Sie erledigen müssen. Abends müssen Sie zu einem bestimmten Zeitpunkt wieder im Frauenhaus sein, es sei denn, Ihre Beraterin hat Ihnen eine Sondergenehmigung erteilt. Das wird Sie vielleicht am Anfang etwas stören, doch es ist notwendig, damit das Frauenhaus so organisiert werden kann, daß es die größtmögliche Sicherheit und Effizienz bietet. In den meisten Frauenhäusern können Sie tagsüber einer

Arbeit nachgehen oder sich weiterbilden, wenn Sie das wollen, allerdings immer unter der Voraussetzung, daß Sie damit Ihre Sicherheit nicht gefährden.

**3.** Man erwartet, daß Sie sich aktiv an den Gruppensitzungen, aber auch an den Einzelberatungsstunden beteiligen.

### Muß ich dort bleiben?
### Wie lange darf ich bleiben?

Sie sind ins Frauenhaus gekommen, weil Sie das wollten oder mußten. Sie können es jederzeit wieder verlassen. Es ist jedoch zu empfehlen, daß Sie Ihre Entscheidung mit Ihrer Beraterin durchsprechen, bevor Sie gehen.

Die durchschnittliche Aufenthaltsdauer in einem Frauenhaus ist relativ kurz, manchmal wird eine Grenze von dreißig Tagen gesetzt. In einigen Frauenhäusern kann der Aufenthalt sogar nur eine Woche betragen, weil die Plätze nicht ausreichen und andere Frauen darauf warten, aufgenommen zu werden. Doch kann Ihre Zeit im Frauenhaus verlängert werden, wenn Sie gute Fortschritte machen und sich Mühe geben, Ihr Leben in den Griff zu bekommen. Und in vielen Häusern gibt es sogenannte Anschlußprogramme, in denen Ihnen vorübergehend weitere Unterkunftsmöglichkeiten angeboten werden. Die Frauenhäuser existieren zu einem großen Teil zu Ihrer Sicherheit, und solange Sie sich in Ihrem eigenen Interesse kooperativ zeigen, wird niemand Sie im Stich lassen.

## Wollen Sie Ihre Kinder ins Frauenhaus mitnehmen?

Kinder sind in Frauenhäusern willkommen. Sie können von dort aus auch die Schule besuchen, solange sie damit nicht ihre Sicherheit gefährden. Viele Frauenhäuser haben Beraterinnen, die auf die Arbeit mit Kindern spezialisiert sind.

Sie selbst können am besten beurteilen, ob Sie Ihre Kinder mitnehmen sollen oder nicht, und auch, wieviel Sie Ihren Kindern von Ihren Plänen mitteilen. Besteht die Gefahr, daß sie mißhandelt werden, wenn Sie sie zu Hause zurücklassen? Wird Ihr gewalttätiger Partner versuchen, die Kinder gegen Sie auszuspielen? Ist es besser für sie, wenn Sie sie sorgfältig darauf vorbereiten, daß sie mit ins Frauenhaus kommen? Oder wird das jüngste Kind vielleicht Ihre Pläne dem Vater weitererzählen? Sie können die Beraterinnen am Notruftelefon auch in dieser Angelegenheit um Rat bitten.

Manche gewalttätigen Männer beantragen sofort das Sorgerecht für die Kinder, mit der Begründung, daß die Mutter sie böswillig verlassen habe, als sie ins Frauenhaus ging. Doch wenn das Gericht erst einmal weiß, daß die Mutter in ein Haus für mißhandelte Frauen flüchten mußte, stehen die Chancen gut, daß ihr das Sorgerecht nicht entzogen wird.

Wenn Sie Ihre Kinder nicht sofort ins Frauenhaus mitnehmen können, gibt es vielleicht Möglichkeiten, sie später nachzuholen. Doch gehen Sie auf Nummer Sicher – bitten Sie eine Beraterin um Rat.

Auch wenn Ihre Kinder sich erst an das Leben im Frauenhaus gewöhnen müssen, leben die meisten Kinder sich recht schnell ein. Sie treffen dort andere Kinder, und sie profitieren von den Aktivitäten und den therapeutischen Maßnahmen, die viele Frauenhäuser anbieten. Wenn Sie selbst Ihren Aufenthalt dort positiv sehen, dann werden Ihre Kinder diese Haltung sicher übernehmen.

## Was sollte ich mitnehmen in ein Frauenhaus?

Wenn Ihnen die Zeit bleibt, sich auf den Aufenthalt vorzubereiten, dann sollten Sie Nachtwäsche, Unterwäsche und Oberbekleidung zum Wechseln für sich und die Kinder mitbringen. Natürlich auch Zahn- und Haarbürsten, Zahnpasta, Shampoo oder was Sie sonst so brauchen, um sich wohl zu fühlen. Manche Frauenhäuser können über Spenden, die sie erhalten haben, zur Grundausstattung beisteuern, doch sollten Sie sich nicht darauf verlassen, daß alles vorhanden ist, was Sie brauchen. Kinder sollten ihr Lieblingsspielzeug mitbringen, es stellt für sie eine Verbindung zu ihrem Zuhause dar. Wenn Sie keine Zeit haben, diese Dinge einzupakken, sollte Sie das natürlich nicht davon abhalten, ein Frauenhaus aufzusuchen. Irgendeine Notlösung findet sich immer, und wahrscheinlich wird es Ihnen später möglich sein, in Begleitung eines Helfers oder Polizisten Ihre Sachen zu Hause abzuholen.
Es ist äußerst wichtig, daß Sie neben den wichtigsten Kleidungsstücken folgende Papiere mitbringen (kreuzen Sie sie auf der Liste an, wenn Sie sie zusammenstellen, und dann verwahren Sie sie so, daß sie im Notfall griffbereit sind):

**1. Für die Kinder:**

♦ Impfbescheinigungen (eventuell Krankenberichte) und Zeugnisse, so daß sie auf eine neue Schule gehen könnten

♦ ihre Geburtsurkunden und Pässe/Ausweise

**2. Für Sie selbst:**

♦ das Geld, das Sie heimlich sparen konnten

♦ die Schlüssel für Ihren Wagen, Ihre Wohnung/Ihr Haus und eventuell Ihren Banksafe

♦ Ihren eigenen Paß oder Personalausweis, Führerschein und eventuell Kreditkarten

- Kopien Ihrer Versicherungen für das Auto, die Wohnung, des Automobilclubs und eventueller Lebensversicherungen für Sie und Ihren Mann
- die Krankenversicherungskarten für Sie und die Kinder
- eine Liste all Ihrer Kontonummern, Depotnummern und Unterlagen über eventuelle andere Vermögenswerte
- Ihre Sparbücher
- Kopien von Mietvertrag, Mietüberweisungen oder Hypothekenzahlungen
- Ihre Lohnsteuerkarte oder eine Kopie der letzten Steuererklärung, die Sie oder Ihr Mann abgegeben haben
- Medikamente, die Sie oder Ihre Kinder benötigen
- wichtige Telefonnummern, sowohl privat als auch geschäftlich
- ein neueres Foto Ihres Mannes
- Fotos – wenn Sie sie haben – die körperliche Mißhandlungen an Ihnen dokumentieren

Wenn Ihnen sonst noch etwas einfällt, bringen Sie es mit.
Es kann gefährlich sein, all diese Dokumente in einem Koffer zu Hause aufzubewahren, wo Ihr Mann sie finden könnte. Wenn es Ihnen möglich ist, lassen Sie sie von einer Person Ihres Vertrauens verwahren, allerdings so, daß Sie sie jederzeit, auch nachts, abholen können. Oder verwahren Sie sie, wie oben schon gesagt, so, daß sie in der Not griffbereit sind.

## Wie sehen Frauenhäuser aus?

Es gibt sicher keine zwei Frauenhäuser im ganzen Land, die sich gleichen. Manche sind alte Villen oder andere Gebäude, die gut in Schuß sind und in denen es sich angenehm wohnen läßt, andere sind weniger schön. Manche können Einzelzimmer für Mütter und Kinder bieten, manche nicht. Ihre Bedürfnisse und Ihre Bereitschaft, sich selbst zu helfen, sind jedoch sehr viel entscheidender für einen erfolgreichen Aufenthalt im Frauenhaus als dessen räumliche Ausstattung. Je stärker Sie bereit sind, entschlossen an einem neuen Lebensentwurf zu arbeiten, desto effektiver können Sie die Hilfe, die Ihnen geboten wird, nutzen.

Im Frauenhaus können Sie damit beginnen, Ihre seelischen und körperlichen Wunden auszuheilen, mehr über Ihre gewalttätige Beziehung und deren Muster und mehr über sich selbst zu erfahren. Sie beginnen damit, aus Ihrer Isolation auszubrechen. Dort wird man Sie durch den Dschungel des Rechts- und des Sozialsystems führen, man wird Ihnen neue Wege in ein Leben ohne Gewalt aufzeigen, und Sie werden dort, wenn Sie es wollen, Freundinnen fürs Leben finden und einen Neuanfang für sich und Ihre Kinder. Das ist ein großartiges Angebot. Und es steht Ihnen in jedem der Frauenhäuser im ganzen Land zur Verfügung.

## *Kapitel 9* **Ihre persönliche Sicherheit**

Niemand kann Ihnen garantieren, daß Sie sich in Sicherheit befinden, wenn Sie Ihren gewalttätigen Partner verlassen haben. Doch auch wenn Sie die Beziehung aufrechterhalten, sind Sie nicht sicher. Die Gefahr bleibt für Sie bestehen. Bleiben Sie aber in der Beziehung, dann steht Ihnen lebenslange Mißhandlung bevor und die immer größer werdende Wahrscheinlichkeit, daß Sie oder die Kinder ernsthaft verletzt oder sogar getötet werden. Nur wenn Sie die Beziehung verlassen, besteht für Sie die Hoffnung, daß sich das ändert. Und das Weggehen bietet Ihnen eine Chance zu lernen, wie Sie Ihre persönliche Sicherheit wahren können.

Im allgemeinen besteht Ihre größte Chance, sicher zu leben, unter anderem darin, daß Sie 1. genau planen, wie Sie unter allen nur erdenklichen Umständen vorgehen, und 2. äußerst wachsam und bewußt jede Situation abwägen, in der Sie sich befinden. Viele Frauen spielen die Gefahr und den möglichen Schaden für sich selbst und ihre Kinder herunter, obwohl sie in einer gewalttätigen Beziehung mit einem gefährlichen Mann leben. Manchmal müssen Sie erst eine Weile »normal« gelebt haben, bis Ihnen klar wird, wie leicht Sie schwer verletzt oder sogar getötet hätten werden können, bevor Sie Ihr gewalttätiges Zuhause verließen.

Ein Wort an alle, die verbal mißhandelt werden und glauben, daß ihnen keine Gefahr droht, auch körperlich mißhandelt zu werden: Denken Sie daran, daß verbale Attacken und

Beschimpfungen ohne Vorwarnung in körperliche Aggression umschlagen können, wie es beispielsweise bei Barbara geschah. Sie können nie vorhersehen, wann dieser Fall eintreten wird. Deshalb ist es wichtig, daß Sie genaue Pläne für den Notfall machen.

Ich habe in diesem Buch immer wieder betont, daß Sie, wenn Sie fürchten, sich in unmittelbarer Gefahr zu befinden, sofort die Polizei anrufen – und alle Übungen, Bücher und Aufzeichnungen fallenlassen sollten. Denn Sie sind leider wahrscheinlich die einzige, die von dieser Gefahr weiß, vor allem, wenn Sie fast vollkommen von Kontakten zu anderen Menschen abgeschnitten sind. Wenn man isoliert ist, fällt es leicht, sich selbst einzureden, daß man ein »normales« Leben führt. Dabei spielt die Dauer der Beziehung keine Rolle, manche Frauen wurden nach wenigen Wochen, manche erst nach einer jahrelangen Beziehung schwer verletzt oder getötet.

Nochmals: Wenn Sie mit einem unberechenbaren, gewaltbereiten Mann zusammenleben, befinden Sie sich immer in Gefahr. Sein Verhalten kann unvermittelt und zu einem unvorhersehbaren Zeitpunkt umschlagen. Die Bösartigkeit und die Plötzlichkeit dieser körperlichen Attacken lassen die Frauen wissen, daß jeder Schlag sie auch töten könnte, und sehr viele von ihnen haben fast ihr Leben verloren. Können Sie vorhersagen, ob ein Schlag, ein Tritt, ein Messerstich Sie töten, blenden oder lebenslang verkrüppeln wird?

Martha, eine der Frauen, die ich im Frauenhaus traf, erzählte mir von solch einer Situation, als ihr Mann Dave sie »in aufflammender Wut« attackierte. Er schleuderte sie gegen eine Wand, aus der ein langer Nagel hervorstach. Irgendwie war seine Hand zwischen die Wand und Marthas Kopf geraten. Der Nagel durchbohrte seine Hand, bevor er einige Millimeter tief in Marthas Schädel eindrang. Sie sagte, daß sie dem Tod nie wieder so nahe kommen wolle.

Plötzliche Wutausbrüche eines gewalttätigen Partners werden *nicht* durch Sie oder etwas, das Sie getan haben, ausgelöst. Sie sind zurückzuführen auf die Stimmung, in der sich der Partner befindet, auf seinen geistigen und körperlichen Zustand, aber auch auf die Intensität seiner Ängste und Verzweiflung sowie auf seine Unberechenbarkeit. Ihr Verhalten ist nicht der Grund für seine Ängste und seine Wut, und Sie können gar nichts unternehmen, um seine negativen Gefühle in Schach zu halten, so erschreckend sie auch sind. Häufig ist es sogar so, daß alles, was Sie tun, um ihn zu beruhigen, seine Wut nur noch stärker anfacht.
Wie können Sie also in Sicherheit leben? Am sichersten sind Sie, wenn Ihnen bewußt wird, daß Sie nie wirklich sicher sind. Ich weiß, daß ich Sie, indem ich es schreibe, nicht überzeugen kann, Ihren gewaltbereiten Partner zu verlassen, bevor er Ihnen oder den Kindern schwerwiegende Verletzungen zufügt. Ich kenne die Kräfte der Isolation, die Sie so stark an die Beziehung binden, wie die Schwerkraft uns an die Erde bindet. Und deshalb führe ich die wenigen, begrenzten Schritte an, die Sie unternehmen können, um ein Höchstmaß an Sicherheit herzustellen, während Sie noch mit einem gewalttätigen Partner leben.

## Was können Sie für Ihre Sicherheit tun, wenn Sie noch mit Ihrem Partner zusammenleben?

**1.** Wenn Sie körperlich mißhandelt wurden, eine Krisensituation eingetreten ist und Sie Hilfe brauchen:

♦ Rufen Sie 110 oder das nächste Polizeirevier an. Man wird Ihnen helfen, und der Angriff auf Sie wird erst einmal gestoppt. Sie können sofort Anzeige wegen Körperverletzung erstatten. Bestehen Sie darauf, manchmal drücken sich gerade junge und unerfahrene Beamte vor der Arbeit mit den Formularen. Dann allerdings sollten Sie die Wohnung mit den Beamten verlassen und sich in ein Frauenhaus bringen lassen. Sind die Verletzungen schwerer, kann der Mann auch über Nacht mit auf das Revier genommen werden. Die Polizei in den meisten Bundesländern erstattet dann von sich aus Anzeige wegen Körperverletzung. Allerdings kommt der Mann am nächsten Tag wieder frei, Sie müssen also wissen, ob Sie selbst weiter in der Wohnung bleiben wollen. Das Frauenhaus als erste Anlaufstelle kann Ihnen mit Rat und Tat zur Seite stehen.

♦ Planen Sie Ihren nächsten Schritt. Lassen Sie sich vom Frauenhaus oder am nächsten Tag vom Frauennotruf beraten, wie Sie juristisch weiter vorgehen wollen, d. h. Anzeige erstatten oder nicht, eine einstweilige Verfügung des Annäherungsverbotes erwirken, d. h., daß der Mann sich nicht mehr in der Wohnung oder in Ihrer Nähe aufhalten darf (was in der Praxis außerordentlich schlecht zu kontrollieren und durchzusetzen ist), oder ob Sie selbst die Wohnung verlassen und einen sicheren Zufluchtsort, etwa das Frauenhaus, aufsuchen. In Deutschland ist es in der Regel die Schwächere, nämlich die Frau, die die Wohnung aufgeben muß, um sich und die Kinder in Sicherheit zu bringen. [Inzwischen haben einige Politikerinnen der Grünen und der SPD eine Kampagne gestartet, diesen Zustand gesetzlich zu ändern.]

♦ Wenn Sie ärztliche Versorgung benötigen, lassen Sie sich von der Polizei ins Krankenhaus bringen. Es kommt häufig vor, daß der Partner die Frau dann am Krankenbett besucht und ihr sagt, wie leid es ihm tue und daß das nie wieder vorkommen würde. Das Risiko, daß Sie unter solchen Umständen wieder mit ihm zurück nach Hause gehen, ist hoch. Entschuldigungen im Krankenhaus sind häufig und typisch. Manche Frauen erzählen, daß das der einzige Moment war, in dem sie eine Entschuldigung hörten. Sie sollten noch vom Krankenhaus aus den Frauennotruf anrufen. Lassen Sie sich beraten, bevor Sie sich entscheiden, ob Sie nach Hause zurückkehren wollen. Finden Sie heraus, welche Alternativen es für Sie gibt.

♦ Dokumentation. Notieren Sie (und bewahren Sie Unterlagen auf), wann Sie Ärzte, Krankenhäuser, Polizeireviere oder Frauenhäuser aufgesucht oder mit ihnen telefoniert haben. Wen immer Sie um Hilfe bitten, lassen Sie Ihren vollen Namen und Ihre Adresse festhalten. Sollten Sie sichtbare Verletzungen aufweisen, lassen Sie sie vom Arzt, von der Polizei oder von den Mitarbeiterinnen des Frauenhauses fotografieren und/oder einen Bericht mit genauen Beschreibungen anfertigen. Schreiben Sie Tage und Uhrzeiten auf, an denen Sie oder Ihre Kinder verletzt, bedroht oder terrorisiert wurden. Verwahren Sie diese Aufzeichnungen so, daß Ihr Partner sie nicht findet.

**2.** Wenn Sie im Notfall aus der Wohnung rennen müssen:

♦ Gehen Sie dorthin, wo er Sie nicht findet. Wenn Sie zu Ihren Eltern oder zu anderen Menschen flüchten, die Ihr Partner kennt, bleiben Sie nur solange dort, um die Polizei anzurufen oder um mindestens eine Nacht in einem Frauenhaus oder bei jemandem, den Ihr Mann nicht kennt, zu arrangieren, selbst wenn die Polizei ihn festgenommen hat. Verlassen Sie den Ort, an den Sie sich geflüchtet haben, so bald wie möglich und gehen Sie in ein Frauenhaus. Passen Sie auf, daß niemand Ihnen folgt. Wenn Sie länger bei Freunden und Bekannten bleiben, bringen Sie diese in Gefahr. Wenn Sie aus der Wohnung flüchten, steigern sich Angst, Anspannung und Befürchtungen in Ihrem Partner. Sie sind aus Ihrer Isolation ausgebrochen. Er verliert die Kontrolle über Sie, und das macht ihn wahrscheinlich rasend. Selbst wenn man ihn mit auf die Wache nimmt, gibt es keine Garantie, daß man ihn über Nacht dortbehält.

♦ Denken Sie daran, daß er Ihnen auch später folgen kann. Gehen Sie nicht davon aus, daß er Sie nie mehr verfolgen wird, wenn er das nicht sofort tut, nachdem Sie geflüchtet sind, vor allem, wenn er sich relativ leicht vorstellen kann, wohin Sie geflüchtet sind. Vielleicht ist er nur kurz in die Kneipe gegangen, um noch mehr zu trinken (wenn er trinkt), oder er hat einen Freund besucht, um sich eine Waffe zu beschaffen. Um es nochmals zu sagen: Ein gewalttätiger Mann bedroht gewöhnlich massiv die Verwandten, wenn sie ihm nicht sagen, wo seine Frau ist, und sie wieder zu ihm zurückschicken. Es besteht also für Sie und Ihre Verwandten die Gefahr, schwer verletzt oder gar getötet zu werden.

**3.** Was können Sie tun, wenn Sie weiterhin in Ihrer Wohnung leben und immer noch glauben, daß Ihnen keine unmittelbare, körperliche Gefahr droht.

♦ Sie brauchen Telefonnummern. Lernen Sie die Nummern des nächsten Polizeireviers auswendig, die des Frauennotrufs, des Rettungswagens und natürlich 110. Wenn Ihre Kinder klein sind, bringen Sie ihnen die 110 bei, lassen Sie sie das Wählen üben und erklären Sie ihnen genau, in welchem Fall sie dort anrufen sollen. Und wenn Sie unterwegs sind, sollten Sie eine Telefonkarte oder Kleingeld dabeihaben, damit Sie von einer gut beleuchteten Telefonzelle in einer belebten Gegend aus anrufen können. Zögern Sie nie, diesen Anruf zu tätigen, wenn es nötig ist.

♦ Fangen Sie, noch während Sie mit Ihrem gewaltbereiten

Partner leben, damit an, Ihre Isolation zu durchbrechen. Sprechen Sie mit Verwandten, Nachbarn und Freunden, denen Sie vertrauen. Sprechen Sie mit den Frauen am Frauen-Notruftelefon. Gehen Sie in die Sprechstunden, die für Frauen in Not eingerichtet sind. Beginnen Sie Antworten auf Ihre Fragen zu Ihrer Beziehung einzuholen. Mit je mehr Menschen Sie sprechen, desto mehr werden Sie wissen und desto sicherer werden Sie leben.

Bedenken Sie, daß Ihre Vorkehrungen, sicher zu leben, immer begrenzt sein werden, solange Sie noch mit Ihrem gewaltbereiten Partner leben.

Wenn Sie abwarten, bis Sie in einer Krisensituation flüchten müssen, befinden Sie sich in weit größerer Gefahr, denn dann haben Sie keine Zeit zu planen, wohin Sie gehen und was Sie tun werden. Sie werden keine Zeit haben, sich mit den Menschen und Möglichkeiten vertraut zu machen, die ein Sicherheitsnetz für Sie bilden können wie etwa die Polizei (die Sie ins Frauenhaus bringt) oder die Beraterinnen des Frauennotrufs (die ihnen schnell eine Unterkunft besorgen können), und Sie haben keine Zeit, die Kinder vorzubereiten. Und Sie selbst sind viel zu sehr durcheinander, um klar zu denken.

## Angenommen, Sie wollen in ein Frauenhaus. Wie können Sie das gefahrlos tun?

Bevor Sie gezwungen sind, in einer Krisensituation zu flüchten, sollten Sie sich sorgfältig einen Plan zurechtlegen, wie Sie gefahrlos in ein Frauenhaus gehen können. Wählen Sie einen sicheren Zeitpunkt, an dem Ihr Partner nicht bemerken kann, was Sie vorhaben.

Ein paar der Grundelemente eines Plans, den Partner zu verlassen, sind:

- ♦ Nochmals: Sie müssen die Telefonnummern auswendig können, die Sie brauchen: vom Frauennotruf, vom Polizeirevier und von der Freundin, die eventuell Ihren gepackten Koffer verwahrt. Wenn Sie fürchten, die Nummer in der Aufregung zu vergessen, notieren Sie sie auf einem Zettel, den Sie bei sich tragen.
- ♦ Bereiten Sie Ihre Kinder vor. Sie selbst müssen entscheiden, ob Sie sie gleich mitnehmen wollen oder nicht. Bereiten Sie sie aber auf beide Möglichkeiten vor. Lassen Sie sich vom Frauennotruf beraten, was das Beste für alle ist. Legen Sie einen Ort und eine Zeit fest, wo und wann Sie die Kinder abholen, sollten diese nicht zu Hause sein, wenn Sie ausziehen.
- ♦ Packen Sie Ihre Sachen. Nutzen Sie die Liste in Kapitel 8 für sich und die Kinder, und deponieren Sie das Gepäck bei einer Nachbarin oder Freundin, der Sie vertrauen. Es muß gewährleistet sein, daß Sie die Sachen abholen können, wenn Sie sie brauchen.
- ♦ Rufen Sie den Frauennotruf an und fragen Sie, ob Sie im Frauenhaus unterkommen können. Wenn es Ihnen möglich ist, geben Sie das ungefähre Datum an, an dem Sie Ihr Zuhause verlassen können.
- ♦ Überlegen Sie sich, wie Sie zu dem Treffpunkt kommen, wo Mitarbeiterinnen des Frauenhauses Sie abholen. Besprechen Sie über den Frauennotruf, daß Sie kurzfristig Bescheid geben, wenn es soweit ist.
- ♦ Gehen Sie Ihren Plan im Kopf immer wieder durch, bis Sie ihn auswendig kennen. Wenn Sie Ihre Kinder einweihen wollen, erklären Sie ihnen die verschiedenen Schritte.
- ♦ Wenn Sie soweit sind, holen Sie Ihr Gepäck und die Kinder, lassen Sie den Frauennotruf wissen, daß Sie kommen, verabreden Sie einen Treffpunkt, und los geht's.
- ♦ Wenn Sie noch einmal in Ihre Wohnung zurückkehren

müssen, stehen im Frauenhaus und auch in Frauenhilfsorganisationen Mitarbeiterinnen bereit, die Sie begleiten, falls Sie noch Sachen abholen müssen. Nur wenn der Mann als extrem gewalttätig bekannt ist und, wie es heißt, Gefahr in Verzug ist, wird Sie auch ein Polizist begleiten und schützen. (Ansonsten darf ein Polizist nicht so einfach in die Wohnung – die meist unter dem Namen des Mannes gemietet ist – eindringen, auch wenn Sie ihn darum bitten.) *Gehen Sie niemals allein in Ihre Wohnung zurück, auch wenn Sie glauben, daß Ihr Partner nicht anwesend ist.* Er könnte jeden Moment zurückkommen.

♦ Wenn Sie das Haus/die Wohnung verlassen. Am besten warten Sie, bis Ihr gewaltbereiter Partner entweder einen Vollrausch hat (falls er alkohol- oder drogenabhängig ist) oder das Haus verlassen hat, bevor Sie Ihren Plan umsetzen. Die Frauen, die ich getroffen habe, die am leichtesten und am sichersten in ein Frauenhaus gelangt waren, hatten die Rolle der liebenden, ruhigen Ehefrau gespielt (auch wenn sie am Abend zuvor verprügelt worden waren), bis die Männer die Wohnung verließen. Dann erst sind sie Schritt für Schritt dem Plan gefolgt, den sie sich zurechtgelegt hatten, um ins Frauenhaus zu gelangen.

Die eigenen Lebensumstände zu verändern, selbst wenn es nur für kurze Zeit ist, kann äußerst schwer sein. Doch wenn Sie sich Ihre Schritte gut überlegt haben, wenn Sie sie im Kopf tausendmal durchgegangen sind, dann fallen Ihnen auch diese einschneidenden Veränderungen in Ihrem Leben leichter. Und wenn es für Sie leichter ist, dann fällt es auch Ihren Kindern leichter, und es ist für Sie alle viel sicherer.

## Angenommen, Sie verlassen das Frauenhaus wieder: Wie können Sie das gefahrlos tun?

Angenommen, Sie sind eine Weile im Frauenhaus untergekommen und haben sogar eine neue Wohnung gefunden. Bevor Sie nun dorthin umziehen, sollten Sie sich der Tatsache bewußt sein, daß nun eine andere Art der Gefahr von Ihrem gewalttätigen Partner ausgeht. Die meisten gewalttätigen Männer verfolgen, bedrängen, belästigen oder terrorisieren ihre Frauen, wenn diese ausgezogen sind. Deshalb lauert die Gefahr für Sie nun eher im verborgenen und ist dennoch stets präsent.

♦ Ihr Partner wird Sie nicht so einfach gehenlassen. Wie gut Sie sich schützen können, hängt davon ab, wie genau Sie verstehen, daß Sie ständig Gefahr laufen, von Ihrem Partner verfolgt, bedrängt und belästigt zu werden, seitdem Sie Ihr Zuhause oder das Frauenhaus verlassen haben.

♦ Halten Sie Ihre neue Adresse und Ihre Telefonnummer geheim. Lassen Sie nur sorgfältig ausgewählte Personen wissen, wie Sie zu erreichen sind. Ihr Partner wird jedem gegenüber seinen Charme spielen lassen (auch bei Ihrer Mutter oder Ihrer besten Freundin), um sie zu überzeugen, daß es nur zu Ihrem Besten ist, wenn er weiß, wo Sie sich aufhalten. Er kann sich sogar einen Anwalt nehmen, wie es der gewalttätige Mann einer der Frauen, mit denen ich gesprochen habe, tat, um Ihre Adresse herauszufinden.

♦ Machen Sie sich rechtlich kundig. Während Sie im Frauenhaus sind, sollten Sie alles über die juristischen Möglichkeiten und Verfahrenswege lernen, die Ihnen zur Verfügung stehen, um sich zu schützen, und Sie sollten sie nützen. Es ist beispielsweise einfacher, ein Annäherungsverbot über eine einstweilige Verfügung zu erwirken, während Sie sich im Frauenhaus in Sicherheit befinden und von dort juristischen Rat und Unterstützung erhalten. Kein einziger rechtlicher Schritt, zu dem Sie sich entschließen, kann und wird Ihre Sicherheit garantieren. Doch es ist wichtig, daß Sie Ihre rechtlichen Möglichkeiten ausschöpfen, auch das kann Ihre Sicherheit erhöhen.

♦ Machen Sie sich kundig über die Grenzen des Gesetzes. Lassen Sie sich von den Beraterinnen des Frauenhauses erklären, was Sie vom Rechtssystem zu erwarten haben. Erkundigen Sie sich, was die Polizei, die Anwälte, die Staatsanwaltschaft und der Richter für Sie tun können und was sie nicht tun können. Holen Sie sich jede nur erdenkliche Hilfe. Doch vergessen Sie nie, daß keiner dieser Menschen und keines dieser Gesetze Ihre Sicherheit garantieren können.

♦ Der Kontakt zu einem Frauennotruf oder zu einem Frauenhaus in Ihrer Gegend ist deshalb so wichtig, weil die Beraterinnen und die Anwältinnen, die mit diesen Organisationen kooperieren, sich in den örtlichen Fallentscheidungen gut auskennen, denn die Gesetze können regional unterschiedlich ausgelegt werden. Auch hier spielt Erfahrung eine große Rolle.

♦ Sie selbst können eine Gefahr für sich sein. Wenn Sie eine Anwältin einschalten und eine Anzeige erstatten oder die einstweilige Verfügung eines Annäherungsverbots erwirken und es sich dann anders überlegen, bringen Sie sich selbst in Gefahr.

Erstens signalisieren Sie damit Ihrem Partner, daß es Ihnen gar nicht ernst ist. Er weiß dann, daß er mit Ihnen machen kann, was er will. Zweitens, und das ist wahrscheinlich noch wichtiger, verlieren Sie damit die Unterstützung Ihrer Anwältin und der anderen Menschen, die versuchen, Ihnen zu helfen. Es gibt Anwältinnen, die das Mandat einer Frau niederlegen, die sich weigert, die rechtlichen Schritte, die sie eingeleitet hat, zu Ende zu führen. Viele engagierte Anwältinnen und Anwälte übernehmen auch Fälle ohne Honorar oder für ein geringes Honorar einer Frauenorganisation. Doch sie sind überlaufen mit Fällen häuslicher Gewalt, und Frauen, die es sich nach einer Weile anders überlegen, verschwenden damit kostbare Zeit und Energie. Finden Sie eine gute Anwältin schon während der ersten Schritte der Befreiung, die Sie unternehmen, und bleiben Sie konsequent. Wenn Sie plötzlich Zweifel haben sollten, besprechen Sie sie mit den Beraterinnen vom Frauennotruf oder vom Frauenhaus.

♦ Ein Leibwächter/Beschützer. Eine Möglichkeit, sich vor Belästigungen des gewalttätigen Partners zu schützen, ist die Präsenz eines starken Mannes – eines Vaters, Bruders oder auch – wenn es finanziell möglich ist – einer privaten Agentur, je größer und stärker, desto besser. Zumindest für eine Weile sollte Ihr Beschützer Sie überallhin begleiten. Hierbei besteht allerdings die Gefahr (und Gefahr besteht immer), daß Ihr früherer Partner annimmt, es handele sich um Ihren neuen Liebhaber, und in eifersüchtigen Zorn ausbricht. Dagegen können Sie nichts tun. Bleiben Sie wachsam und treffen Sie Vorsichtsmaßnahmen bei allem, was Sie tun. Informieren Sie unbedingt Ihren Beschützer darüber, in welcher Gefahr er sich befindet, und bleiben Sie realistisch. Informieren Sie Ihren Beschützer oder die Polizei, wenn Sie wissen, daß Ihr Expartner eine Waffe bei sich trägt.

♦ Bleiben Sie wachsam, registrieren Sie Ihre Umwelt aufmerksam. Machen Sie es sich zur Angewohnheit, eine selbstbewußte und aufmerksame Körperhaltung anzunehmen, wann immer Sie unterwegs sind. Gehen Sie zügig, mit erhobenem Haupt. Nehmen Sie Ihre Umgebung wahr. Verschließen Sie immer Ihr Auto. Kontrollieren Sie den Rücksitz, bevor Sie wieder einsteigen. Wenn Sie einkaufen gehen, parken Sie Ihren Wagen so nah wie möglich am Einkaufszentrum, und gehen Sie direkt auf den Eingang zu. Nehmen Sie alles wahr, was um Sie herum geschieht.

♦ Wegziehen kann eine gute Lösung sein. Einige Frauen, die wußten, wie beharrlich ihr gewalttätiger Freund war, sind in eine andere Stadt oder in ein anderes Bundesland umgezogen.

Opal und ihre enge Freundin sind viele hundert Kilometer aus ihrer Südstaatenheimat in eine Stadt im mittleren Westen gereist. Sie fanden dort beide Arbeit, wohnten bei Freunden und hielten steten Kontakt zum dortigen Frauenhaus, während sie die An- und Ummeldeformalitäten hinter sich brachten, und dann blieb Opal wieder dreißig Tage im Frauenhaus. Opals vorgefaßter Plan funktionierte gut, denn während sie im Frauenhaus war, konnte sie sich mit der neuen Stadt bekannt machen, und die Mitarbeiterinnen des Frauenhauses konnten ihr vorübergehend eine Sozialwohnung beschaffen. Doch am wichtigsten war, daß sie für ihren gewalttätigen Partner nicht mehr erreichbar war.

Clare reichte die Scheidung ein, nachdem sie in ihren Heimatbundesstaat zurückgekehrt war, weit entfernt von ihrem gewalttätigen Ehemann. In ihrem Fall stellte sich heraus, daß dies das Sicherste war, was sie hatte tun können.

♦ Selbstverteidigungskurse. Manche Selbstverteidigungstechniken erhöhen Ihre Sicherheit. Zumindest aber erhöhen sie Ihre Wachsamkeit, vermindern Ihre Reaktionszeit und geben Ihnen mehr Selbstvertrauen. Doch auch hier gibt es natürlich keine Garantien. Eine Beraterin in einem Frauenhaus erwähnte mir gegenüber eine Untersuchung, die belegte, daß selbst Frauen, die hervorragend in Selbstverteidigung ausgebildet sind, durch Beleidigungen und Beschimpfungen verunsichert werden. Wenn ein Angreifer eine Frau erst verbal mißhandelte, zögerte sie meist so lange, daß er die körperliche Attacke durchführen konnte.

Eine Waffe, also ein Messer oder eine Pistole, mit sich zu tragen, ist nicht zu empfehlen, denn selbst wenn sie ausgezeichnete Scharfschützinnen wären, besteht für die meisten Frauen die Gefahr, daß sie überwältigt und ihre Waffen gegen sie gerichtet werden. Auch ein Elektroschocker, Tränengas- oder Pfefferspray können nach einer Attacke gegen das Opfer selbst eingesetzt werden, doch sind sie nicht tödlich wie ein Messer oder eine Pistole. Wenn Sie sich entscheiden, einen Elektroschocker oder ein Abwehrspray mit sich zu führen, dann sollten Sie sich mit der Handhabung vertraut machen und öfter damit üben. Setzen Sie sie nur ein, wenn Sie von der Notwendigkeit überzeugt sind.

Eine weitere Möglichkeit ist natürlich, daß Sie um Hilfe schreien, vor allem, wenn verläßliche Hilfe in der Nähe ist, Sie können aber auch versuchen, mit ruhiger Stimme auf ihn einzureden und ihn beruhigen – doch sollten Sie nie vergessen, daß keine dieser Methoden Ihre Sicherheit garantiert.

Was ich in diesem Kapitel angeführt habe, klingt erschreckend. Doch es ist nur realistisch. Ich wünschte nur, daß ich mehr dazu sagen könnte, konkrete Ratschläge geben könnte, die Ihre Sicherheit garantierten, ob Sie in der Beziehung bleiben oder sie verlassen. Doch mir sind keine bekannt. Ich hoffe allerdings, daß Sie diese Worte lesen und 1. sich bewußt werden, daß Sie das meiste davon schon wußten, 2. wissen, daß diese Worte Sie aus Ihrer Isolation herausholen und Ihre Entscheidung vorantreiben können, die Beziehung zu verlassen und dabei jegliche Vorsichtsmaßnahme zu treffen, und 3. daß die erschreckende Wirkung dieser Beschreibungen bald nachläßt und Sie nur noch die Information dahinter sehen und akzeptieren, daß Sie sich in wirklicher Gefahr befinden und dementsprechend handeln. Und nochmals: Warten Sie nicht, bis Sie das nächste Mal

verprügelt werden und man Sie ins Krankenhaus oder in die Leichenhalle statt ins Frauenhaus bringen muß.
Noch wird vom Staat und von den Gesetzen her nicht alles für Ihre Sicherheit getan, was möglich wäre. Ein Zeugenschutzprogramm, wie für Kronzeugen, würde die Sicherheit vieler Fauen sehr viel gründlicher gewährleisten. Doch solch ein Programm gibt es bisher in keinem Land der Welt.
Solange nicht überall im Land dieselben Hilfsprogramme und dieselbe Durchsetzungsphilosophie bestehender Gesetze gegeben ist und solange die Sicherheit von Frauen und Kindern gewalttätiger Männer nicht vom Staat aus stärker ins Auge gefaßt wird, werden Frauen aus den gegebenen Hilfsangeboten nicht immer in eine sichere Welt entlassen. Es gibt jedoch viele tausend Frauen, die ihren gewalttätigen Partner gefahrlos verlassen und ihrem Leben eine neue Richtung gegeben haben und nun fähig sind, ein Leben ohne Angst zu leben.
Die Frauenhäuser und das, was Sie dort lernen, sind Ihre beste Chance, um einige Zeit in Sicherheit zu leben und danach selbst zu wissen, wie Sie sich schützen können.

# *Teil IV* Endlich frei? Wie Sie vermeiden, in alte Beziehungsmuster zurückzufallen

## *Kapitel 10* Welche Rolle spielt Alkohol in Ihrer Beziehung?

Der starke oder häufige Konsum von Alkohol und anderen Drogen beeinflußt zutiefst das menschliche Verhalten und alle Beziehungen – ob man dabei eine Sucht nachweisen kann oder nicht. Er verzerrt die Persönlichkeit des Trinkers und hält alle, die mit ihr oder ihm leben, davon ab, ein normales Leben zu führen. Dieses Kapitel konzentriert sich darauf, 1. wie eine mißhandelte Person durch ihren Alkoholmißbrauch geschwächt wird, und 2. darauf, wie schwerwiegend der Mißbrauch von Alkohol, Drogen oder Medikamenten in das Leben einer anderen Person eingreift. Alle Rauschmittel rufen starke Persönlichkeitsveränderungen hervor. Ich hebe in diesem Kapitel den Mißbrauch von Alkohol und dessen Folgen deshalb hervor, weil es das »Lieblingsgift« der Mehrheit ist und sehr viel mehr Tote, zerstörte Familien und Individuen hinterläßt als alle anderen Drogen.

### Wie können Sie vermeiden, daß Ihr eigener Alkoholkonsum Sie in die alte Beziehung zurückzieht?

Es gibt keine statistische Methode, um zu erfassen, wie viele der Menschen, die im Rahmen häuslicher Gewalt verprügelt werden, selbst Alkohol, Drogen und Medikamente mißbrauchen. Doch es gibt Schätzungen in den USA, daß fast die Hälfte aller geprügelten Frauen unter diese Kategorie fallen.

Wenn Sie von einem gewalttätigen Partner mißhandelt werden und zugleich selbst schädigende Mengen von Alkohol oder anderen Drogen zu sich nehmen, dann sind Sie mit zwei schweren Problemen konfrontiert. Vielleicht entscheiden Sie sich, Ihren Partner zu verlassen. Doch solange Sie sich nicht auch entscheiden, Ihren Alkoholmißbrauch hinter sich zu lassen, werden Sie niemals frei sein. Vergessen Sie nie, daß Alkohol eine Droge ist. Und vergessen Sie ebenfalls nie, daß Drogenmißbrauch immer das Verhalten der Person verändert, selbst wenn Drogen unterschiedlich auf Menschen wirken. Je mehr Sie davon zu sich nehmen, desto stärker wird sich Ihr Verhalten verändern, je nach der individuellen Reaktion Ihres Körpers auf das chemische Gift.

Neben vielen anderen Reaktionen kann der Alkohol Ihre natürliche Kraft und Stärke in Selbstmitleid und hilfloses Nachgeben verwandeln. Er macht es unwahrscheinlicher, daß Sie einer Situation häuslicher Gewalt entfliehen wollen oder können. Sie werden zum Opfer Ihrer eigenen unberechenbaren Reaktionen und Stimmungsschwankungen. Sie sind körperlich und seelisch geschwächt. Sie neigen dazu, die Verantwortung für Ihr eigenes Handeln nicht mehr zu übernehmen und statt dessen anderen die Schuld an den manchmal unvernünftigen Dingen zu geben, die Sie unter dem Einfluß von Alkohol tun. Sie sind zuerst mit der Beschaffung und dem Verzehr Ihres »Lieblingsgiftes« beschäftigt und können dadurch kein Selbstwertgefühl ausbilden. Auch Ihre Fähigkeit, einer regelmäßigen Arbeit nachzugehen, sich weiterzubilden, sich schöpferisch auszudrücken oder andere Schritte in Richtung finanzieller und seelischer Selbständigkeit zu tun, läßt nach. Gleichzeitig liefert Ihre Sucht Ihrem

Partner ein weiteres Mittel, über das er Sie manipulieren kann, da er häufig die Kontrolle über das Suchtmittel hat, das Sie in seiner Kontrolle hat. Der Mißbrauch von Suchtmitteln bedingt immer eine Schwächung des Selbstwertgefühls, selbst wenn Sie nicht mißhandelt oder mißbraucht werden.

Sie finden hier eine Beschreibung der Symptome von Suchtverhalten. Lesen Sie sie sorgfältig, und entscheiden Sie dann, ob Sie nicht lieber eine professionelle Suchtberatungsstelle aufsuchen wollen, um herauszufinden, ob eine Suchtbehandlung für Sie das richtige wäre. Wenn Geist und Körper drogenfrei sind, sind Sie viel besser in der Lage, die Versprechen, die Sie sich selbst gegeben haben, zu erfüllen.

## Anzeichen und Symptome von Alkoholismus

Der Weg in den Alkoholismus beginnt häufig bereits, wenn Sie noch denken, daß Sie nicht mehr trinken als alle anderen. In Amerika trinken etwa 70 Prozent aller über Vierzehnjährigen Alkohol. Zehn Prozent dieser Menschen aus allen Schichten und Berufen werden zu Alkoholikern. Eine weitere Gruppe, geschätzte 5 Prozent, werden süchtig durch andere Drogen (Gorski, 1989). In Deutschland wird die Zahl der Alkoholiker auf 2,5 Millionen geschätzt.

Einige der Symptome einer Suchtkrankheit sind:

**1.** Unberechenbare Stimmungsschwankungen. Beim ersten Glas fühlen Sie sich noch stimuliert und glücklich, doch wenn Sie weitertrinken, können Sie in eine tiefe Depression fallen. Das kann an einem Abend oder Tag vorkommen, an dem Sie trinken, es kann sich aber auch über einen längeren Zeitraum hinziehen. Schließlich werden Sie diese plötzlichen

Stimmungsumschwünge auch dann erleben, wenn Sie nicht trinken oder andere Drogen nehmen.

**2.** Depressionen. Da Alkohol das Zentralnervensystem dämpft, werden Depressionen häufig chronisch im Verlauf der Sucht, selbst wenn Sie gerade keinen Alkohol trinken.

**3.** Sorge um den Nachschub. Sie beginnen, Alkoholvorräte zu horten und zu verstecken, um sicherzugehen, daß Sie immer etwas zu trinken im Haus haben.

**4.** Die Gedanken kreisen nur noch ums Trinken. Alle anderen Aktivitäten treten hinter diesem beherrschenden Gedanken zurück. Schließlich werden die Pläne für die nächste Party oder den nächsten Drink wichtiger als alles andere und jeder andere in Ihrem Leben.

**5.** Veränderungen der chemischen Toleranz. Mit der Zeit werden Sie mehr Alkohol brauchen, um dieselbe Wirkung zu erzielen wie bei den ersten Drinks (Johnson, 1980). Das ist ein gefährliches Anzeichen dafür, daß Sie die Kontrolle über Ihren Alkoholkonsum verlieren. Die nächste Stufe ist, daß Sie Alkohol brauchen, um sich normal zu fühlen. Ihr Körper verarbeitet Alkohol anders, und Sie haben nicht mehr die Wahl, ob Sie etwas trinken wollen oder nicht. Bald darauf wird Ihr Körper Ihnen nicht mehr erlauben, Alkohol abzulehnen.

**6.** Allein oder heimlich trinken. Süchtige neigen dazu, sich von anderen zu isolieren. Einer der Gründe ist, daß sie verheimlichen wollen, wieviel und wie oft sie trinken. Es gibt auch Süchtige, die in Gesellschaft vernünftig trinken (ein bis drei Drinks bei gegebenem Anlaß), danach jedoch allein oder mit einer Gruppe anderer Menschen erheblich mehr trinken. Auch das kann schließlich dazu führen, daß nur noch allein getrunken wird.

**7.** Steigerung. Alkoholismus schreitet auf langsame, kaum merkliche Art voran, verschlimmert sich jedoch stets. Sie trinken immer öfter, und die Folgen des Alkohols verstärken sich in ihrer Häufigkeit sowie in ihrer Schwere.

**8.** Verleugnung. Es fällt Ihnen schwer, eine direkte Verbindung zwischen Ihrem Trinken und den negativen Konsequenzen in Ihrem Leben herzustellen. Sie glauben ehrlich daran, daß andere Menschen, Orte und Umstände die Gründe für die Probleme sind, die in Wirklichkeit nichts anderes sind als die Folgen Ihres Alkoholmißbrauchs. Das nennt man »verleugnen«. Sie glauben ehrlich, daß Alkohol kein Problem für Sie darstellt, daß Sie jederzeit damit aufhören können, wenn Sie es wollen.

**9.** Morgendliches Trinken. Wenn Sie an einem Abend sehr viel trinken, am nächsten Morgen einen Kater haben und wieder Alkohol zu sich nehmen, um das Zittern, das Unbehagen und die Kopfschmerzen zu bekämpfen, müssen Sie noch nicht süchtig sein. Sollte das jedoch häufiger vorkommen, dann ist es ein schwerwiegendes Anzeichen dafür, daß Sie süchtig sind.

**10.** Erinnerungslücken. Haben Sie je eine Lücke im Ablauf eines Tages oder eines Abends gehabt, konnten Sie sich nicht mehr erinnern, was geschehen war? Sind Sie schon einmal morgens in Ihrem Bett aufgewacht und konnten sich nicht mehr erinnern, wie Sie hineingekommen sind oder was am Abend zuvor passiert war? Anderen kann es so vorkommen, als verrichteten Sie Ihre täglichen Aufgaben und Pflichten ganz normal, doch Sie selbst können sich später nicht mehr erinnern, was Sie zu einer bestimmten Zeit gemacht haben. Wenn Sie solche Erinnerungslücken häufiger haben (die nicht mit Ohnmacht oder volltrunkenem Umkippen zu verwechseln sind), dann ist die Wahrscheinlichkeit, daß Sie süchtig sind, sehr hoch.

Wenn Sie entdecken, daß drei oder mehr dieser Symptome auf Ihr Trinkverhalten zutreffen, dann ist zu empfehlen, daß Sie sich an eine Suchtberatungsstelle wenden, die Ihnen auch die Anlaufstellen vermitteln wird, die Ihnen dabei helfen, suchtmittelfrei zu leben. Rufen Sie den Frauennotruf an und sagen Sie, daß Sie Hilfe aufgrund Ihres Suchtverhaltens brauchen. Die Beraterinnen wissen, daß Ihre Sicherheit das oberste Gebot ist, und sie wissen auch, in welch schwieriger Situation Sie sich befinden mit dem doppelten Problem von Sucht und Mißhandlung. Bitten Sie um die Adresse eines Vertrauensarztes, der mit Ihnen das Ausmaß der Tabletten- oder Alkoholsucht abklärt und Sie auch an Selbsthilfegruppen weiterverweisen kann. Am sichersten für Sie wäre es, wenn Sie diesen Schritt erst unternähmen, wenn Sie sich im Frauenhaus befinden.

Genau wie nur Sie entscheiden können, ob Sie mit einem gewaltbereiten Partner weiterleben wollen oder nicht, können auch nur Sie entscheiden, ob Sie mit dem Konsum von bewußtseinsverändernden Drogen (dazu gehört auch Alkohol) aufhören wollen oder nicht. Es liegt ganz bei Ihnen. Wenn Sie allerdings noch mit Ihrem gewalttätigen Partner leben, sollten Sie sich im klaren darüber sein, daß er es als bedrohlich empfinden wird, wenn Sie sich von Ihrer Sucht lossagen. Er wird sicherlich Druck auf Sie ausüben, weiterhin Alkohol, Tabletten oder Drogen zu nehmen, zumal mit großer Wahrscheinlichkeit er es gewesen ist, der den Gebrauch dieser Suchtmittel eingeführt hat. Vergessen Sie nicht, daß die Wirkung von bewußtseinsverändernden Mitteln vor allem darin besteht, daß Sie nicht merken, was Ihr Partner tut, um Sie unter seiner Kontrolle zu halten. Sie tragen auch zu Ihrer Isolation bei, da Sucht an sich immer stärker isoliert und zu Heimlichtuerei führt.

Der Notruf wird Sie vielleicht direkt an die Anonymen Alkoholiker verweisen. Wenn nicht, rufen Sie selbst dort an, und besuchen Sie von sich aus einige »Meetings«, wenn Sie das gefahrlos tun können. Diese Selbsthilfeorganisation hat landesweit Anlaufstellen, und ihre Nummer finden Sie im Telefonbuch. Diese Organisation bietet effektive Hilfe und kostet nichts. Es wird sicherlich schwer für Sie sein, beim ersten Mal allein zu kommen. Sie können es sich leichter machen, wenn Sie schon beim ersten Anruf fragen, ob jemand Sie abholen und begleiten kann. Man wird Sie sicher freundlich empfangen. Vielleicht entdecken Sie dort sogar Menschen, die Sie kennen. Sie können den Sprechern zuhören, sich an dem Gruppengespräch beteiligen, solange Sie wollen. Sie können mitreden oder nicht, es steht Ihnen frei. Niemand wird Sie zwingen zu reden. Doch man wird Ihnen einen freundlichen Handschlag anbieten, wenn Sie hereinkommen und wenn Sie wieder gehen.

Unter den Menschen dort werden Sie ganz sicher Frauen finden, die verbal, körperlich und/oder sexuell mißbraucht worden sind. Wenn Sie zu einem reinen Frauenmeeting gehen, finden Sie sie noch leichter. Das Gespräch über Mißbrauchs-Beziehungen ist dort noch viel offener. Nutzen Sie die Frauen, die Ihnen sympathisch sind, als Informationsquellen, als Sponsoren und als Freundinnen, damit sie Ihnen dabei helfen, herauszufinden, wie Sie sich Ihr zukünftiges Leben vorstellen und wie Sie Ihre Träume wahrmachen können.

Lassen Sie nicht zu, daß Ihr Alkoholmißbrauch oder Ihre Tablettensucht Sie wieder in eine Mißbrauchs-Beziehung zurückzieht oder Ihr Bewußtsein gegenüber all der Gewalt, die Ihr Leben dominiert, abstumpfen läßt.

## Wie beeinflußt *sein* Alkohol- oder Drogenproblem Ihre Beziehung und Ihre Persönlichkeit?

Ich habe Ihnen einige sehr schwere Aufgaben gestellt. Eine der schwierigsten ist, daß Sie Ihre Aufmerksamkeit von Ihrem gewaltbereiten Partner weg auf Ihre eigenen Bedürfnisse lenken, daß Sie aufhören, sein Verhalten stets im Auge zu behalten, aufhören, ihn ändern zu wollen, und sich statt dessen um sich selbst kümmern. Das ist schwer genug, wenn Ihr Partner gewalttätig ist. Wenn er dazu noch süchtig nach bewußtseinsverändernden Mitteln ist, kann Ihr eigenes Leben gänzlich untergehen, während Sie ihn stets beobachten müssen und versuchen, ihn vom Trinken abzuhalten und ihn sowie den Rest der Familie vor den Folgen zu bewahren. Selbst wenn Ihr Partner sich von der Sucht befreit oder wenn Sie Ihre Beziehung zu ihm abbrechen und ihn nie wiedersehen, werden die negativen Folgen der automatischen Reaktionen, die Sie entwickeln, wenn Sie mit jemandem leben, der trinkt oder drogensüchtig ist, Sie Ihr Leben lang verfolgen, wenn nicht auch Sie Hilfe bekommen.

Es ist so ungeheuer wichtig, daß Sie sich um sich selbst kümmern, einen Selbstheilungsprozeß einleiten, daß Ihre Befreiung von einem gewalttätigen, süchtigen Partner vollkommen davon abhängt, wie gut Ihnen das gelingt, wie gut Sie lernen, die Verantwortung für sein gewalttätiges Verhalten und seine Sucht und deren Konsequenzen ganz bei ihm zu belassen. Befreien Sie sich von Ihren Versuchen, ihn zu ändern. Sie können so gut wie nichts tun, um den Suchtmittelgebrauch einer anderen Person zu ändern. Wenn er etwas trinken will, dann wird er es früher oder später tun, egal, was Sie sagen oder tun.

Folgende Symptome findet man bei fast allen Menschen, die mit einer süchtigen Person leben oder sie lieben, sie entstehen aus dem herzzerreißenden Schmerz, mitansehen zu müssen, wie jemand, den man liebt, sich selbst zerstört, und aus den verzweifelten Versuchen, das zu verhindern. Ein weiterer Grund für das kräftezehrende Bemühen, ihn vom Trinken abzuhalten, ist natürlich, daß Sie wissen, daß die Wahrscheinlichkeit steigt, daß er Sie verbal oder körperlich mißhandelt, wenn er getrunken hat. Fast immer bedingen Alkohol und Mißhandlungen einander, wenn der gewaltbereite Partner trinkt. Genaugenommen steigert Alkohol immer das Gewaltpotential von Mißhandlungen, egal, welcher Art sie sind, und egal, welche Art von Partner sie ausführt. Wahrscheinlich werden Sie zumindest einige der Symptome, die unten angeführt sind, als Reaktion auf sein Trinkverhalten aufweisen, gleichgültig, ob Sie selbst trinken oder nicht. Damit Sie verstehen lernen, wie tiefgreifend Ihr Leben durch die Sucht eines anderen beeinflußt wird, beantworten Sie die folgenden Fragen:

| | Ja | Nein |
|---|---|---|
| Versuchen Sie Flaschen oder Nadeln zu verstekken oder Alkohol wegzugießen, so daß er nicht trinken oder Drogen nehmen kann? Oder versuchen Sie, ihn davon abzuhalten, sich den nächsten »Fix« zu besorgen? | □ | □ |
| Stehen Sie am Fenster, wenn er ausgegangen ist, und warten auf ihn, in der Befürchtung, Nachbarn könnten ihn betrunken sehen oder er könnte sich bei einem Unfall verletzen? | □ | □ |
| Gehen Sie »wie auf Eiern«, wenn er nach Hause kommt, versuchen Sie, die Kinder und sich selbst so ruhig zu halten wie nur möglich, damit es nicht zum Streit kommt? | □ | □ |
| Wenn er sagt: »Ich muß hier raus, ihr geht mir auf die Nerven«, nehmen Sie die Schuld daran | | |

auf sich, statt zu begreifen, daß es sein eigenes Verhalten ist, wenn er trinkt (oder wenn er verkatert ist), das ihm auf die Nerven geht? □ □

Konzentrieren Sie sich darauf, seine Probleme zu lösen, ihm hinterherzuräumen, seine Schmerzen zu lindern, Entschuldigungen für ihn zu suchen oder auf andere Weise sein Leben für ihn zu leben, so daß Sie ganz Ihr eigenes aus den Augen verlieren und ihm die Verantwortung für das seine abnehmen? □ □

Konzentrieren Sie sich so sehr darauf, ihm entgegenzukommen, ihn zu beschützen, ihn zu manipulieren (daß er aufhört zu trinken), daß Sie keine anderen Interessen mehr haben? □ □

Hängt es von seinem Verhalten, von seinen Stimmungen ab, wie Sie sich fühlen? Können Sie nur noch entspannt und glücklich sein, wenn er entweder abwesend, eingeschlafen oder selbst entspannt ist? □ □

Selbst wenn das häusliche Leben eine Zeitlang recht friedlich verläuft, sind Sie immer noch angespannt, halten Sie sozusagen den Atem an, während Sie auf die nächste Krise warten? □ □

Wissen Sie nicht mehr genau, wie Sie sich eigentlich fühlen? □ □

Wird Ihr eigener Bekannten- und Freundeskreis immer kleiner, weil Sie sich so stark auf ihn konzentrieren, während seine Sucht schlimmer wird und er sich immer mehr isoliert? □ □

Ist Ihnen aufgefallen, daß die Gefahr wächst, daß er Sie verbal oder körperlich attackiert, wenn er getrunken hat oder verkatert ist oder wieder Alkohol braucht? □ □

Konzentrieren Sie sich so stark auf den Trinker in Ihrer Familie, daß Sie nur noch wenig Energie für sich selbst und die Kinder übrig haben? ☐ ☐

Haben Sie angefangen zu glauben, daß das Leben, das Sie und Ihre Familie führen, normal ist? ☐ ☐

Wenn Sie auf nur eine der Fragen mit Ja antworten, heißt das, daß Ihre Konzentration auf den Partner Ihnen schadet. Sie brauchen Hilfe. Wenn Sie mit einem Süchtigen leben, dann lernen Sie, die Scham und die Schuld, die er auf Sie projiziert, zu akzeptieren. Er muß Ihnen die Schuld und die Verantwortung zuweisen, wenn er sich danebenbenommen hat, um sein eigenes Bild von sich als gute Person zu retten. Er kann nicht zulassen, daß sein Fehlverhalten seine eigene Schuld ist. Schließlich beginnen Sie sogar, sich die Schuld an der Sucht Ihres Partners zu geben (in Wirklichkeit sind Sie natürlich nicht daran schuld). Vielleicht denken Sie auch, daß Sie das Verhalten Ihres Partners unter Kontrolle haben und ihn davon abbringen können müßten, Alkohol zu mißbrauchen. Sie versuchen, perfekt zu sein und alles zu tun, um seinen Wünschen nachzukommen, um den Frieden in der Familie zu wahren und Streit und andere Formen der Gewalt zu vermeiden. Und Sie tun all das auch in der Hoffnung, daß Sie ihn damit davon abhalten können zu trinken, so daß er sich wieder »normal« verhält.

Sie entwickeln Regeln zwischen sich und den Kindern (Black, 1981), die gewöhnlich unausgesprochen bleiben, darunter: die Geheimhaltung des Verhaltens des Süchtigen vor anderen Leuten und sogar untereinander, das Vermeiden jeden Gesprächs über das, was zu Hause am Abend zuvor vorgefallen ist, die Weigerung, etwas zu fühlen oder irgend jemandem das Geheimnis der Familie anzuvertrauen.

Das Verhalten des Süchtigen beherrscht das Familienleben. Alle reagieren darauf und folgen dem, was er tut oder sagt. Sie selbst müssen sich derart darauf konzentrieren, jemand anderem entgegenzukommen, daß Sie gar nicht mehr wissen können, wer Sie selbst eigentlich sind und was Sie selbst eigentlich wollen. Manchmal haben Sie das Gefühl, daß Sie nicht das Recht haben und es selbstsüchtig sei, sich um Ihre eigenen Wünsche und Interessen zu kümmern. Doch das ist es nicht!

Sie sind der Gewohnheit verfallen, den Süchtigen zu beschützen und ihn zu entschuldigen. Bereitwillig rufen Sie seinen Chef an, wenn Ihr Partner zu verkatert aufwacht (oder nicht rechtzeitig aufwacht), und entschuldigen ihn bei seiner Arbeitsstelle.

Diese Reaktionen bedeuten meist, daß Sie bereits langfristige Probleme entwickelt haben wie Depressionen oder einen Mangel an Selbstbewußtsein und eigenem Identitätsbewußtsein. Sie wissen nicht mehr, wer Sie sind, Ihre Identität wird durch seine Beschreibungen Ihrer Person verwischt und überlagert, und Sie glauben ihm. Sie haben gelernt, Ihre eigenen Gefühle abzublocken, weil Sie schon so lange mit seelischem Schmerz und mit Enttäuschungen leben, daß Sie das Gefühl einfach abstellen wollen. Doch wenn Sie lernen, Gefühle abzustellen, gehen mit den schlechten auch die guten Gefühle, die Glücksmomente, verloren. Ihre Gesundheit wird extrem belastet durch chronischen Streß, und Ihr Eß- und Schlafverhalten leidet. Es fällt Ihnen ungeheuer schwer, Freundschaft zu schließen, weil Sie nicht mehr offen Ihre Gefühle und Bedürfnisse ausdrücken wollen. Das Familiengeheimnis hat Sie isoliert. Denken Sie daran, daß Isolation, ob von Ihnen oder anderen Menschen wahrgenommen oder nicht, *immer* in einer Beziehung vorhanden ist, bevor die Mißhandlungen oder der Mißbrauch einsetzen.

Wenn Sie sich von Ihrem Partner trennen, werden Sie Reaktionen, die Sie sich angewöhnt haben, also der Versuch, perfekt zu sein, das Sich-Kümmern und das Gefühl von Schuld und Angst nicht automatisch verschwinden oder ein gesundes Gleichgewicht an ihre Stelle treten. Diese selbstzerstörerischen Gewohnheiten werden an Ihnen haftenbleiben, es sei denn, daß Sie sich helfen lassen.

Eine Hilfe, die Ihnen fast überall in der westlichen Welt kostenlos zur Verfügung steht, sind die Familiengruppen (Al-Anon) der Anonymen Alkoholiker. Sie bieten jedem Unterstützung an, der einen Alkoholiker liebt oder mit ihm lebt und unter den Folgen zu leiden hat. Ihre Telefonnummern stehen in allen öffentlichen Telefonverzeichnissen. Diese Gruppen sind für die Familienmitglieder gedacht, die vom Suchtverhalten eines anderen Mitglieds betroffen sind. Alateen-Gruppen wenden sich insbesondere an die Kinder von Süchtigen.

Wenn Sie das gefahrlos tun können, bringt Sie der Kontakt zur örtlichen Gruppe der Anonymen Alkoholiker mit Sicherheit einen ganzen Schritt weiter in Richtung Ihrer Freiheit. Gehen Sie zu den Meetings. Sie werden Ihnen dabei helfen, sich auf Ihr eigenes Leben zu konzentrieren und darauf, was Sie daraus machen können. Und man wird Ihnen dabei helfen, Sie von der Obsession von dem Verhalten eines anderen zu befreien – einem Verhalten, das Sie niemals ändern können. Die Hilfe, die die Anonymen Alkoholiker bieten, ist kostenlos und steht Ihnen bei den wöchentlichen Meetings zur Verfügung. Die Sponsoren, die sich dort um Sie kümmern, sind Tag und Nacht für Sie da.

Nehmen Sie sich diese Ratschläge zu Herzen, und sehen Sie darin einen Weg in Ihre Freiheit, Ihre Zukunft, Ihre Gesundung und Ihr Wohlbefinden.

# *Kapitel 11* Der richtige Umgang mit Trauer

Manche Menschen erwarten, daß eine mißhandelte Frau, sobald sie das Gewicht ihres gewalttätigen Partners abgeworfen hat, sich in ein neues Leben aufschwingt, das hell und frei ist. Doch es verläuft ganz anders. Frauen, die ihre Männer während eines Gewaltausbruchs verlassen, können nur noch daran denken, wegzukommen, sich vor einer erneuten Attacke zu schützen und sich von ihren Schmerzen und ihrem Terror zu erholen. Doch es ist keineswegs ungewöhnlich, daß Frauen, die einen gewalttätigen Partner verlassen haben, tiefe Trauer und ein überwältigendes Gefühl des Verlustes verspüren. Sehr viele Frauen sagen, daß sie den Mann immer noch lieben, der sie so verletzt hat.

Wenn Sie sich von Ihrem Partner trennen, ist es zuerst oft schwer, die eigenen Gefühle als Trauer zu erkennen. Das ist eine ganz neue Erfahrung. Und niemand warnt Sie, Sie fallen einfach in ein überraschend tiefes, schwarzes Loch, aus dem Sie keinen Ausweg mehr sehen. Manchmal hält diese Reaktion über Wochen und Monate an. Manchmal werden Sie am Anfang so damit beschäftigt sein, die Details Ihres Lebens neu in den Griff zu kriegen, daß Sie sich der ganzen Macht der Trauer und der Depression gar nicht bewußt werden, bis Ihr Leben wieder Regelmäßigkeit und Routine angenommen hat. Und dann wissen Sie gar nicht, wie Sie das Gefühl benennen sollen.

In vieler Weise ist diese Art der Trauer schwerer als der Tod eines Partners zu ertragen. Er ist nicht mehr um Sie herum, doch meistens wissen Sie, daß er es sein könnte.

Ich sah Frauen, die stundenlang reglos auf einem Stuhl im Frauenhaus saßen, nachdem sie dort angekommen waren. Manche von ihnen zeigten keinerlei Energie, keinen Lebenswillen mehr. Sie hatten natürlich sehr viele Änderungen in ihrem Leben zu bewältigen, und viele waren depressiv, doch viele von ihnen trauerten einfach. Beraterinnen der Frauenhäuser erklärten mir, daß es Wochen oder Monate und noch länger dauern könne, bis viele der Frauen überhaupt begreifen würden, was sie fühlten, bevor sie zu eigenen Gefühlen zurückfänden. Deshalb fiel es auch den Frauen, mit denen ich sprach, sehr schwer, sich sofort zu der Trauer zu bekennen, nachdem sie ihren gewalttätigen Partner verlassen hatten und im Frauenhaus angekommen waren.

Wenn Sie sich bedrückt, traurig, mit einem Gefühl des Verlustes wiederfinden, können Sie leicht Ihre Gefühle mißverstehen und in Versuchung geraten, in die Beziehung zurückzukehren, um den Schmerz zu lindern. Ihre Verlorenheit, Ihre Richtungslosigkeit kann Sie ganz leicht in das gefährliche Leben des Mißbrauchs und der Mißhandlung zurückziehen.

Doch es steckt mehr in Ihrer Trauer als die Abwesenheit Ihres Partners, mehr als nur das Gefühl des Alleinseins. Wenn Sie in der Lage sind, all das genau zu benennen, wovon Sie Abschied nehmen, sind Sie besser darauf vorbereitet, mit dem Verlust umzugehen. Eine Methode, damit umzugehen, ist, daß Sie Ihre Trauer, Ihr Gefühl des Verlustes in all seine Bestandteile zerlegen, so daß Sie es besser begreifen und sich schrittweise mit ihm auseinandersetzen können. Im folgenden werden vier der verheerendsten Verluste angeführt, die Sie spüren, wenn Sie einen gewalttätigen Partner verlassen:

**1.** Verlust des Selbst, des Selbstwertgefühls, der Identität. Die Art und Weise, wie Ihr Partner Sie definierte, war negativ, doch Sie haben sie wahrscheinlich übernommen. Er hat Sie schlechtgemacht, Sie beleidigt und Sie beschimpft. Wenn Sie in einer gewalttätigen Familie aufgewachsen sind, dann haben Sie überdies schon als Kind erlebt, daß man Sie immer nur negativ beschrieben hat.

Die Trennung von Ihrem Partner hat Ihnen nun die einzige funktionierende Definition Ihrer selbst entrissen. Sie haben nie eine Chance erhalten, sich Ihr eigenes, authentisches Bild Ihrer selbst zu formen, Sie haben nichts, worauf Sie sich beziehen könnten, nichts, an was Sie sich erinnern könnten, nur noch eine große Leere, wo das helle Bild, das Sie sich von sich selbst hätten machen sollen, sein müßte. Sie verfügen über kein leuchtendes Porträt Ihrer selbst, das Sie nun aus dem Keller holen, abstauben und an die Wand hängen könnten. Wenn Sie sich von Ihrem Partner trennen, haben Sie nur ein schattenhaftes, vages, verzerrtes Selbstbild, eine Fälschung, die von anderen Menschen gemalt wurde.

**2.** Verlust Ihres Traumes. Den Traum aufzugeben, wie die Beziehung zwischen Ihnen und Ihrem Partner hätte sein können, kann wie der Abschied vom Leben selbst wirken. Dieser Traum, diese Vorstellung *war* Ihr Leben. Sie haben sich darauf verlassen, haben darauf aufgebaut. Er ist der hauptsächliche Grund, weshalb Sie bei Ihrem gewalttätigen Partner blieben, der Grund, weshalb Sie die Schmerzen ertrugen, einer der Gründe, weshalb Sie vielleicht wegsahen, wenn er die Kinder mißhandelte, oder sich seinem Willen beugten, wenn er von Ihnen erwartete, daß Sie sich an den Mißhandlungen beteiligten.

Irgendwo im Hinterkopf hielten Sie immer an der Vorstellung fest, daß alles sich zum Guten wenden würde, wenn Sie nur noch eine kleine Weile durchhalten und lernen würden, alles genau richtig zu machen. Jedesmal, wenn er sich entschuldigte und versprach, daß von nun an alles anders sein würde, wuchs neue Hoffnung auf dem Boden Ihrer Erinnerungen an sehr viel zärtlichere Momente. Manche der Frauen, mit denen ich sprach, hatten sehr lange schon keine Worte der Liebe oder der Entschuldigung mehr gehört, und doch hielten sie an der Hoffnung und am Traum einer besseren Beziehung fest. Denken Sie daran, was Linda vom Beginn ihrer Beziehung erzählte: »Ich habe meinen Ritter in der glänzenden Rüstung getroffen.« Und nun saß sie im Frauenhaus, beide Augen noch blau geschlagen und viele andere Verletzungen unter ihrer Kleidung verborgen, und träumte immer noch von ihrem geliebten Partner als einem makellosen Helden. Doch noch bevor sie das Frauenhaus wieder verließ, hatte sie damit begonnen, ihre Gefühle genauer unter die Lupe zu nehmen und sich der Realität zu stellen. Sie sagte: »Ich liebe ihn immer noch. Doch ich werde nie mehr mit ihm zusammenleben. Das wird eine Weile sehr weh tun, doch ich komme drüber hinweg.«

Ein weiterer schmerzhafter Aspekt, wenn Sie Ihren Traum aufgeben müssen, liegt darin, daß Sie sich damit auseinandersetzen müssen, daß all Ihre Anstrengungen umsonst gewesen sind, den Partner zu ändern, damit Sie bei ihm bleiben können. Wenn eine Beziehung in dem Muster erstarrt, in dem er oben ist und Sie unten, in dem der Austausch darin besteht, daß Sie geben und er nimmt, dann können Sie absolut nichts gegen seinen Willen unternehmen, Sie beherrschen und kontrollieren zu wollen, um damit sein Bedürfnis zu befriedigen.

Ein Teil des Schmerzes, der entsteht, wenn man seinen Traum aufgeben muß, besteht auch in Ihrer Mitverantwortung für den Mißbrauch, den Sie erduldet haben, und für die Qualität Ihrer Beziehung. Es ist sehr schwer, den Versuch aufzugeben, die Beziehung »zu reparieren«. Sie können sie nicht reparieren. Doch Sie können loslassen.

**3.** Der Verlust der Isolation. Wenn Sie sich von der Person trennen, mit der Sie gemeinsam in Isolation gelebt haben, dann zerreißt buchstäblich das gesamte System, in dem Sie beide sich eingerichtet hatten. Es ist gar nicht so selten, daß die Isolation für die Menschen, die in ihr leben, zur Gewohnheit wird und sich darin quasi komfortabel einrichten. Sie wissen nach einer Weile einfach nicht mehr, daß man auch anders leben könnte.

Erst wenn Sie wieder Kontakt zu anderen Frauen aufnehmen, fällt Ihnen meist auf, wie umfassend Ihre Isolation gewesen ist und wie sehr sie Ihr Leben beeinflußt hat. Am Anfang fühlen Sie sich in der Gesellschaft anderer Frauen vielleicht gar nicht wohl. Vielleicht können Sie sich auch gar nicht richtig konzentrieren, wenn Sie anderen zuhören. Schon nach kurzer Zeit im Kreis anderer Leute fühlen Sie sich eventuell müde und bedrängt. Dann kann Sie auch das vage Gefühl überkommen, daß Sie jetzt lieber allein wären, sich lieber verstecken würden. Das Zusammensein mit anderen Menschen ist zuviel für Sie. Sie befürchten sicherlich auch, daß es schwer sein wird, sich selbst zu finden, wenn so viele Menschen um Sie herum sind.

Am Anfang kann die Nähe anderer Menschen durchaus als Last empfunden werden, vor allem, wenn diese sehr offen über intime Gefühle miteinander sprechen, insbesondere dann, wenn Sie bereits als Kind in einem isolierten Zuhause aufwuchsen. Doch haben Sie Geduld mit sich selbst. Wenn Sie die falsche Bequemlichkeit und die Gewohnheit Ihrer Isolation zumindest für kurze Augenblicke für die Freude eintauschen, die die Nähe zu anderen Menschen bringen kann, dann ist das eine Veränderung, die Ihr Leben retten kann. Diese falsche Bequemlichkeit und Gewohnheit der

Isolation kann Sie sehr schnell wieder in die Beziehung zu Ihrem gewaltbereiten Partner zurückziehen oder in eine Beziehung zu einem anderen Mann führen, der wiederum ein isoliertes, gewalttätiges System (an das Sie jedoch gewöhnt sind) um Sie aufbaut. Es ist fast so wie bei einem abgetragenen Paar Schuhe mit Löchern in der Sohle, sie sind ungeheuer bequem, doch sie bergen auch Verletzungsgefahr. Die Schäden, die Ihnen ein Leben in Isolation zugefügt hat, ausheilen zu können ist sicher der größte Gewinn, den der Austausch Ihrer Gefühle und Erfahrungen mit einzelnen Frauen, mit Selbsthilfegruppen oder im Frauenhaus mit sich bringt.

**4.** Das Ende der Verleugnung. Wenn der Verdrängungsmechanismus nachläßt und Sie allmählich begreifen, wie gewalttätig Ihre Beziehung gewesen ist, dann kann Ihre Wut auf sich selbst, daß Sie es so lange ausgehalten haben, manchmal überwältigende Ausmaße annehmen. Sie werden den Schmerz Ihrer Wut spüren, wenn Sie endlich Menschen um sich haben, die Ihnen bestätigen, daß Sie nicht verrückt sind und daß Sie nicht schuld an der Mißbrauchs-Beziehung sind, wenn Sie also das Verdrängen aufgeben können, wenn es von Ihnen und Ihrer Seele abfällt wie eine Verschleierung, die Sie blind machte. Mit Hilfe anderer Menschen werden Sie lernen, mit Ihrer Wut umzugehen und Ihre Gefühle des Selbsthasses mitzuteilen und zu überwinden.

Wenn Sie Ihre Trauer in die Bestandteile zerlegen, so daß Sie sie in kleinen Teilen bewältigen können, dann können Sie auch damit beginnen, eine neue Identität für sich selbst zu entwerfen, ein neues Selbstbild zu malen und einen neuen Traum zu träumen. Dann haben Sie eine Chance zu verstehen, warum Sie *nicht* versagt haben.

## Wie Sie in Ihre alte Beziehung zurückgezogen werden können

Um es nochmals zu sagen: Die meisten Frauen interpretieren die Leere, die sie empfinden, wenn sie sich von ihrem Partner getrennt haben, falsch. Ihr Gefühl, versagt zu haben, weil Sie die Beziehung nicht so gestalten konnten, wie Sie es sich erträumt hatten, das Ende der Verdrängung, die Sie bisher beschützt hatte, der Verlust Ihres Lebenstraumes und der Verlust der Definition, die Ihr Partner Ihnen zugewiesen hat, all das trägt zu dieser Leere bei. Da ist es einfach zu denken, daß die Rückkehr zu Ihrem Partner diese Leere füllen würde. Vielleicht glauben Sie auch, daß seine Abwesenheit der Grund für diese Leere ist. Doch in Wirklichkeit gibt es nur einen Grund für diese Leere: daß Sie mit dem gewalttätigen, ewig strafenden Verhalten Ihres Partners leben mußten und daß diese Erfahrung Sie fast vernichtet hat.

Ich möchte diesen Punkt besonders betonen: Bevor Sie damit beginnen, alle Aspekte Ihrer Trauer verstehen und heilen zu können, gibt es einen Moment, in welchem Sie den Verlust Ihres Selbst mit Ihrem Kummer über die Trennung vom Partner verwechseln. Und wenn Sie dann meinen, daß Sie Ihren Partner (oder einen anderen Mann, der seinen Platz einnimmt) brauchen statt eines besseren, runderen und vollständigeren Selbstwertgefühls, dann kann Sie diese Verwechslung zu Ihrem gewaltbereiten Partner und in ein gefährliches, angstbesetztes Leben zurückziehen.

## Finden Sie Menschen und Gruppen, die Ihnen helfen

Die Vorschläge, die ich in diesem und im nächsten Kapitel zum Umgang mit Trauer und Depressionen mache, sind eine Fortsetzung der Ratschläge zur Entwicklung des Selbst und gründen auf vier Annahmen: 1) daß Sie zumindest angefangen haben, aus Ihrer Isolation auszubrechen, 2) daß Sie nun regelmäßig Kontakt zu anderen Menschen haben, 3) daß Sie nicht mehr mit Ihrem gewalttätigen Partner zusammenleben oder zumindest bereits geplant haben, ihn zu verlassen und 4) daß alle Frauen, die eine zerstörerische Beziehung beenden, in einem gewissen Maße von Verlustgefühlen, Trauer und Depressionen überwältigt werden.

Die Ratschläge in den früheren Kapiteln gingen davon aus, daß Sie immer noch allein waren, gemeinsam mit Ihrem Partner isoliert waren und Hilfe brauchten, um den ersten Schritt aus dieser Isolation zu tun, während Sie noch zu Hause lebten. Nun jedoch sollten die Ratschläge – auch wenn Sie den Eindruck haben, daß sie den Empfehlungen für die ersten Schritte stark ähneln – *gemeinsam mit einer anderen Frau beherzigt werden.* Das ist ein großer Schritt voran.

Ohne den Kontakt zu vielen anderen Menschen, sowohl zu Einzelpersonen wie zu unterschiedlichen Gruppen, sind Sie ständig in Gefahr, in die Gewohnheit der Isolation zurückzufallen und in Ihre alte, quälende Beziehung zurückgezogen zu werden, selbst nachdem Sie viel darüber gelernt haben, wie Sie sich daraus befreien können. Wenn Ihnen nicht die Unterstützung von außen zuteil wird, die Sie brauchen, dann denken Sie leicht, daß das Leben mit Ihrem Partner Ihre einzige Alternative sei. Wenn Sie jedoch mit informierten Leuten zusammenarbeiten, die helfen können, ist es viel einfacher für Sie, die vielen Alternativen, die Ihnen offenstehen, zu begreifen. Ihr Kontakt zu anderen Menschen kann mit dem zu einer einzigen Frau beginnen und sich dann auf so viele Personen erstrecken, wie Ihnen lieb ist. Unterstützung finden Sie sowohl in der Beziehung zu einer Person wie in Gruppen oder beidem. Sie können Ihre neuen Freunde an Ihrem Arbeitsplatz finden, in Selbsthilfegruppen, im Frauenhaus oder in Ihrer Familie.

Ein Teil Ihrer Trauer ist natürlich darauf zurückzuführen, daß Sie jemanden verloren haben, den Sie lieben. Wenn das der Fall ist, geben Sie laut vor den anderen Frauen zu, daß Sie ihn immer noch lieben. Nutzen Sie Ihre neuen Kontakte oder die Selbsthilfegruppen, um über die Person zu sprechen, die Sie so vermissen. Beschreiben Sie, wie und wann er Ihnen fehlt. Verstecken Sie sich nicht vor diesem Gefühl, gehen Sie offen damit um. Das ist die einzige Art, wie Sie durch das tiefe Tal der Trauer gehen und als ganze Person wieder hervortreten können. Wenn Sie die Trauer verbergen und verdrängen, dann schadet sie Ihnen sehr viel ernsthafter, als wenn Sie sie durchleben und aufarbeiten. Doch vergessen Sie bitte dabei nicht die schlechten Zeiten, die Sie erlebt haben.

### Ein neues Selbstbild malen

Als Sie damit begonnen haben, Listen von den Dingen zu machen, die Sie mögen, um damit ein neues Selbstbild zu formen, waren Sie noch isoliert und allein. Nun, einige Wochen oder Monate nachdem Sie Ihren Partner verlassen haben oder aus Ihrer Isolation ausgebrochen sind – was immer zuerst stattfand –, sind Sie frei, andere Menschen oder Gruppen dazu einzusetzen, diesem Selbstbild allmählich Tiefe und Farbe zu geben und Ihr neues Selbst in Gesprächen mit anderen Frauen auszuprobieren. Beginnen Sie mit der Arbeit an Ihrem Selbstbild so früh wie möglich. Sie können es sich nicht leisten, die Leinwand zu lange weiß zu lassen, doch wenn Sie einmal angefangen haben, dann können Sie sich soviel Zeit lassen, wie Sie möchten. Es ist völlig in Ordnung, wenn Sie diese Arbeit als stets halb fertig und niemals wirklich abgeschlossen begreifen. Ich habe viele Frauen voller Stolz sagen hören, daß Sie ein Kunstwerk seien, das ein Leben lang im Entstehen begriffen ist. Einige Hinweise, wie Sie Ihr neues Selbstbild malen können:

♦ Als erstes vergleichen Sie Ihre Selbstbeschreibung mit der Beschreibung Ihres Partners von Ihnen. Teilen Sie ein Blatt Papier in zwei Hälften, indem Sie in der Mitte einen senkrechten Strich ziehen. Auf der einen Seite notieren Sie als Überschrift: »Wie er oder andere mich sehen«, auf der anderen: »Wie ich mich jetzt selbst sehe.« Schreiben Sie detailliert die Beschimpfungen und Schimpfnamen auf, mit denen er Sie bedachte, sowie andere Arten und Weisen, mit denen Ihr Partner Ihnen mitteilte, für wen er Sie hielt. Dann schreiben Sie daneben Ihre eigene, neue Selbstbeschreibung auf.

♦ Als nächstes nehmen Sie ein weiteres Blatt Papier und teilen es wie zuvor in der Mitte auf. Auf der linken Seite machen Sie eine Liste all der Dinge, die er von Ihnen verlangt hat. Welche Art von Person sollten Sie in seinen Augen sein? Was erwartete er von Ihnen? Auf der rechten Seite schreiben Sie nieder, was Sie von sich selbst erwarten. Berücksichtigen Sie dabei folgende Punkte:

**1.** Haben Sie Geduld. Am Anfang können Sie sich wahrscheinlich an jedes Wort erinnern, mit dem Ihr Partner Sie beschrieb und definierte, doch die Wörter, die Sie suchen, um sich selbst zu beschreiben, kommen eher langsam, zögerlich.

**2.** Entdecken Sie, wie unrecht er hatte. Wenn Sie die zweite Hälfte ausfüllen mit Ihrer Meinung über sich selbst, werden Sie merken, wie falsch seine Sicht war. Es ist leichter, sich von seinen Definitionen Ihrer Person zu befreien, wenn Sie sich nicht mehr ständig dagegen wehren müssen.
**3.** Finden Sie Ihr ursprüngliches Selbst wieder. Wenn sich eigene abwertende Urteile über Sie in diese Übung einschleichen, denken Sie an sich als sehr viel jüngere Person zurück und versuchen Sie, sich an Ihr ursprüngliches Selbst zu erinnern, an die Person, die Sie waren, bevor Sie mißhandelt wurden. Versuchen Sie, bis zum Kern Ihrer Persönlichkeit vorzudringen, jenem Teil Ihrer selbst, der sich nie ändert.
**4.** Denken Sie positiv. Schreiben Sie nur positive Wörter und Sätze auf, wenn Sie sich selbst und Ihre Erwartungen beschreiben, so daß Sie einen klaren, festen Untergrund haben, auf dem Sie Ihr neues Selbstbild errichten können. Nehmen Sie Ihre alten Listen der Dinge, die Sie mögen, zur Hilfe, um ein neueres Selbstbild zu schaffen. Unterscheiden sich die Listen, die Sie jetzt anlegen, von den früheren?

Und nun zum Wichtigsten: Sie sollten das Ergebnis dieser Übungen unbedingt anderen Menschen mitteilen. Lassen Sie sich von anderen dabei helfen, die abwertenden Urteile in Ihrer Selbstbeschreibung zu entdecken. Bitten Sie darum, daß man Sie darauf aufmerksam macht, wenn Sie abwertend über sich selbst sprechen. Wenn jemand Ihnen dabei hilft, ist es sehr viel einfacher, die eigenen Tendenzen, sich schlechtzumachen, zu entdecken. Ihre Aufgabe ist es, die Antworten und Reaktionen der anderen aufmerksam zu registrieren. Die anderen Menschen können Ihnen dabei helfen, sich dessen bewußter zu werden, was Sie selbst tun. Und dieses Bewußtsein ist der erste Schritt, Ihre Denkweise und damit auch Ihr Verhalten zu ändern.

## Ihr Selbstbild lebendig werden lassen

♦ Tun Sie »so als ob«. Bis Sie Ihr Selbstbild auf Dauer geändert haben, tun Sie einfach so, als seien und lebten Sie bereits Ihre positive Selbstbeschreibung. Nehmen Sie jedes Wort und jeden Satz, mit denen Sie sich beschrieben haben, und lassen Sie sie, einen nach dem anderen, wirklich werden, indem Sie in der Art und Weise agieren und reagieren wie jemand, auf den die Beschreibung paßt. Dadurch beginnt Ihr Selbstbild zu atmen und zu lachen.

♦ Suchen Sie sich ein Vorbild. Wenn es beispielsweise Selbstvertrauen ist, was Sie wiederfinden oder stärker entwickeln wollen, dann suchen Sie sich ein Vorbild wie etwa Margarete Schreinemakers, Caroline Reiber, Ina Deter oder jemanden, den Sie kennen oder bewundern, um Ihnen dabei zu helfen. Ihr Selbstvertrauen wird wachsen, wenn Sie sie nachahmen.

♦ Üben Sie Ihre neuen Wörter, Handlungen und Ihr Auftreten. Spielen Sie Ihre Haltung immer wieder im Kopf durch, bis sie Ihnen zur Selbstverständlichkeit geworden ist. Stellen Sie sich bildlich vor, wie Sie als selbstbewußte Person auftreten.

♦ Probieren Sie Ihre neuen Errungenschaften aus. Wenn Sie sich zum Beispiel in einem Geschäft befinden, suchen Sie sich jemanden, an dem Sie Ihr neues Selbst ausprobieren können, etwa eine Angestellte, die Sie nie zuvor gesehen haben. Sie kann nicht beurteilen, ob Sie selbstbewußter auftreten als früher, doch mit jedem Versuch wächst Ihr Selbstvertrauen.

♦ Wiederholen Sie das Ganze, um sich noch mehr Eigenschaften neu zuzulegen. Wählen Sie andere Merkmale aus Ihrer Liste, die Sie sich aneignen wollen, eines nach dem anderen, und verhalten Sie sich dann so, als seien sie bereits ein

Teil von Ihnen. Suchen Sie sich die besten Vorbilder, die Ihnen einfallen, für jede Eigenschaft, und dann ahmen Sie sie nach, bis das Verhalten sitzt.

♦ Sprechen Sie über Ihr neues Selbstbild. Auch wenn diese Übungen nur der Anfang von Ihrem neuen Selbstbild sind, sprechen Sie mit anderen Frauen über das Ergebnis und hören Sie anderen zu, wenn sie sich selbst definieren. Was Sie dort erfahren, wird Sie sicherlich anregen, Ihrem Selbstbild noch dies und jenes hinzuzufügen.

### Einen neuen Traum träumen

Sie können das brandneue Selbstbild, das Sie gemalt haben, als die Hauptdarstellerin in Ihren neuen Träumen einsetzen. Alles was Sie jetzt noch brauchen, ist ein neuer Zukunftsentwurf, ein neuer Traum. Eine genaue, detaillierte Wunschvorstellung kann der wichtigste Schritt sein, um aus der Zeit der Trauer in ein freieres Leben zu treten. Wenn Sie der Zukunft angeregt entgegenblicken können und auch schon Pläne haben, ist es sehr viel leichter, die Vergangenheit loszulassen.

Nehmen Sie ein neues Blatt Papier und schreiben Sie auf, wie das neue Leben aussieht, das Sie gerne hätten – ohne Ihren Möglichkeiten dabei Grenzen zu setzen. Nutzen Sie die früheren Listen, um eine fest umrissene Wunschvorstellung, einen Traum zusammenzustellen: Was Sie gerne tun würden, wo Sie leben möchten, mit wem Sie leben möchten und wie Sie behandelt werden möchten. Sie werden entdecken, daß diese Listen wie von Zauberhand immer länger und umfassender werden. Jedesmal, wenn Sie etwas hinzufügen, fällt Ihnen noch etwas anderes ein, das Sie vergessen haben. Schreiben Sie so viel, wie Ihnen nur einfällt. Nutzen Sie diese

Wunschvorstellung als Grundlage für die soliden Pläne, die Sie jetzt machen. Und dann sprechen Sie mit anderen Frauen über Ihre Traumvorstellungen.

- Schreiben Sie Ihre Vorstellungen auf. Wollen Sie eine neue Wohnung? Wollen Sie sich weiterbilden? Wollen Sie Arbeit finden oder Ihre Stelle wechseln? Wollen Sie eine Arbeit finden, bei der Sie morgens gerne und voller Vorfreude und Hoffnung aufstehen? Würden Sie sich gerne mit einer anderen Frau zusammentun, damit Sie abwechselnd von Zeit zu Zeit die Kinder betreuen, so daß Sie beide anfangen können, Ihre Träume wahr zu machen? Während Sie vor sich hin träumen, tun Sie das bitte gründlich. Denken Sie an jede Kleinigkeit, und schreiben Sie sie auf.
- Legen Sie noch eine letzte Liste an. Neben jener, die beschreibt, in welcher Umgebung Sie leben wollen, notieren Sie nun die Charaktereigenschaften, die jeder erfüllen muß, mit dem Sie eine Beziehung eingehen wollen. Formulieren Sie Ihre Bedürfnisse positiv, etwa: »Ich möchte einen Mann, der ein ausgeglichenes Temperament hat«, »Ich brauche jemanden, den ich nicht nur lieben, sondern den ich auch wirklich mögen kann und der mich mag« oder »Ich möchte einen Mann, der auf meiner Seite steht und den ich frei und unbeschwert unterstützen kann«. Schreiben Sie alles auf, was Ihnen einfällt, und fügen Sie ständig neue Beschreibungen hinzu.

Wenn Sie während der Zeit, in der Sie Hilfe brauchen, um Ihre Trauer zu bewältigen, nicht in einem Frauenhaus sind, können Sie sich verschiedenen Gruppen anschließen, die das Frauenhaus oder Frauenorganisationen betreuen oder vermitteln, und dort vom Wissen der Beraterinnen und den Erfahrungen der anderen Frauen profitieren. Auf diese Weise können Sie einen ersten Schritt tun und Unterstützung finden, um Ihre Träume zu verwirklichen und Ihr neues Leben zu beginnen.

## Lassen Sie sich helfen – es ist wichtig, daß Sie Trauer und Depressionen ernst nehmen

Sie haben schon sehr viel für sich getan, wenn Sie damit begonnen haben, die Leerstellen in Ihrer Selbstdefinition zu füllen, wieder zu träumen und zu wünschen, wenn Sie einen Weg aus Ihrer Isolation gefunden haben und einen Weg, mit Ihrem Verdrängen und mit Ihrem Selbsthaß umzugehen. Doch jede Frau hat ihre eigenen, ganz persönlichen Probleme, wenn sie einen gewaltbereiten Partner verläßt oder eine gewalttätige Beziehung beendet. Lassen Sie sich helfen – so viel und so lange, wie Sie es brauchen. Nutzen Sie die Gruppen, die Ihnen zur Verfügung stehen, doch sollten Sie sich auch eine Empfehlung für den besten Therapeuten geben lassen, den Sie sich leisten können oder den die Kasse übernimmt. Sie sind mit Trauer, Depressionen und wahrscheinlich auch einem posttraumatischen Streßsyndrom konfrontiert sowie anderen Nachwirkungen eines Lebens mit häuslicher Gewalt, und Sie sollten das sehr ernst nehmen.

## Annettes Geschichte

Annettes Geschichte zeigt, wie tiefgreifend die Trauer einer Frau, die sich von ihrem gewalttätigen Mann trennt, sein kann und wie Annette einen Weg fand, sich davon zu erholen. Als sich Annette von Charlie, ihrem gewalttätigen Ehemann, nach über zwanzig Jahren trennte, waren zwei ihrer drei Kinder bereits erwachsen und aus dem Haus. Sie dachte, daß sie es jetzt »geschafft« hätte. Die Scheidung ging von ihr aus, doch in der Zeit danach wurde sie immer depressiver, und sie begann, mehr zu trinken, als sie es je getan hatte. Die Krise trat ein, als sie wie aus einem Traum erwachte und feststellte, daß sie ihren jüngsten Sohn mit einem Messer jagte. Entsetzt über ihr Verhalten, nahm sie dankbar Carolines Hilfe an, als diese eines Tages vor ihrer Tür stand. Caroline war die Frau eines der Freunde ihres Exmannes. Sie brachte Annette zu einem Arzt und half ihr, wo sie nur konnte.

Ärzte und Psychiater versuchten, Annette zu helfen. Doch sie sprach auf keine der Behandlungen an. Sie weigerte sich, die Medikamente zu nehmen, die man ihr verschrieb. Sie zog sich tief in ihr Inneres zurück, war für niemanden mehr erreichbar. Die Ärzte verlegten sie schließlich in ein anderes Krankenhaus. Annette ist überzeugt, wenn sie an die Zeit zurückdenkt, daß die Ärzte sie damals aufgegeben hatten.

Dort fuhren die Schwestern sie bald schon in ihrem Rollstuhl in einen großen, hellen Raum und stellten sie vor einem Fenster ab, von dem aus sie einen riesigen Baum sehen konnte. Ganz, ganz allmählich, erzählt Annette, begann sie, die Herrlichkeit dieses Baumes wahrzunehmen. Als die Schwester kam, sie zu holen, weigerte sie sich und bestand darauf, daß man sie vor diesem Fenster ließ. Das war seit vielen Wochen die erste Reaktion, die sie gezeigt hatte. Von nun an saß sie jeden Tag so lange, wie man sie ließ, vor diesem Fenster. Sie konzentrierte ihre ganze Aufmerksamkeit auf diesen Baum, fühlte sich ihm nah und bewunderte ihn. An manchen Tagen stürmte es, an anderen war es sonnig und heiß. Annette dachte daran, wie widerstandsfähig dieser Baum war, wie er jedem Wetter gewachsen war und jeden Tag schöner aussah als am Tag zuvor. Sie lauschte dem Wind in den Zweigen, und es kam ihr vor, als wehte ein frischer

Wind auch durch ihre Seele. Sie bemerkte, wie stark und sicher der Baum verwurzelt war und mit welcher Leichtigkeit die Zweige und Äste nach einem gewaltigen Sturm in ihre natürliche Position zurückfielen, ganz ohne Schaden genommen zu haben. Sie setzte sich so stark in Beziehung zu diesem Baum, daß sie das Gefühl gewann, daß auch sie allem widerstehen konnte, daß sie stark und robust gebaut sei, genau wie dieser Baum. Sie sagt: »Ich habe einfach ... meine ganze Seele in diesen Baum gelegt.«

Äußerlich wirkte Annette nicht anders auf ihre Mitmenschen als zu dem Zeitpunkt, als sie in das Krankenhaus gekommen war. Niemand ahnte auch nur, was mit ihr geschah. Und doch fiel ihnen ein neues Leuchten in ihren Augen auf. Sie konnten sehen, daß sie ihr Bett, ihren Rollstuhl verlassen wollte. Und sie begann wieder zu sprechen, erst mit anderen Patienten, dann mit den Schwestern und Ärzten. Sie blieb noch einen Monat in diesem Krankenhaus. Doch sie war bereits auf dem Weg, ihre volle Gesundheit wiederzuerlangen.

Als ich Annette das letzte Mal traf, war sie erfolgreich dabei, ihr Examen als Therapeutin abzulegen, und freute sich darauf, mit Frauen zu arbeiten, die so mißhandelt worden waren wie sie selbst. Ihr Gang war aufrecht und sicher, sie trug ihr Selbstvertrauen wie eine Krone. Sie wird vielen Frauen eine große Hilfe sein, wenn sie ihnen die Hand reicht, um aus ihrer Isolation und der Mißbrauchs-Beziehung auszubrechen. Und zu allem, was sie für sie tun kann, gehört auch, daß sie ihnen von der lähmenden Trauer erzählt, und wie sie sich von ihr befreit hat.

# *Teil V* Die Zeit danach

# *Kapitel 12* Danach: Wie Sie zu der Frau werden, die Sie sein wollen

Wenn ich an Wilma denke, dann weiß ich, daß das, was ich hier gesagt habe, nicht auf alle Frauen zutrifft. Wilma war bereits über sechzig Jahre alt, als ich sie traf. Irgendwie war es ihr gelungen, aus dem Gefängnis im dritten Stock ihres Zuhauses zu entfliehen. Jahrelang war sie dort von ihrem Ehemann gefangengehalten worden, der sie ernährte, indem er ihr mehrmals am Tag winzige Mengen von Nahrung bringen ließ. Wir haben nie Genaueres über ihre Gefangenschaft oder ihre Flucht erfahren. Man fand sie, als sie in den Straßen umherirrte. Die Polizei brachte sie in ein Frauenhaus. Sie war zart, intelligent, freundlich und liebenswürdig, begierig, an der Welt teilzuhaben und ihr nützlich zu sein. Niemand weiß, wie viele Wilmas es gibt, die niemand je zu Gesicht bekommt. Ich kann nur hoffen, daß es zumindest eine Person im Leben jeder versteckten Frau gibt, die weiß, wo diese sich befindet, und bereit ist, den Frauennotruf oder eine andere Stelle anzurufen, um zu erfahren, wie man dieser Frau helfen kann.

Was ich geschrieben habe, mag auch anderen Frauen unvollständig oder unzulänglich erscheinen. Denn es gibt Beziehungen, die keineswegs graduell voranschreiten, in denen es auch keine frühe Phase des Umwerbens gibt, in der man sich verliebt. Manche gewalttätigen Männer bestehen von Anfang an darauf, alles unter ihrer Kontrolle zu haben, alles zu beherrschen, und sie reagieren sofort mit Gewalt und Mißhandlungen. Sie sind so erschreckend und so einschüchternd und so grausam, daß man ihnen wirklich nur entfliehen kann, wenn man Hilfe von außen hat, Hilfe, die sogar lebensnotwendig ist, damit die Frauen nicht bei der Trennung ihr Leben verlieren.

Wenn diese Beschreibung Sie an Ihren Partner erinnert, verlieren Sie keine Zeit, rufen Sie die Polizei an, und bestehen Sie darauf, daß man Sie in ein Frauenhaus bringt, von wo aus Sie sich weitere Schritte überlegen können – und folgen Sie den Ratschlägen, die man Ihnen dort gibt. Wenn Sie selbst eine solche mißhandelte Frau kennen, rufen Sie die Notrufnummern an und erkundigen Sie sich, wie Sie selbst und einschlägige Organisationen dieser Frau helfen können. Denn wenn die Gefahr durch ihren gewalttätigen Mann sehr groß für diese Frau ist, dann ist es auch für diejenigen gefährlich, die ihr zu helfen versuchen.

Und sicher werden die Ratschläge, die ich gebe, manchen Frauen eher banal und leichtfertig erscheinen, als würde ich annehmen, daß alles so einfach sei. Doch das tue ich nicht. Es kann jedoch durchaus sein, daß ich Ihre Kräfte überschätze, weil ich nicht weiß, wie ernst die Situation ist, in der Sie sich befinden. Ich weiß, daß viele von Ihnen mit Verzweiflung und Schmerzen leben, weil Sie verprügelt werden, weil Sie verbal mißhandelt werden, isoliert werden und terrorisiert auf eine Art und Weise, die sich die meisten Menschen gar nicht vorstellen können. Und dennoch: Ihre Kraft kann wachsen. Deshalb habe ich mich ausdrücklich auf Sie, Ihre Kraft und Ihre Stärken konzentriert, mit denen Sie sich wieder Mut machen und Ihr Leben ändern können, und nicht auf das, was jemand anderes Ihnen antut. Ich hoffe, daß es Ihnen dadurch leichter fällt, sich von der Ursache Ihres Schmerzes abzuwenden und sich darauf zu konzentrieren, Lösungen für Ihre Probleme zu finden.

Sie werden irgendwann einmal, während Sie sich allmählich wieder selbst entdecken, mit anderen Menschen darüber sprechen müssen, was Ihnen von jemandem, den Sie lieben, angetan wurde. Sie müssen in Ihrem Selbstwert bestätigt werden und zugleich verstehen lernen, wie weit und wie tief der Mißbrauch durch Ihren Partner in Ihr Leben eingegriffen hat. Sie müssen wütend sein und weinen können, wenn Sie sich danach fühlen. Sie brauchen Hilfestellungen, um Ihren Schmerz zu lindern, Ihre Wut, Ihr Rachebedürfnis. Sie müssen sich von einem abnormal hohen Streßlevel erholen, mit dem Sie gelebt haben. Doch all das ist ein allmählicher Prozeß, den Sie durchlaufen und der zeitweilig auch dann noch abläuft, wenn Sie bereits Ihre neuen Träume und Wunschvorstellungen verfolgen.

Und noch einmal: Sie müssen grundsätzlich begreifen, daß das Leid, das Ihnen zugefügt wurde, *nicht* Ihre Schuld ist. Es ist die Schuld eines gewaltbereiten Mannes, der jede andere Frau, die er im Rahmen einer Beziehung von der Außenwelt isolieren kann, genauso behandeln würde.

Nein, Sie sind wirklich nicht schuld. Doch da Sie nun einmal in diese Situation geraten sind, liegt es an Ihnen, die Schritte zu unternehmen, die Ihnen möglich sind, damit so etwas nie wieder vorkommt. Nun, da Sie begonnen haben, anders über Ihr Leben nachzudenken, haben Sie auch einen neuen Hoffnungsträger – sich selbst.

### Und nun?

Jeder Mensch hat seine eigene Art, sich der Welt zu zeigen, seinen Platz zu finden, an dem er der Welt zugleich etwas geben und sich selbst etwas nehmen kann, jeder hat seine eigene Art, so zu leben, wie es ihm und den Menschen um

ihn herum am besten entspricht. Und jeder Weg, den Sie in diese Richtung einschlagen, wird immer Ihr ganz persönlicher sein.
Und Ihre Aufgabe jetzt ist dieselbe wie in der Zeit Ihrer Beziehung. Fahren Sie fort, sich bewußter mit dem Leben, das Sie führen, und mit dem, das Sie leben möchten, auseinanderzusetzen, finden Sie heraus, wie Sie sich vor Gefahren und Übergriffen schützen können, und gehen Sie auf Entdeckungsreise, wer Sie selbst wirklich sind. Sie sind die einzige, die diese Aufgabe in Angriff nehmen kann. Tun Sie nur noch das, was Ihnen hilft, sich zu entscheiden, was Sie wirklich tun wollen, was zu Ihrer Freiheit und Ihren Möglichkeiten beiträgt, sich selbst wiederzufinden oder zu entdecken.

## Von der Wichtigkeit anderer Menschen – Ratschläge für die Zeit danach

Als erstes sollten Sie wissen, wie wichtig andere Menschen bei Ihrem Versuch sind, sich zu befreien. Nicht einmal *Superwoman* oder andere Überfrauen könnten sich aus einem leidvollen Leben mit einem gewalttätigen Partner lösen und frei bleiben, ohne daß man ihnen hilft. Bei jedem meiner Ratschläge weiter unten schwingt die Warnung mit, daß Sie sich nicht isolieren sollen. Die meisten erfordern sowieso, daß Sie eine oder mehrere Personen mit einbeziehen.
Ich kenne Frauen, die einer gewalttätigen Beziehung entronnen sind, ohne ein Frauenhaus aufzusuchen, doch sie alle fanden starke Unterstützung in einer Selbsthilfegruppe oder in längerwährender Therapie oder in beidem. Manchmal bedeutete der Begriff »Gruppe« hier einfach nur eine weitere Frau, die sie aus denen, die sie kennengelernt hatten, auswählte, manchmal benannte er auch eine etablierte Gruppe,

an deren Treffen sie regelmäßig teilnahm, und manchmal hieß »Gruppe« auch, daß ein einziges Familienmitglied sich der Problematik von häuslicher Gewalt bewußt geworden war und herausfand, wie er/sie die Tochter, Schwester, Mutter oder ein anderes weibliches Familienmitglied unterstützen konnte, das sich aus einer Mißbrauchs-Beziehung befreien wollte.

Ohne den Kontakt zu anderen Menschen, die ebenfalls dabei sind, ihr Leben zu verändern, fallen Sie zurück in die Isolation, in die Verzweiflung, in Ihre Einsamkeit. Die häufigen Ermahnungen anderer Menschen, daß es auch ein anderes Leben gibt, werden den mühsamen Weg, den Sie eingeschlagen haben, leichter machen und Ihnen das Durchhalten erleichtern. Und es ist egal, wieviel Selbstvertrauen Sie später erringen werden, Sie werden immer andere Menschen brauchen und noch viel mehr Mahnungen, Ihr Selbst zu schützen. Das gilt für alle Menschen. Der Lernprozeß muß nicht abgeschlossen sein, um effektiv zu wirken. Das Abenteuer geht weiter.

Dorothy war eine der Frauen, mit denen ich in einem Frauenhaus gesprochen habe. Sie war schon zehn Jahre zuvor dort aufgenommen worden. Mit der Hilfe der engagierten Betreuerinnen hatte sie sich ein neues Selbst und neue Kräfte aufgebaut. Sie ließ sich scheiden, erhielt das Sorgerecht für die Kinder und lebte einige Jahre lang ein unbedrohtes und freies Leben.

Und dann verlor sie allmählich den Kontakt zu den Frauen, die sie unterstützten, und zu den Betreuerinnen des Frauenhauses. Sie vergaß alles, was sie über gewaltbereite Männer wußte, und verliebte sich sehr schnell und heftig in einen gewalttätigen Mann, der sie wiederum mit seinem Besitzanspruch isolierte. Sie war bereits mehrere Jahre mit ihm verheiratet, als ich sie traf. Und nun mußte sie sich einen neuen Weg in die Freiheit bahnen.

Dorothys Geschichte zeigt, wie einfach es ist, in eine neue zerstörerische Beziehung zurückzufallen. Glauben Sie mir bitte, wenn ich sage, daß uns allen das jederzeit passieren kann! Viele der Frauen, mit denen ich sprach, waren bereits zum zweiten oder wiederholten Mal im Frauenhaus. Wenn Sie all die neuen Kontakte einfach abbrechen, dann kann die besitzergreifende, übertriebene Aufmerksamkeit Ihres neuen, gewaltbereiten Mannes Sie glauben machen, daß er genau das ist, was Sie brauchen. Ja, das kann wieder und wieder passieren.

Jetzt ist die Zeit gekommen, Ihre Kontakte und Beziehungen zu anderen Menschen einerseits zu überprüfen, andererseits zu erweitern, stetig dazuzulernen, was Ihr Leben Ihnen bedeutet, und darüber nachzudenken, wie Sie die schwierigen Erfahrungen, die Sie hinter sich haben, einsetzen können, um anderen zu helfen, wenn Sie das wollen. Ihr Leben kann in alle Richtungen wachsen, es gibt keine Grenzen. Arbeiten Sie mit, bleiben Sie in eigener Sache engagiert und erwarten Sie weiterhin das Beste für und von sich, und dann können Sie beobachten, wie ein kleiner Sieg, eine neue Fertigkeit zum nächsten Erfolgserlebnis führt.

Selbst wenn Sie noch mit einem gewaltbereiten Partner leben, lesen Sie die folgende Liste durch und prüfen Sie, ob etwas darin enthalten ist, das sie *jetzt und ohne Gefährdung Ihrer Person* tun können – und dann tun Sie es.

Und wenn Sie sich von Ihrem gewalttätigen Partner getrennt haben und enttäuscht sind, weil nichts so läuft, wie Sie sich das vorgestellt haben, geben Sie sich nicht auf! Und *selbst wenn alles gut läuft*, fahren Sie fort, folgendes zu tun:

**1.** Finden Sie eine Selbsthilfegruppe mißhandelter Frauen, und schließen Sie sich ihr an. Bleiben Sie in Kontakt mit den Beratungsstellen des Frauenhauses. Fragen Sie nach Adressen von Therapiegruppen für Frauen, die von ihren Partnern mißhandelt wurden, gehen Sie regelmäßig dort hin.

**2.** Gehen Sie zu Al-Anon-Meetings. Obgleich ich sie schon erwähnt habe, ist es wichtig, nochmals darauf hinzuweisen, weil die Botschaften, die bei diesen Meetings im Mittelpunkt stehen, Mahnungen an Sie selbst sind, die Sie nicht vergessen dürfen. Bei diesen Meetings wird stets betont, welche Kraft und welche Macht Sie haben, wenn Sie sich auf sich selbst konzentrieren. Hier sprechen die Menschen darüber, was sie von ihrem Leben erwarten und wie sie das erreichen wollen, und sie zwingen damit auch die anderen, sich zu besinnen, wie sie sich ihre Zukunft wirklich wünschen. Selbst wenn Sie in einer Selbsthilfegruppe für mißhandelte Frauen sind und eine Ersatzfamilie gefunden haben, besuchen Sie die Meetings von Al-Anon, wenn Sie unter den Nachwirkungen leiden, die das Leben mit einer alkohol- oder drogenabhängigen Person mit sich bringt. Sie werden dort andere Frauen treffen, die Mißhandlungen erlitten haben, denn Alkoholmißbrauch führt bei den meisten Menschen zu verbalem Mißbrauch, also Beschimpfungen und Anschuldigungen, und er löst direkt oder indirekt auch körperliche Mißhandlungen aus. Wählen Sie sich eine oder auch mehrere Frauen als Ansprechpartnerinnen (Sponsoren) aus, so daß Sie mit diesen am Telefon sprechen oder sie treffen können, wenn Sie zwischen den Meetings Rat und Mut brauchen.

Es ist völlig in Ordnung, wenn es Ihnen am Anfang nur möglich ist, den Raum zu betreten, sich hinzusetzen und zuzuhören. Sprechen Sie erst, wenn Sie wirklich bereit dazu sind. Wenn es mehr als eine Gruppe in Ihrer Gegend gibt, wählen Sie diejenige, in der Sie sich am wohlsten fühlen, in der Sie die Berichte der Frauen, die erzählen, am stärksten nachempfinden können. Besuchen Sie eine bestimmte Gruppe mindestens sechsmal, bevor Sie sich entscheiden. Wählen Sie die Gruppe, in der die Teilnehmer die längste und die tiefste Erfahrung mit Methoden der Selbstentdeckung gemacht haben. Wenn Sie dann hören, wie die anderen darüber sprechen, wie sie ihre eigenen Entscheidungen treffen und erfolgreich von einem guten Tag zum nächsten leben, dann sollten Sie immer wieder dorthin gehen. Sie werden herausfinden, daß man nie aufhört, dazuzulernen.

**3.** Denken Sie darüber nach, ob Sie sich einer Therapiegruppe anschließen wollen. Wenn Sie die therapeutische Anleitung und Supervision brauchen, um mit den seelischen Narben fertig zu werden, suchen Sie sich eine, die die Ziele der Gruppentherapie und die Vorgehensweise vorher deutlich festlegt. Die Therapeutin sollte wirklich viel über häusliche Gewalt und Gruppendynamik wissen. Lassen Sie sich Adressen speziell für mißhandelte Frauen von der Beratungsstelle der Frauenhäuser, den staatlichen und privaten Frauen-Nothilfegruppen oder dem Notruf für vergewaltigte Frauen geben.

**4.** Suchen Sie sich eine effektive Einzelberaterin, egal, aus welchem Bereich sie kommt. Gruppenarbeit ist sicherlich nicht die einzige und die beste Lösung für einige Frauen. Wenn Sie lieber in einer Einzeltherapie arbeiten möchten, fragen Sie die relevanten Organisationen nach einschlägigen Namen und Adressen.

**5.** Bleiben Sie in Kontakt mit Ihrer »Ersatzfamilie«. Die Menschen, die Sie sich als Unterstützung ausgesucht haben, sind ein wichtiger und wertvoller Teil Ihres Lebens. Es gibt keinen Grund, die Beziehung zu ihnen aufzugeben. Selbst wenn Sie sich aus einer gewalttätigen Beziehung befreit haben, mag es sein, daß Sie noch nicht soweit sind, sich wieder in Ihre Ursprungsfamilie einzugliedern. Wenn Ihre eigene Familie Sie immer noch nicht bewußt und tatkräftig unterstützt in dem, was Sie zu erreichen versuchen, dann sollten

Sie Familienzusammenkünfte meiden. Versucht Ihre Familie zu verstehen, was häusliche Gewalt ist und was sie anrichtete? Oder gibt sie Ihnen immer noch direkt oder indirekt die Schuld für die Mißhandlungen, die Sie erlitten haben? Wenn sie das tut, sollten Sie sich gefühlsmäßig noch eine Weile länger von ihr fernhalten.

**6.** Machen Sie sich körperlich fit. Das ist wichtig, um die Energie aufzubauen und zu erhalten, die notwendig ist, um Ihr Leben nach Ihren Vorstellungen zu gestalten. Das ist die Grundvoraussetzung für alles andere, was Sie unternehmen wollen.

**7.** Pflegen Sie Ihre Seele. Sie wurde schwer mißhandelt. Nutzen Sie alles, was Ihr Glaube oder Ihre Überzeugungen Ihnen erlauben. Finden Sie heraus, was bei Ihnen wirkt. Meditation und/oder Gebet, religiöse Treffen, die Sie aufbauen, sind für manche Frauen sehr effektiv. Natur oder Musik können sehr beruhigend wirken. Nehmen Sie sich Zeit für beides, wenn es Ihnen möglich ist. Bieten Sie an, Frauen weiterzuhelfen, die gerade erst im Frauenhaus eingetroffen sind oder die beim Frauennotruf anrufen. Finden Sie einen Weg, das mitzuteilen und das zu teilen, was Sie erlebt haben.

Schaffensfreude und Kreativität sind für manche Frauen eine weitere Möglichkeit, den Weg in eine neue Zukunft zu finden, die eigene Seele wiederzufinden. Sich zu konzentrieren, die Phantasie spielen zu lassen, etwas Neues und Schönes zu schaffen – das alles wird Ihre Fähigkeiten stärken, mit Ihrer inneren Kraft in Verbindung zu bleiben und sie zu nutzen.

**8.** Führen Sie Tagebuch. Fahren Sie damit fort, wann immer Sie können. Manchmal werden in Volkshochschulen oder in Frauenschulen Kurse zum Tagebuchschreiben angeboten, die recht nützlich sein können. Besuchen Sie sie. Wenn Sie aber noch mit Ihrem gewalttätigen Partner leben, notieren Sie Ihre Gedanken nur an einem sicheren, privaten Ort.

**9.** Bleiben Sie wachsam. Das Leben wird Ihnen noch andere Anregungen und Möglichkeiten bieten, aus Ihrer Isolation auszubrechen und nie mehr in sie zurückzukehren. Sehr bald schon werden Sie neue Interessen und neue Ziele für Ihr Leben finden. Und wenn Sie erst einmal diesen neuen Weg eingeschlagen haben und von ihm überzeugt sind, dann werden Sie immer auch alles Notwendige finden, um weiterzumachen.

**10.** Überwinden Sie die Hürden. Solange Sie die einzelnen Hürden und Einschränkungen nicht erkennen, die Sie gefangenhalten oder Ihrer Entwicklung im Weg stehen – solange Sie Ihr Herz und Ihren Kopf nicht den grenzenlos vielen Möglichkeiten öffnen, die Ihnen für den Rest Ihres Lebens zur Verfügung stehen – kann es geschehen, daß die Unbeweglichkeit und die Grenzen Ihres eigenen Denkens wiederum ein Gefängnis für Sie bilden.

Geldmangel ist ein wirkliches Problem und wird von Frauen als eine der größten Hürden angesehen, wenn sie sich die Freiheit von einem gewalttätigen Mann vorstellen sollen. Doch selbst Frauen, die über eigenes Geld verfügen und wüßten, wie sie ein Einkommen finden könnten, verlassen eine Mißbrauchs-Beziehung oft nicht.

Sie setzen sich Grenzen, wenn Sie sagen: »Ich kann nicht weggehen. Ich habe kein Geld. Ich habe noch nie ein eigenes Einkommen gehabt, und ich habe keine Berufserfahrung. Ich bin zu alt oder zu jung, niemand wird mich einstellen.« Eines Tages erzählte mir Francine im Frauenhaus, daß sie zu alt sei, daß es für sie zu spät sei, noch eine richtige Arbeitsstelle zu finden. Und sie war erst fünfundzwanzig Jahre alt. Es gibt viele Frauen, die unter gewalttätigen Beziehungen leiden und die bereits über fünfzig oder sechzig Jahre alt sind. Es sind die Kontakte, die Sie knüpfen, die wichtig sind und die Sie weiterführen. Lassen Sie Ihre Gedanken, Ihre Sorgen

nicht zu Stolpersteinen werden. Wenn Sie nicht körperlich oder geistig behindert sind, dann sind Ihnen keine Grenzen gesetzt. Und selbst Behinderte haben sich über alle Hürden hinweggesetzt und sind oft recht erfolgreich – mit der Hilfe anderer Menschen.
Folgende Schritte können Sie in Richtung finanzieller Unabhängigkeit unternehmen:

- Richten Sie ein eigenes Konto ein. Eröffnen Sie ein Konto auf Ihren eigenen Namen oder, wenn die Umstände das erfordern, auf den einer Freundin oder Verwandten, der Sie vertrauen. Tun Sie das, selbst wenn Sie nur fünfzig Mark zur Verfügung haben. Zahlen Sie auf das Konto ein, wann immer Sie etwas Geld übrig haben, selbst wenn Ihnen die Beträge zu gering erscheinen, um Ihnen wirklich zu helfen. All die kleinen Summen können sich ohne weiteres zu einem Betrag addieren, der Ihnen in einer Notsituation weiterhelfen kann.
- Bilden Sie sich weiter. Egal, ob Sie einen Schul- oder einen Universitätsabschluß nachholen oder ob Sie sich in technischen oder handwerklichen Fähigkeiten ausbilden, die Ihnen neue Jobchancen eröffnen, oder ob Sie alte Fähigkeiten auffrischen.
- Erkundigen Sie sich nach »Wiedereinstiegsprogrammen« für Frauen. In allen Städten und immer häufiger auch in ländlichen Gemeinden gibt es spezielle Wiedereinstiegskurse für Frauen, die noch nie oder während der Familienpause lange nicht gearbeitet haben. Dort finden Sie vom ersten Tag an Unterstützung, Aus- und Weiterbildung und Hilfe bei der Arbeitssuche, bis Sie einen Job antreten. Gewerkschaften, Frauengruppen, kirchliche Gruppen und kommunale Arbeitsprogramme sind Anlaufstellen. Auch der Frauennotruf kann Ihnen wahrscheinlich Adressen geben.
- Arbeiten Sie ehrenamtlich, um damit Praxiserfahrung zu

sammeln. Es gibt sehr viele Möglichkeiten, bei Institutionen oder Organisationen ehrenamtlich mitzuarbeiten und die Arbeitsabläufe kennenzulernen. So sammeln Sie Erfahrungen, die Sie später bei der Jobsuche einbringen können. Vielleicht finden Sie auch dort, wo Sie sich ehrenamtlich engagiert haben, eine Stelle. Das Frauenhaus selbst ist beispielsweise ein Ort, um damit anzufangen. Ihre persönlichen Erfahrungen einer Mißbrauchs-Beziehung sowie Ihres Ausstiegs und der Heilung kann Sie, bei zusätzlicher Weiterbildung, eventuell zu einem wertvollen Mitglied der Belegschaft werden lassen.

♦ Sozialhilfe. Die meisten Frauen beanspruchen Sozialhilfe oder Hilfe vom Arbeitsamt als Überbrückungsmaßnahme, bis sie für sich selbst sorgen können.

**11.** Lassen Sie erst alle Wunden verheilen, bevor Sie eine neue Beziehung eingehen. Eine weitere Hürde auf Ihrem Weg in die Freiheit ist der Glaube, daß Sie erst dann Ihren gewalttätigen Mann verlassen können, wenn Sie eine neue Beziehung haben, die Sie auffängt. Es ist äußerst wichtig, daß Sie eine neue, längerfristige Beziehung mit einem Mann zurückstellen, bis Sie Ihr eigenes Selbst wiederentdeckt haben und wirklich wissen, was Sie in einem Mann und in einer Beziehung suchen. Wenn Sie sich selbst besser kennengelernt haben, werden Sie wahrscheinlich einen ganz anderen Partner wählen, als wenn Sie sich Hals über Kopf in eine neue Beziehung stürzen, bevor Ihre Wunden ausgeheilt sind.

## Worin liegen Ihre größten Stärken?

In manchen Ratgebern heißt es: »Sie müssen hart arbeiten, um das zu bekommen, was Sie wollen.« Ich möchte hier eine Alternative vorschlagen. Manchmal findet man seine größte

Stärke, wenn man alle Anstrengungen aufgibt und einfach losläßt. Wenn Sie lernen, wie Sie sich entspannen können, werden sich ganz neue Antworten auf alte Fragen ergeben. Wenn man sich zu sehr bemüht, konzentriert man sich zuweilen zu stark auf die schwierigen Seiten dessen, was man vollbringen will. Manchmal kann sich ein ganzes Leben durch eine blitzartige Erkenntnis ändern, die Ihre Sichtweise Ihrer selbst und der Menschen um Sie herum verwandelt. Es muß nicht immer Jahre dauern, bis Sie die Dinge anders sehen können oder Ihre Leben sich ändert.

Sich entspannen und die kräftezehrenden Anstrengungen, jemand anderen zu ändern, einzustellen, darf nicht damit verwechselt werden, daß man aufgibt. Wenn alles nicht so läuft, wie Sie sich das vorgestellt haben, treten Sie einen Schritt zurück, betrachten Sie die Sache noch einmal anders, und beginnen Sie dann von neuem in einem anderen Tempo oder von einer anderen Warte aus.

Manchmal bewirkt dieser erneute Blick, daß Sie das kleine Glimmen erkennen können, das von Ihrem Selbst übriggeblieben ist, und daß Sie es nun zu einer Flamme anfachen können, bis diese das einzige ist, was Sie noch wahrnehmen. Dieses übriggebliebene Glimmen ist wie die Zündflamme, die immer wieder heruntergedimmt wurde, manchmal bis sie fast erlöscht ist. Doch das heißt noch lange nicht, daß Sie nicht den Hahn finden könnten, um sie wieder aufzudrehen. Und mit dieser Flamme können Sie so viele weitere Feuer entzünden, wie Sie nur wollen. Und je stärker Ihre Kraft und Ihre Entschlossenheit wachsen, desto höher wird diese Flamme brennen.

Wenn Sie herausfinden, wo Ihre spezifischen Stärken liegen, können Sie dadurch leichter Energien und Inspirationen freisetzen. Denn dann wissen Sie, worauf Sie Ihre Konzentration richten sollen. Wenn Sie sich öfter müde und lustlos fühlen, lesen Sie die Aufzählung unten, und finden Sie heraus, ob Sie Ihre Energien dort einsetzen, wo sie am wirkungsvollsten sind, oder ob Sie Ihre Energien verschwenden, indem Sie Projekte und Aufgaben angehen, bei denen Sie kaum etwas oder gar nichts ausrichten können (etwa beim Versuch, jemand anderen zu ändern).

**1.** Leben Sie für den Augenblick, also in der direkten Gegenwart! Das ist der einzige Moment, in dem Sie wirklich etwas verändern können: was Sie essen, was Sie sagen, wie Sie die Wörter und Taten einer anderen Person verstehen, wie Sie reagieren. Wenn Sie sich ganz auf den gegenwärtigen Moment konzentrieren, wird sich dadurch allmählich sowohl Ihr Verhältnis zur Vergangenheit als auch zur Zukunft ändern. Sie können nichts gegen Ihr Verhalten in der Vergangenheit tun, außer von ihm lernen und es mit anderen Augen sehen. Sie können die Schuld, die Sie im Hinblick auf die Vergangenheit empfinden, nur durch das aufheben, was Sie in der Gegenwart tun. Ihre Angst vor der Zukunft ist nur in einer einzigen Hinsicht sinnvoll, nämlich daß Sie alle erdenklichen Vorkehrungen treffen sollten, um in Sicherheit zu leben. Doch auch das können Sie nur immer im gegenwärtigen Moment tun. Planen Sie Ihre Zukunft, doch dann sollten Sie sich auf das konzentrieren, was Sie heute tun können, um später Ihre Pläne verwirklichen zu können. Setzen Sie Ihre Energien für das ein, was Sie jetzt unternehmen können, doch halten Sie am Bewußtsein der Welt um Sie herum fest.

**2.** Hinterfragen Sie Ihre Überzeugungen. Ein paar Beispiele der einschränkenden, hinderlichen Überzeugungen, die viele Frauen hegen, sind: 1) daß Frauen ganz allein für die Qualität aller Beziehungen in der Familie verantwortlich sind; 2) daß es einen Mann im Leben jeder Frau geben muß, damit

sie glücklich sein und ihre Identität finden kann; 3) daß Alleinsein heißt, einsam zu sein, und daß man es fürchten muß; 4) daß der Mann sich ändert, wenn man selbst nur perfekt sein könnte; 5) daß Sie einen Weg finden werden, ihn so zu beeinflussen, daß er sich ändert und daß Ihr Leben danach perfekt sein wird; 6) daß Sie die Erlaubnis von jemand anderem als sich selbst brauchen, um glücklich zu sein.
Wenn Sie Ihre eigenen, tiefen Überzeugungen; was Sie selbst und Ihren Partner betrifft, einen Moment beiseite lassen können, dann werden sich Ihnen ganz neue Sichtweisen erschließen. Und eine neue Sichtweise – ohne die alten Überzeugungen – zeigt neue Perspektiven, weil Sie nun bereit sind, offen Ihren richtigen Platz in der Welt zu suchen.

**3.** Bleiben Sie mit Ihrem eigenen Selbst, Ihrem Herzen in Verbindung. Frauen nutzen das Gebet, die Meditation, das Lesen, das Lernen, die vielen verschiedenen Verbindungen zu anderen Menschen, kreative Tätigkeiten oder befriedigende Arbeitsergebnisse, um Frieden, Selbstvertrauen und innere Entschlossenheit zu finden. Sie selbst sind Ihr mächtigster und kompetentester Verbündeter. Sie wissen mehr über sich selbst als jeder andere. Beraten und vertrauen Sie sich selbst.

**4.** Übernehmen Sie die volle Verantwortung für die Qualität Ihres Lebens. Wenn Sie damit aufhören, anderen die Schuld an den Problemen in Ihrem Leben zu geben (obwohl es natürlich seine Schuld ist, wenn er Sie schlägt, und nicht Ihre), dann können Sie sich ganz darauf konzentrieren, diese Probleme zu lösen. Wenn es etwas gibt, das Sie an Ihrem Leben nicht mögen, dann sind Sie die einzige Person, die das ändern kann.

**5.** Begreifen Sie, daß Veränderung Freude bedeutet. Veränderungen, die Sie gerne, statt als Last oder Pflicht vornehmen, werden so viel eher ein Teil von Ihnen und ermutigen Sie, den nächsten Richtungswechsel in Richtung auf Ihr wahres Leben vorzunehmen.

**6.** Vergessen Sie nicht, daß eins zum anderen führt. Als ich Helen fragte, warum sie an die Uni zurückwollte, um ihren Magister zu machen, obwohl sie beim Abschluß bereits fünfzig Jahre alt wäre, erwiderte sie: »In drei Jahren bin ich sowieso fünfzig, warum sollte ich bis dahin also nicht meinen Magister machen? Und dann sehe ich weiter.« Ihre Träume fangen ab dem ersten Moment an, Wirklichkeit zu werden, an dem Sie damit beginnen, sie wahrzumachen – durch die Anstrengungen, die Sie heute unternehmen.

Wenn Sie eine große Aufgabe als Ganzes betrachten, kann sie überwältigend sein. Doch wenn Sie erst einen Schritt tun und sich dann nur auf den nächsten konzentrieren, werden Sie merken, daß die Aufgabe lösbar erscheint. Machen Sie kleine Schritte, so lange wie Sie das brauchen. Tätigen Sie einen einzigen Anruf. Sprechen Sie mit einer einzigen Person, die Sie sonst nicht angesprochen hätten. Manchmal führt ein einziger Anruf zu wertvollen Kontakten, auf die Sie selbst nie gekommen wären. Alles, was Sie unternehmen, führt zu etwas anderem und macht das, was dann folgt, leichter.

**7.** Bilden Sie sich Ihr eigenes Urteil. Hören Sie sich alles, was andere Ihnen sagen, aufmerksam an, aber denken Sie daran, daß Sie diejenige sind, die mit den Konsequenzen Ihrer Entscheidungen leben muß. Wenn Ihnen ein konservatives Elternteil erklärt, daß es Ihre Pflicht sei, zu dem Mann zurückzukehren, der Sie schlägt, fragen Sie sich, ob das wirklich das ist, was Sie tun wollen. Niemand anderes steckt in Ihrer Haut. Ihre Eltern werden nicht die Konsequenzen Ihrer Entscheidung ertragen müssen, sondern Sie. Und wenn Ihre Eltern Sie nicht bei dem unterstützen, was Sie tun wollen, reden Sie mit jemandem, der das tut.

**8.** Erfahren Sie, was Ihnen Frieden bringen kann:

- Akzeptieren Sie andere Menschen und die Umstände, wie sie sind, nachdem Sie verändert haben, was in Ihrer Macht lag.
- Ändern Sie Schritt für Schritt, was Sie an sich selbst ändern müssen.
- Lernen Sie, worauf Sie Ihre Energien konzentrieren sollten, indem Sie Ihre Aufmerksamkeit auf sich selbst und auf den gegenwärtigen Moment richten.

Ganz allmählich werden Sie merken, daß Sie nie wieder in einer Umgebung leben wollen, in der Sie all Ihre Energie allein dazu einsetzen müssen, zu überleben. Und ganz bald darauf werden Sie Entscheidungen treffen, die Ihnen Frieden bringen. Sie werden sich wie eine Sonnenblume nach dem Licht ausrichten.

Es ist egal, wo Sie gewesen sind, mit wem Sie gelebt haben, was Sie getan haben oder was Ihnen angetan wurde, Sie haben das Recht, Ihr Denken, Ihr Selbst und Ihr Leben neu zu entwerfen.

Hier sind ein paar der Rechte, die Sie als Person haben, die gerade Ihr Selbst wiederentdeckt hat und in einem Heilungsprozeß nach dem Zusammenleben mit einem gewaltbereiten Partner steckt. Für mich ist es leicht, diese Rechte aufzuzählen, doch es liegt an Ihnen, sie zum Bestandteil Ihres Lebens zu machen.

### Erklärung Ihrer Rechte

Sie haben das Recht, die Richtung, die Qualität und den Sinn Ihres Lebens zu ändern.

Sie haben das Recht, den Kontakt mit jedem zu meiden, der nicht wirklich auf Ihrer Seite steht, egal, wie nah Sie ihm verwandt sind.

Sie haben das Recht zu verlangen, daß jeder, der Ihnen hilft, es in Ihrem Interesse tut und Ihre Situation versteht, genau wie Sie die seine verstehen.
Sie haben das Recht auf eine Beziehung, die frei von jeglicher Art des Mißbrauchs und der Mißhandlung ist.
Sie haben das Recht, einen klaren Lebensentwurf zu entwikkeln und diesen dann auch zu leben.
Sie haben das Recht, zu ignorieren, was andere über Sie denken.
Sie haben das Recht, Ihre Gefühle, Ihre Ideen, Ihre Meinungen auszudrücken. Sie haben das Recht, Ihrem Selbst Ausdruck zu verleihen.
Sie haben das Recht, in Ihrem eigenen Zuhause frei von körperlichen und seelischen Bedrohungen zu sein sowie frei von Furcht.
Sie haben das Recht und die Verantwortung, ein zielbewußtes Leben zu leben, und alles, was Sie durchlitten und gelernt haben, dafür einzusetzen, daß die Welt mehr über häusliche Gewalt erfährt.
Sie haben das Recht zu leben.

Ich hoffe, daß Sie sich nun aus dem Spinnennetz befreien können, in dem Sie sich verfangen haben, und daß Sie das nächste Netz deutlicher erkennen und es auf Ihrem Weg in ein Leben, das Sie selbst kreativ entworfen haben, links liegenlassen können.

# Anhang

Bibliographische Angaben zum Text:

**Black, Claudia:** *It Will Never Happen to Me. Children of Alkoholics as Youngsters – Adolescents – Adults*. Denver: MAC Publishing, 1981.

**Branden, Nathaniel:** *The Disowned Self*. Los Angeles: Nash Publishing, 1971.

**Frankl, Viktor E.:** *Trotzdem Ja zum Leben sagen*. München: dtv 1997.

**Gorski, Terence T.:** *Do Family of Origin Problems Cause Chemical Addiction?: Exploring the Relationship Between Chemical Dependence and Codependence*. Independence, Mo.: Independence Press, 1989.

**Helmstetter, Shad:** *The Self-Talk Solution*. Studio City, Cal.: Dove/William Morrow Books on Tape, 1988.

– *What to Say When You Talk to Yourself: The Major New Breakthrough to Managing People, Yourself and Success*. Scottsdale, Ariz.: Grindle Press, 1986

**Johnson, Vernon E.:** *I'll Quit Tomorrow: A Practical Guide to Alkoholism Treatment*. San Francisco: Harper and Row, 1980.

**Kabat-Zinn, Jon:** *Gesund durch Meditation*. München: O. W. Barth 1994.

– *Im Alltag Ruhe finden. Das umfassende praktische Meditationsprogramm*. Freiburg: Herder 1998.

**Redfield, James:** *Die Prophezeiungen von Celestine*. München: Heyne 1998.

## Bleiben Sie in Kontakt

Liebe Leserinnen,
Ihre Kommentare oder die Geschichte Ihrer eigenen Erfahrungen in einer Mißbrauchs-Beziehung oder Ihre Gedanken zu den Anregungen in diesem Buch sind herzlich willkommen. Es kann sein, daß ich nicht jeden Brief persönlich beantworten kann, doch werde ich jeden Ihrer Briefe gern und genau lesen.

Bitte schreiben Sie direkt an mich:

**Ruth Morgan Raffaeli**
**P. O. Box 843**
**Strongsville, OH 44136**

Es würde mir sehr helfen, wenn Sie kurze Angaben zu Ihrem Geschlecht, Ihrem Alter und zu der Beziehung machen könnten, in der Sie mit der Person stehen, die Sie mißhandelt, sowie zu deren Alter, Geschlecht und der Dauer dieser Mißbrauchs-Beziehung.
Wenn eine der Anregungen in diesem Buch Ihnen geholfen hat, sagen Sie mir bitte, *wie* sie Ihnen half. Lassen Sie mich wissen, was Sie daraufhin unternommen haben oder noch zu tun planen. Und wenn mancher meiner Ratschläge Ihnen gar nicht weitergeholfen hat, dann schreiben Sie mir auch das sowie Ihre eigenen Vorschläge zu dem Thema.

Lassen Sie mich bitte auch wissen, welche Methoden Sie eingesetzt haben, um in Sicherheit weiterzuleben.

Ich danke Ihnen<br>Ruth Morgan Raffaeli

# Wo Sie Hilfe finden

**Opfer-Notruf und Info-Telefon bundesweit und rund um die Uhr**
Tel.: 0 18 03 / 34 34 34

**Polizeilicher Notruf**
Bei akuter Gefahr und Bedrohung rufen Sie die Nummer 110 an.

**Frauenhaus**
Zentrale Informationsstelle für autonome Frauenhäuser
Effertsufer 104
57072 Siegen
Tel.: 02 71 / 3 35 62 62
Fax.: 02 71 / 3 35 62 62
Di Do 10–14 Uhr

**Frauenhäuser**
Diese Orte geben Frauen in Notsituationen Schutz und gewähren Unterstützung. Sie sind Tag und Nacht erreichbar. Die Adressen werden im Interesse der Frauen geheimgehalten. Die Erreichbarkeit ist über das Telefon gegeben. Die Telefonnummer finden Sie im Telefonbuch unter dem Stichwort »Frauenhaus«. Außerdem kann man die Nummern über die Sozialämter und die Auskunft der Telekom erfahren.

**Pro Familia Bundesverband**
Stresemannallee 3
60596 Frankfurt
Tel.: 069/63 90 02

**Scheidung**
FORTE e. V. – Frauen ohne Recht nach Trennung und Ehe
Seesener Straße 23, 2. Hof
10711 Berlin
Tel.: 030/8 92 78 92
Fax.: 030/8 92 78 92

**Sucht allgemein**
Deutsche Hauptstelle gegen die Suchtgefahren
Christa Merfert-Diete
Westring 2
59065 Hamm
Tel.: 023 81/90 15-0
Fax.: 023 81/1 53 31

**Gesamtverband für Suchtkrankenhilfe im Diakonischen Werk der Evangelischen Kirche Deutschlands e. V.**
Irene Helas
Postfach 10 13 66
34013 Kassel
Tel.: 05 61/10 95 70
Fax.: 05 61/77 83 51

**Alkoholsucht**
Anonyme Alkoholiker Deutschland (AA)
Johannes Prußky
Postfach 46 02 27
80910 München

Tel.: 089/3164343 und 089/316950-0
Fax.: 089/3165100

**Angehörige (Al-Anon-Familiengruppen)**
Brigitte Schons
Emilienstr. 4
45128 Essen
Tel.: 0201/773007
Fax.: 0201/773008

**Sexuelle Gewalt**
Frauen-Selbsthilfe und Beratung Wildwasser e. V.
Friesenstr. 6
10965 Berlin
Tel.: 030/6939192
(dort können Sie nach anderen »Wildwasser«-Stellen in der Bundesrepublik fragen)

**Anwaltliche Hilfe**
Fachanwälte für die jeweiligen Straftaten erfragen Sie bei den Hilfseinrichtungen.

## Danksagung

Dank an Dr. Jean Dobos, die meine ursprüngliche Untersuchung von Anfang bis Ende betreute und die mir vorschlug, ein Buch daraus zu machen. Dank an Dr. George Ray für seine methodologische und philosophische Betreuung und an Dr. Willis Sibley, der dem Projekt eine neue Perspektive hinzufügte.

Dank an meine Freundin Ruth Harris für die Ermutigung, aus meiner Doktorarbeit ein Buch zu machen, und für das Lesen jedes einzelnen Kapitels und für viele wertvolle Ratschläge. Dank an Willetta Thomson, Virginia Colahan und Pat Dubecky, die die frühen Fassungen kritisch lasen. Dank an Willmetta Brown für das Lesen einer späteren Fassung und für viele Jahre der Freundschaft. Sie alle haben mir wertvolles Sachwissen und Unterstützung zukommen lassen.

Dank an Annette Cooper, die mir erlaubte, sie zu begleiten, damit ich ihren Fähigkeiten und ihrem Wissen nacheifern konnte, auch dafür, daß sie mir zeigte, wie man in Krisensituationen die Ruhe bewahrt, und für ihre stete Freundschaft. Dank an Joan Helbig und Sheila Turner, die mir halfen, das, was ich hörte, unter neuen Gesichtspunkten zu sehen. An Joan Donnell, Rene Benns und Dawn Gargiulo für ihre endlose Bereitschaft, meine Fragen zu beantworten, und an Susan Petrarca, die dafür sorgte, daß ich mich wohl fühlte, an Lee Evans, die mir Einblick in wichtige Forschungsergebnisse vermittelte, auf die ich sonst nicht gestoßen wäre, und Dank an die vielen anderen, die mich so großzügig an ihrem Fachwissen teilhaben ließen.